MICHAEL KRUG

Wasenknaller

Kriminalroman

GMEINER SPANNUNG

Personen und Handlung sind frei erfunden.
Ähnlichkeiten mit lebenden oder toten Personen
sind rein zufällig und nicht beabsichtigt.

Besuchen Sie uns im Internet:
www.gmeiner-verlag.de

Im Ehnried 5, 88605 Meßkirch
Telefon 07575/2095-0
info@gmeiner-verlag.de

1. Auflage 2018

Lektorat: Claudia Senghaas, Kirchardt
Herstellung: Mirjam Hecht
Umschlaggestaltung: U.O.R.G. Lutz Eberle, Stuttgart
unter Verwendung eines Fotos von: © Nicolas/fotolia.com
Druck: CPI books GmbH, Leck
Printed in Germany
ISBN 978-3-8392-2275-1

Für meine Familie

1. KAPITEL

In Stuttgart war die Hölle los.

Gestern hatte sich einmal mehr die seniorale Garde der Stuttgart21-Gegner – »Oben bleiben, oben bleiben!« – mit ihren Lieblingsblasinstrumenten, den Trillerpfeifen, vor dem Stuttgarter Hauptbahnhof versammelt und den Verkehr rund um den Bahnhof blockiert. Die immer gleiche Folge: nicht enden wollende Staus in Richtung Pragsattel, Innenstadt und Wagenburgtunnel, und das zur besten Berufsverkehrszeit. Als ob das nicht genügend Chaos in der seit Jahren von Baustellen geplagten bis lahmgelegten Stadt verursachen würde, versammelte sich heute Morgen die nächste Wutbürgertruppe, teilweise identisch mit der vom Vorabend, um am Neckartor den Feinstaub wegzudemonstrieren. Mit den unausweichlichen Blockaden der Bundesstraße Richtung Cannstatt als auch Innenstadt konnte verkehrstechnisch niemand fertig werden. Dass die laufende Verstauung der Innenstadt die Luft erst so richtig versaute, war den umweltbewegten Protestierern nicht wirklich beizubringen. Aber um Rationalität ging es in diesen Fragen am wenigsten. Der Ministerpräsident des Landes musste aus politischen Gründen mit den Motiven der Demonstranten, so sinnlos deren Aktionen auch waren, stets Sympathie zeigen, befanden sich unter ihnen vermutlich mehrheitlich Wähler seiner Partei. Heute Morgen gingen ihm diese Nachrichten aus den, oberflächlich betrachtet, kommunalpolitischen Niederungen so sehr auf die Nerven, dass er seinen persönlichen Referenten darum bat, mit der Schilderung der Lage sofort aufzuhören und sich seinem für das Wochenende geplanten Auftritt auf dem Cannstatter Wasen zuzuwenden.

»Weiter geht es … begehen wir dieses Jubiläum mit Respekt vor der Weitsicht und Fürsorge …«

»Nein, nein«, fuhr Knarzmann dazwischen. »*Begehen* klingt mir zu getragen. *Feiern* ist das bessere Wort. Und *Fürsorge*?« Knarzmann kniff nahezu missbilligend den Mund zusammen. Da wusste Schiller, dass er mit seinem Formulierungsvorschlag danebenlag.

»Fürsorge? Man könnte gerade meinen, dieser Monarch hätte den Sozialstaat erfunden.« Dieser Meinung war Knarzmann offensichtlich nicht. Sicher war Wilhelm I., der einstige Württembergische König, der vor 200 Jahren das Cannstatter Volksfest auf dem Wasen ins Leben gerufen hatte, kein verachtenswerter absolutistischer Despot gewesen. Eher hatte er mit liberalem Regierungsstil und Volksnähe weithin die Sympathien seiner Untertanen gewonnen. Aber das war es, was Knarzmann so wenig gefiel: Es waren Untertanen, keine freien Bürger. So konnte er den Monarchen, der in gewisser Weise einer seiner Vorgänger als Regent in Stuttgart war, nicht einfach über den grünen Klee loben. Natürlich musste er 200 Jahre später nicht den tadelnden Zeigefinger hochhalten, aber zu viel Lob für den Herrscher aus der Württemberg-Familie würde seinen Parteifreunden gar nicht passen. Also weg mit der *Fürsorge* und manchem anderen Element des Rede-Entwurfs. Schiller war ein umsichtiger Mitarbeiter, aber kein Dichter und Schriftsteller wie sein weltberühmter schwäbischer Namensvetter. Dafür hatte Knarzmann ihn auch nicht eingestellt. Überhaupt fragte sich der MP, der es an sich nicht so sehr mit Bierzelten hatte, ob man auf den Text dieser Jubiläumsansprache so viel Wert legen sollte. Vermutlich würde ein guter Teil seiner Zuhörerschaft schon ordentlich einen in der Krone haben, wenn er zu seiner Rede ansetzte. Vielleicht wäre es besser, er würde es bei einem ausgedehnten Trinkspruch belassen und schlicht »Zum Wohle!« sagen. Aber so ging das halt auch nicht.

Der Text für die Ansprache im Hofbräu-Zelt auf dem Wasen hatte noch ein paar Tage Zeit. Bevor es zur Pressekonferenz hinunter in den Landtag ging, blickte Knarzmann über den herrlichen Park seiner Dienstvilla. Am liebsten hätte er sich eine Schürze umgebunden, eine Gartenschere in die Hand genommen und sich direkt hinunter in den Garten begeben. Dies wäre ihm wesentlich sinnvoller erschienen, als nun zur wöchentlichen Pressekonferenz zu fahren. Gestern, am Montagabend hatte, wie jede Woche, der Ministerrat getagt. Dienstags musste man dann den Medienleuten irgendetwas erzählen, selbst wenn es außer Regierungs- und Verwaltungsroutine gar nichts zu erzählen gab. Die Kommunikation von Belanglosigkeiten brachte die Medienvertreter gelegentlich dazu, den MP zu fragen, wann er innerhalb dieser Legislaturperiode seinen Rücktritt plane, um rechtzeitig vor den nächsten Landtagswahlen einem Nachfolger Platz zu machen. So wenig ihm das behagte, so verständlich war die Neugier von Medien und Öffentlichkeit. Seine Parteifreunde ließen kaum eine Gelegenheit aus, die Namen der wenigen potenziellen Nachfolger in die Diskussion zu werfen. Manche konnten seine Demission kaum erwarten, gewann er den Eindruck. Sie glaubten, wenn man diesem freundlichen älteren Herrn lang genug medial die Hölle heißmache, werde er schon weichen. Warum nicht Ironie in die Sache legen: So könnte er sagen, er freue sich darauf, eines Tages befreit von Arbeitslast und Verantwortung öfter auf den Wasen gehen zu können. Dieses Jahr schaffe er es anlässlich des 200-Jahre-Volksfest-Jubiläums immerhin einmal. Vielleicht werde er Spaß daran gewinnen. Die Schlagzeile des Tagblatts erahnte er schon: *»Ministerpräsident plant Rückzug ins Bierzelt.«*

Der Wagen stand vor der Tür, sein Pressesprecher wartete unten im Foyer. Als er die Treppe hinunterging, stand unangemeldet der Innenminister in der Tür. Er müsse mit Knarzmann unter vier Augen sprechen. Es sei wichtig. Striebels Gesichtsrötung und Kurzatmigkeit verrieten, wie nervös er war. Knarzmann winkte ihn hoch und verschwand mit ihm im Blauen Zimmer.

»Was ist los?«

»Hör zu, es gab letzte Nacht auf dem Wasen einen Mord und zugleich eine Morddrohung gegen dich. Wir müssen sie ernst nehmen und den Fahrplan für die nächste Zeit komplett ändern. Öffentliche Auftritte sind daher nur ganz eingeschränkt machbar. Dein Wasenbesuch am Samstag ist damit erledigt.«

»Jetzt erst mal ganz langsam. Mord und Morddrohung? Wer soll denn …«

»Wir müssen das ernst nehmen!«, unterbrach Striebel den MP. »Es laufen da draußen so viele Verrückte rum. Wir können uns darauf im Augenblick keinen Reim machen. Das heißt aber nicht, dass es sich um einen Jux handelt.«

»Nicht zum Wasen gehen? Bei diesem Anlass? Darf ich überhaupt noch aus dem Haus? Das hieße, wir beugten uns der Drohung.«

»Von der Morddrohung erfährt erst mal niemand etwas. Und den Wasentermin kann der Olli erledigen«, warf Striebel ein.

»Olli?«, rief Knarzmann aus. »Soll der sich für mich umbringen lassen?«

»Um Himmels willen nein«, beschwichtigte Striebel. »Der Landwirtschaftsminister ist überhaupt nicht gefährdet. Da hat es jemand auf dich abgesehen, also eventuell.«

»Eventuell? Alles Unfug«, murmelte der MP vor sich hin.

»Bitte hör zu, Siegfried: Ich habe den Polizeipräsidenten hierher bestellt. Nach der Pressekonferenz wird er dir die Sache vortragen. Er erklärt dir alles. Ich bin auch dabei.«

»Muss jetzt runter«, sagte Knarzmann mit fester Stimme und verließ das Zimmer.

»Wir sind spät dran«, ermahnte er Schiller und den Pressesprecher. Zusammen stiegen sie in seine Limousine.

2. KAPITEL

Wann könnte das gewesen sein, sein letzter Besuch auf dem Wasen? Auch im Stadion, wenige Hundert Meter weiter hinten, auf der anderen Seite der Mercedesstraße, war er lange nicht gewesen. Alles Jahrzehnte her. Nun das Wiedersehen mit dem Volksfestgelände. Die Schaustellerbuden natürlich größer als früher, neuzeitliche Vergnügungsmaschinen, auf denen sich die Besucher hin und her, hoch und runter schleudern lassen konnten. Simulierter freier Fall, Bungie-Springen im angeschnallten Zustand, alles für den gewissen Kick. Was ganz ähnlich wie früher war: das Riesenrad und eine Schießbude. Und natürlich die Bierzelte, die Fronten und Eingänge allerdings aufgemotzt und das Innere durchstrukturiert: mit Lounges, Logen, kleineren rustikalen Ecken. Und dann die Bühnen – wie in Konzertsälen. Statt Blasmusik und zusätzlich zu ihr spielten dort inzwischen Profibands nicht nur sämtliche Gassenhauer, sondern auch die Hits der Popmusik rauf und runter. Als Bolz vor Jahrzehnten letztmals den Wasen besuchte, galt die Traditionsveranstaltung noch als reine Volksbelustigung, und zwar weitgehend für das einfache Volk. Große Unternehmen verteilten massenhaft Verzehrgutscheine für ihre Belegschaften, der Wasen war mit allem, was nicht zu dem parallel laufenden »Landwirtschaftlichen Hauptfest« gehörte, eine Gaudi für die Freunde des Gerstensafts und der Volksmusik. In den letzten Jahren hatte sich ein Wandel vollzogen. Den Wasen verband man immer weniger mit Bierzeltmief, Biederkeit und Blasmusik – der Wasen war zum gesellschaftlichen »Event« aufgemotzt worden. Die Logen in den großen Zelten wurden weitgehend von Unternehmen gemietet, um Kunden und Geschäftsfreunde zu bespaßen. Ganz anders als zu Bolz' Volksfestzeiten sah man inzwischen weibliches Publikum mindestens so zahlreich vertreten wie biertrinkende Mannsbilder. Das Dirndl war für die Damen auf dem Stuttgarter Wasen ebenso Pflicht wie auf der Münchner Wies'n und in vielen Fällen gerade so kurz wie dort. Die Männer erschienen immer öfter in krachledernem Outfit, als läge man in einem folkloristischen Wettbewerb mit Bayern und Tirol. Dass dies mit den Wasentraditionen gar nichts zu tun hatte, störte niemanden, schließlich brauchte in der Spaßgesellschaft der Spaß keine historische Legitimation. Und das war gut so, auf jeden Fall gut für den Wasen.

Jetzt war es ruhig, die Volksbelustigung startete erst am späten Vormittag. Und dann ein Wiedersehen auf diese Art: ein nacktes, um die Fruchtsäule gewundenes und daran festgebundenes Opfer. Um die Fruchtsäule, dieses Symbol des Landwirtschaftlichen Hauptfestes, das eine rituelle, wenn nicht religiös-spirituelle Bedeutung hatte und zum Segen für das Wachsen und Gedeihen der Lebensgrundlagen dienen sollte. Wer immer sich dieses abgründige Szenario ausgedacht hatte: Hier wurde Bolz mit einer besonderen Art des Frevels und der Pietätlosigkeit konfrontiert. Der Hauptkommissar hatte in seiner langen Laufbahn manche Skurrilität erlebt. Das war etwas Neues.

Als man ihn heute Morgen zu Hause vor dem Frühstück angerufen hatte, fragte Annemarie nur: »Wohin?«

Die Antwort »zum Wasen« löste bei ihr fast Empörung aus. Dies hatte Bolz sehr überrascht, da seine Frau durch die vieljährige Gewöhnung an seinen Beruf längst äußerst abgebrüht auf die einschlägigen Ereignisse reagierte. Dass nun das Volksfest zu einem Tatort wurde, schien sie zumindest zu bewegen.

»Immer noch besser als direkt vor unserer Haustür«, hatte Bolz zu beschwichtigen versucht.

»Kann man dort jetzt auch nicht mehr hingehen«, war Annemaries Kommentar, bevor er das Haus verließ.

Vielleicht sollte er doch alsbald den Dienst quittieren. Sein Alter ließe das zu. Darüber, was danach kommen sollte, waren er und Annemarie sich bisher nicht ganz einig geworden. Zurück in die Heimat, auf die Alb? Das könnte er sich vorstellen – Annemarie konnte dem absolut nichts abgewinnen. Mit großer Freude war sie vor vielen Jahren von dort zusammen mit ihm weggegangen zu seiner ersten Kommissar-Station in Reutlingen. Bis sie feststellte, dass diese angebliche Großstadt in Wirklichkeit, was die Köpfe der Menschen anging, genauso eng war wie Groß-Engstingen, nur alles aufgetakelter und teurer. Immerhin waren die Schulen für die Kinder bequem erreichbar – und Stuttgart näher. Mit ihr zurück auf die Alb – undenkbar. Stuttgart, und vor allem Heslach, so sagte sie in den Diskussionen darüber, sei ihr gerade Dorf genug.

Bolz sah sich die alsbald auf eine Trage gebettete Leiche genau an. Die heftigen Striemen um den Hals deuteten auf Strangulation hin. Aber warum flicht der Täter den toten Körper anschließend um die Fruchtsäule auf dem Wasen, zieht ihn davor sogar aus? Einer allein kann es nicht gewesen sein. Für Transport und Absicherung des Verschleppungsortes hatte es mehrerer Tatbeteiligter bedurft. Identität des Opfers? Abwarten, wie immer. Nackte Tote trugen keine Papiere bei sich.

»Wahrscheinlich kennt den unsere Datei«, machte sein junger Assistent Gromer Hoffnung. »Schauen Sie sich mal die Narben auf Stirn und Brust an. Dazu die Tätowierungen an den Armen. Solche Typen sind meistens in unserer Datenbank.«

»Aber da war noch was, sagten Sie nicht …«, fiel Bolz ein.

»… ja, der Drohbrief. Was heißt Brief – also ein Zettel mit einer Drohung, dass der der Erste sei. Und der Letzte soll unser Ministerpräsident sein.«

»Ja sapperlot«, entfuhr es Bolz. »Dann kriegen wir die nächsten Tage was zu tun.«

»Genau, wahrscheinlich zwischen heute und Samstag. Da hat der Knarzmann einen Termin im großen Hofbräu-Zelt. Wird jetzt sicher abgesagt.«

»Nicht so schnell, Gromer. Wenn Sie mich fragen, wird da gar nichts abgesagt. Vermutlich darf von der Morddrohung erst mal keiner erfahren. Das können wir nicht in die weite Welt hinaus posaunen.«

»Klar, der Zettel wurde gleich weitergereicht und liegt inzwischen sicher auf dem Schreibtisch vom Innenminister.«

»Dann wird es für uns allerdings nicht so viel zu tun geben«, sinnierte Bolz.

»Bei so viel Brisanz nimmt man uns den Fall aus der Hand. Schauen Sie mal, was es hier zu untersuchen gibt, Transportspuren und so weiter. Den hat man bestimmt nicht hier umgebracht. Und wie viele Leute braucht man, um den um den Mast zu wickeln? Und wie lang hängt der schon hier? Wer hat ihn entdeckt? Ich fahr ins Präsidium.«

Gromers Beobachtung beschäftigte Bolz. Der Tote– einer aus der Polizei-Datenbank? Also einer aus der Szene – nur aus welcher? Drogen, Schutzgeld, Glücksspiel, Prostitution? In welcher Verbindung sollte so einer mit dem MP stehen, der angeblich als Letzter fällig sei? Und wer stand, oder besser fiel zwischen den beiden? Sollte hier je der Staatsschutz übernehmen, wie sollte der die Ermittlungen in der Szene anstellen? Einfache Antworten gab es darauf nicht. Aber noch wusste keiner, ob Gromer richtig lag.

3. KAPITEL

»Der Paternoster steht!«, rief die Dame am Empfangsschalter Herrlein hinterher. Tatsächlich wollte der gerade in den offenen Aufzug des Stuttgarter Rathauses einsteigen. Die wenigen Aufzüge dieser Art – eigentlich ein Fall fürs Industriemuseum – fanden sich in ganz Deutschland in der Berliner Zentrale des Springer-Verlags, den renovierten Bauten des Bosch-Areals bei der Stuttgarter Liederhalle und im Stuttgarter Rathaus. Natürlich hatte die Fahrt in dem Traditionslift beim 100. Mal nichts Sensationelles mehr an sich. So verwand Herrlein den technischen Defekt problemlos und wandte sich der Treppe zu. Immerhin brachte das Treppensteigen seinen Kreislauf in Bewegung. In der Straßenbahn hatte ihn der Anruf seiner Sekretärin Lissy erreicht, er möge sich beeilen. Man habe bereits vom »Tagblatt« angerufen und gefragt, wie es nun mit dem Volksfest weitergehe. Warum das? Ob er denn ausgerechnet heute beim Frühstück kein Radio gehört habe? Der Mord auf dem Wasengelände, schon seit dem frühen Morgen spreche ganz Stuttgart darüber. Tatsächlich hatte er noch kein Radio gehört, weil er zum Frühstücken gar nicht gekommen war. Gestern traf man sich mit den Presseleuten auf dem Wasen. Ein Traditionstermin, da wurden ein paar Maß getrunken. Nach dem zweiten Humpen war Herrlein zu der alkoholfreien Variante des Gerstensafts übergegangen. Nicht etwa, weil er sich anschließend hinters Steuer setzen wollte, sondern aus reiner Vorsicht über seine sich sonst eventuell lockernde Zunge. Die um ihn versammelten Schreibknechte erhofften sich von solchen Terminen nicht zuletzt Informationen, die ihnen sonst eben nicht gegeben wurden. Davor wollte sich Herrlein gerne schützen, ebenso vor einem allzu dicken Kopf am kommenden Morgen. Aber zwei bleihaltige Liter am Stück war er schon lange nicht mehr gewohnt, und so hatte er zu Hause den Wecker gleich auf später als sonst gestellt, um ohne Frühstück direkt ins Büro zu gehen.

»Ihr Freund Palm war schon in der Leitung«, berichtete Lissy. »Meldet sich bestimmt gleich wieder. Hat er's nicht auf Ihrem Handy probiert?«

Nein, hatte er nicht. Oder doch? Aber Herrlein hatte das nach Lissys Anruf nicht mitbekommen, da er das nervende Kommunikationswerkzeug lautlos gestellt hatte. Schließlich konnte kein normaler Mensch in der S-Bahn ernsthafte dienstliche Gespräche führen.

Bald darauf rief Palm übers Festnetz an.

»Ich geb' ihn Ihnen mal rüber«, beschied ihm Lissy.

Mit Palm war Herrlein schon seit einiger Zeit per Du. Herrlein setzte hier aber bewusst das »Sie« auf. Palm ertrug dieses Hin und Her klaglos und passte sich stets an, wusste er doch, dass der politisch festgelegte Pressesprecher der Stadt sich nicht mit Medienleuten aller Couleur öffentlich duzen konnte. Das Telefonat war zwar nicht öffentlich, aber Herrlein wusste nie, ob seine notorisch neugierige Lissy immer gleich aus der Leitung ging, wenn sie ihm einen Anrufer durchgestellt hatte.

»Können wir schon wieder wach sein?«, feixte Palm.

»So schlimm war's gestern nicht«, relativierte Herrlein das fröhliche Trinken im Bierzelt.

»Apropos schlimm: Stimmt es wirklich, dass die Ratsfraktion vom OB beantragen wird, dass auf dem Wasen ab dem kommenden Jahr nur noch Bio-Bier ausgeschenkt und Soja-Wurst und Tofu-Schnitzel serviert werden darf? Praktisch der Bio-Wasen realisiert wird?«

Herrlein atmete schwer durch. »Wissen Sie, auch in unseren Reihen gibt es Leute, die ihre Hunde zu Vegetariern umerziehen wollen. Aber im Ernst, das ist so was im Gange. Ich hoffe, der OB kann das mit einem lauten ›basta‹ in den Schredder beordern.«

»Sonst ist der OB aber immer gegen Basta-Politik.«

»Tja, so lernen wir täglich dazu. Aber deshalb rufst du nicht wirklich an«, ging Herrlein nach dem Eingangsgeplänkel zum sonst praktizierten »du« über.

»Richtig. Was mich interessiert: Was macht die Stadt jetzt? Business, also in diesem speziellen Fall Frohsinn, as usual?«

»Hör' her, JJ, wir wissen bisher, dass ein Toter aufgefunden wurde«, wehrte Herrlein ab. Lissy hatte ihm mit wenigen Worten die Umstände berichtet. Zu allem Weiteren – Hintergründen, Bezug zum Wasen, Konsequenzen et cetera, et cetera – wusste niemand etwas.

»Gott sei Dank sind wir früh genug gegangen, sonst kämen wir noch in Verdacht«, versuchte es Herrlein auf die sarkastische Tour.

»Nicht einmal das ist gewiss«, warf Palm ein. »Wie ich von der Polizei höre, ist das Opfer nicht am Tatort zu Tode gekommen. Den hat man danach dorthin verbracht. Stimmt es denn, dass der Tote um die Fruchtsäule gewickelt war?«

»Scheint so.«

»Das müsste ausgesehen haben wie in Dantes Inferno.«

»Du mit deiner klassischen Bildung und immer gleich den Teufel an die Wand malen. Und als Nächstes tanzt der auf dem Marktplatz«, versuchte es Herrlein wieder mit Sarkasmus. »Aber wenn du glaubst, da hätte ich nichts beizutragen, bist du auf dem Holzweg.«

»Also bei Dante beginnt die Geschichte in der Hölle, endet aber im Himmel.«

»Weiß ich, nur dorthin kommen wir beide sicher nicht. Höchstens bis ins zweite Kapitel.«

»Du meinst das Fegefeuer«, erwiderte Palm mit gespieltem Erschrecken.

»Wahrscheinlich gehören wir dort beide hin. Wenn wir zuvor aber so vielen Promis begegnen wie der Dante und der Vergil, wird's unterhaltsam.«

»Das wäre aber ein gewaltiger Unterschied: Bei Dante sind die Promis nicht mehr in dieser Welt und wissen, wofür sie in der Hölle büßen. Wir begegnen solchen, die entweder gar nicht leiden, und wenn sie's doch tun, dies für die Ungerechtigkeit der Welt halten.«

»Aber wir, die wir wissen, dass es sich hier um eine andere Art von Hölle handelt, können uns das ansehen und genießen.«

»Um das zu genießen, muss man sadistisch genug veranlagt sein«, gab Palm zu bedenken.

»Als Pressemann bist du das ja sicher.«

»Aber nicht abgebrüht genug für die richtige Hölle …«

»… du meinst das Bio-Bier mit Soja-Wurst auf dem Wasen.«

»Okay, Herr Pressesprecher, lass uns unsere literarische Bildung irgendwann weiterspinnen, von mir aus bei der nächsten Maß im Zelt. Ich muss jetzt weiter nach Fakten und Neuigkeiten suchen«, gab sich Palm pflichtbewusst.

»Wir sprechen, sobald du was weißt, also überhaupt was weißt«, wurde Palm frech. Ihm war klar, dass er aus dem Rathaus momentan nichts Neues erfahren konnte, und rätselte indes, in welchem Kreis der Hölle Herrlein dort tätig war.

4. KAPITEL

Richie ließ die Tür der Bürobaracke hinter sich zufallen. Nach den ersten Stufen hinunter auf die Einfahrt sah er den Kastenwagen langsam die Straße entlang zur Toreinfahrt rollen und anhalten. Richie beschleunigte seinen Schritt und ging zur Straße vor. An der hinteren Sitzreihe war die Scheibe heruntergelassen. Der Wagenpassagier würdigte Richie keines Blickes, schien aber ungeduldig auf Nachrichten zu warten.

Richie stand vor dem Fenster und berichtete: »Dasselbe wie im Radio, in fast allen Online-Nachrichten, sonst nix.«

»Und, hat man ihn erkannt?«

»Nee, dazu gab's nix.«

»Die müssten längst wissen, wer da hing. Dilettanten!«

Auf ein minimales Kopfnicken hin gab der Fahrer Gas, und der Wagen fuhr davon.

Richie hatte inzwischen aufgehört, sich zu wundern. An jedem Ort der Welt konnte man Radio hören, telefonieren, E-Mails austauschen. Aber die einfachsten Infos holten sich die Bosse seit einiger Zeit über dieselben Kanäle wie in der Steinzeit: mündliche Überlieferung. Ging's um Geldforderungen, zählte nur Bares, oder man tauschte Naturalien und Ähnliches aus. Richtig: Alles konnte abgehört, Daten entschlüsselt, Geldströme, Bewegungsprofile analysiert werden. So hatte man inzwischen fast alles dergleichen abgeschafft. Schmuck, Wert- oder Rohstoffe, Mädels, Events, mündliche Informationen –

das waren die neuen Währungen in der Szene. Dir schuldet einer 3.000 Euro? Okay, soll er dir den Öltank füllen. Oder für 5.000 ein exklusives Wochenende auf Sylt. Für ihn galt das natürlich nicht. Die kleinen Lichter wurden nach wie vor mit Geldscheinen bedacht, allerdings mit kleinen. Kleine Dienste, kleine Scheine. Internet durchsehen und Bericht erstatten machte einen Zwanziger – immerhin bar auf die Kralle!

Hansi, das elende Großmaul! Vor zwei Wochen hatte er seinen Konkurrenten in der Stadt mit der Begleichung alter Rechnungen gedroht. Spätestens zur Wasenzeit werde man wissen, wer in Stuttgart die Hosen anhabe. Gab es dafür überhaupt einen Anlass? Der Einzige, der vormals über eine ähnliche Kragenweite wie Hansi verfügte, King Stucki, war längst aus dem Geschäft. Oder besser gesagt, in ganz anderen Geschäften tätig. Wer wollte sich sonst mit Hansi anlegen? Jetzt hatten sie ihn um die Fruchtsäule gewunden. Kein stiller Abgang im Hinterhof oder in den Neckar, was hier am Hafen eigentlich angesagt gewesen wäre. War doch Stuttgart auch eine veritable Hafenstadt. Jedenfalls zeigten die Firmenschilder entlang des Ufers die Namen der großen Binnenschifffahrer und Binnenwassertransporteure aus der ganzen Republik. Und am Ufer zwischen Cannstatt und Plochingen schien schon so mancher für immer im Neckar abgetaucht zu sein, bis er an einer der flussabwärts wartenden Staustufen wieder zum Vorschein kam. Im Unterschied zu tiefen flächigen Gewässern taugten die lokalen Wasserstraßen daher nicht für die finale Entsorgung von, beispielsweise, Opfern eines Szenekriegs, wie er in Stuttgart nun begonnen hatte. Das konnte Richie nur vermuten.

Hansi tot um die Fruchtsäule gewickelt. Hieß es nicht »Hochmut kommt vor dem Fall«? Hansi wollte zeigen, dass ausschließlich seine Leute auf dem Wasen abkassieren durften: die Wirte, die Schausteller, die Mädels. Zum Volksfest hatten sie alle Hochkonjunktur. Wer diesen Umsatzmonat verschlief, brachte seine Jahresbilanz aus dem Gleichgewicht. Mit der quasi öffentlichen Hinrichtung von Hansi war nun ganz Stuttgart gewarnt: Wenn einer allen anderen in die Suppe spucken möchte, hängt der vielleicht morgen als Nächster an der Säule oder sonst wo herum. Und hatte seinen letzten Huster definitiv getan. Das sollten alle wissen. Hoffentlich akzeptierte man das. Sonst standen schreckliche Tage bevor. Und sollte tatsächlich – man musste schon sagen, der ehemalige – King Stucki wieder ins Geschehen einsteigen wollen, dann würde hier die Hölle losbrechen. Die meisten wähnten den einstmaligen Granden der Szene längst aus dem Geschäft, sozusagen im Ruhestand. Was auch passieren sollte: Richie war an seinem Hafenplatz im Kiesbaggerareal auf der sicheren Seite. Die richtigen Keilereien würde es drinnen in der Stadt geben oder eben auf dem Wasen.

5. KAPITEL

Bolz hatte sich noch kein abschließendes Urteil darüber gebildet, was er von Gromer halten sollte. Normalerweise kam er bei neuen Mitarbeitern schneller zu einer festen Einschätzung. Seit drei Wochen wuselte der eifrige Jung-Inspektor um ihn herum, lag manchmal richtig, manchmal daneben. Als Person war er ziemlich blass. Keine besonderen Hobbys, Vergnügungen, gerade bei der Mama ausgezogen, angeblich feste Freundin, die allerdings nie einer gesehen hatte. Oder war es nicht nur ein Gerücht, dass Gromer schwul sei? Na ja, wenn schon. Davon wollte Bolz sich nicht irritieren lassen, hatte er doch gelernt, dass diese Neigungen und Orientierungen vollkommen wertneutral zu betrachten waren. Im Übrigen war Gromer fleißig, pünktlich und in allen fachlichen Gesprächen ein kompetenter Mitarbeiter. Und er lag richtig.

Der Tote an der Fruchtsäule war ein alter Bekannter in der Polizei-Datei: Johannes Vegesack. Vor gut 20 Jahren aus Bremen zugezogen, bereits mit ordentlich Gepäck im Rucksack: Erpressung, Körperverletzung, Zuhälterei, zusammengerechnet drei Jahre Knast. Nach der letzten Entlassung in Bremen für einen Neustart nach Stuttgart umgesiedelt. Neustart wofür? Erste Jobs als Türsteher entlang der Hauptstätter und Tübinger Straße, was Begegnungen mit der lokalen Polizei mehr oder weniger unvermeidlich machte. Irgendwann allerdings sah man ihn nicht mehr vor der Tür stehen, sondern im Hinterzimmer sitzen.

Hansi, wie man ihn hier nannte, hatte sich schnell etabliert und hochgearbeitet. Und irgendwann, als man einen der Kneipiers wegen fortgesetztem illegalem Glücksspiel in seiner Spelunke, die sich natürlich »Club« nannte, für kurze Zeit zu freier Kost und Logis nach Stammheim verfrachtet hatte, übernahm Hansi den Laden: natürlich ohne weiteres Glücksspiel. Entlang der informellen Stuttgarter Rotlichtmeile erwarb er nach und nach mehrere Bars und Spielmaschinenkasinos. Einige davon Treffs für Drogenumschlag und Prostitution. Alles natürlich rein zufällig an diesen Plätzen, Hansi hatte damit nie etwas zu tun, die Ermittler taten sich bei jedem Vorfall schwer. Der Zugereiste wusste, wie man andere die Drecksarbeit machen ließ und selbst die Hände in Unschuld wusch. Hin und wieder kam es dennoch zu Vorfällen. Auf Hansis Spur gelangten ein paar weitere Nordlichter an den Nesenbach und fielen hier zunächst rein sprachlich auf, dann als Eindringlinge und Konkurrenz, wie man sie in der ansonsten überschaubaren schwäbischen Szene gar nicht brauchen konnte. Keilereien um umsatzstarke Bars und Quadratmeter Handelsplatz machten der Polizei Ärger und gerieten als Nachricht in die Lokalpresse. Schließlich waren die Claims zwischen den Gangs zuverlässig abgesteckt, und die Innenstadt hatte sich beruhigt. Und der »rei'g'schmeckte« Hansi hatte als einer der Platzhirsche in der Stuttgarter Szene überlebt. Voilà.

Jetzt hatte es ihn aber erwischt, und Bolz wusste, dass er schon unter normalen Umständen seine Ermittlungen in Abstimmung mit seinen »Freunden« von den Drogen und der Sitte betreiben musste, war beides doch mit Sicherheit der Hintergrund von Hansis plötzlichem Ableben. Was nun hinzukam, war für Bolz neu: der Staatsschutz.

Die Morddrohung gegen den MP brachte diesen ins Spiel, was an der Nachricht auf jenem Fresszettel immer dran war – oder eben auch nicht.

»Gut gemacht, Gromer, im Fußball würde man sagen, direkt verwandelt.«

»Schon gut«, entgegnete der Nachwuchsermittler. »Damit fängt der Ärger aber erst richtig an.«

»Sie meinen die Arbeit.«

»Nein«, verbesserte Gromer seinen Chef, »ich meine den Ärger. Kurzritter von der Sitte hat sich schon erkundigt, wann wir ihn in den Ermittlungsstand einbeziehen.«

»Der ›Kurze‹« – so nannte man den Chefermittler des Stuttgarter Sittendezernats intern – »soll bloß den Ball flach halten. Erstens wissen wir noch so gut wie nichts, und außerdem habe ich von nirgendwo Weisung, jemanden einzubeziehen. Hier geht's um Mord, also unsere Baustelle, und damit hat sich's derzeit.«

»Klar, weiß schon«, quittierte Gromer Bolzens Statusklärung pflichtschuldig, wohl wissend, dass sich das mit einem Zehnsekundenanruf der Staatsanwaltschaft ändern konnte.

»Sagen Sie mal, wie ist der arme Kerl eigentlich zu Tode gekommen? Sah nach Strangulation aus.«

»Ganz Genaues weiß man nicht. Angesichts der zahlreichen Hämatome am Körper wurde ihm aber schon vor dem Exitus ordentlich zugesetzt«, berichtete Gromer.

»Das ergibt überhaupt keinen Sinn. Wenn so einer von der Konkurrenz ausgeschaltet werden soll, veranstaltet man nicht vorher eine sinnlose Prügelei, sondern bringt ihn halt um.«

»Vielleicht hatte er die Möglichkeit, sich zunächst zu wehren?«

»Das ist bei einem gezielten Mord unwahrscheinlich. Wenn einer um die Ecke gebracht werden soll, geht man in solchen Kreisen auf Nummer sicher. Also totschießen wäre der normale und sichere Weg. Erdrosseln und zuvor Kampf – das ist doch dilettantisch. Hansi war im Profimilieu aktiv. Also klar ist der Fall nur auf den ersten Blick.«

»Die Fruchtsäule legt Planung und gewollte Symbolik nahe. Jeder soll es wissen. Das ist eindeutig eine professionelle Schiene.«

Das konnte Bolz nur unterstreichen. Da war eigentlich kein Zweifel möglich. Aber wer gegen wen, beziehungsweise Hansi gegen wen? Wer waren die Gegner? Und die Drohung gegen den MP? Eine Finte? Ein Ablenkungsmanöver? Musste man das ernst nehmen?

»Die wollen uns auf eine falsche Fährte locken«, mutmaßte Gromer.

»Das zählt hier nicht. Wenn so etwas vorliegt, darf keiner leichtfertig drüber hinweggehen. Stellen Sie sich vor, den Knarzmann knallt einer ab, und die Tat wurde zuvor angekündigt. Dann ist der für die Polizei und Sicherheit zuständige Innenminister politisch gleich mit tot, kann sich quasi selbst erschießen. Was man davon auch immer hält, in diese Richtung muss ermittelt werden. Aber nicht von uns.«

»Okay«, bestätigte sich Gromer selber, »das bedeutet noch größeren Ärger. Mit Kurzritter, den Drogenleuten und zusätzlich mit dem Staatsschutz.«

»Oder die wollen alles alleine machen«, gab Bolz als Variante zu bedenken. »Im Moment sind aber wir zuständig und tragen zusammen, wo der Gute überall aktiv war, also was er besessen und betrieben hat – und was wir ahnen und glauben, aber nie richtig beweisen konnten.

Da fangen wir an. Und außerdem: Was hat er eigentlich die letzten Tage und Stunden vor seinem Tod gemacht?«

»Verstanden«, bestätigte Gromer, dass er einen umfassenden Ermittlungsauftrag erhalten hatte.

Bolz indes beschloss zu tun, was er sonst nicht tat. Er ließ sich ungefragt bei der Staatsanwältin anmelden.

6. KAPITEL

»Oje, war das ein Desaster«, beklagte sich Ministerpräsident Knarzmann nach der Pressekonferenz. »Jeder wusste von dem Wasenmord, was sollte ich da sagen?«

»Du hast genau das Richtige gesagt«, wollte der Innenminister den MP aufbauen. »Gerade davon erfahren, schreckliche Tat, die Polizei ermittelt. Das war's.«

»Leider habe ich gesagt, dass das Volksfest natürlich weitergeht, und ich am Samstag wie geplant hingehen werde.«

»Du meinst, jetzt fragt sicher jeder, warum du darüber gesprochen hast?«

»Ja, das war eine Art Übersprunghandlung. Gezielt hatte keiner danach gefragt. Glaubst du, die Geschichte mit der Morddrohung können deine Leute unter der Decke halten? Wie lange geht das gut? Und was wollt ihr tun?«

»Wir lassen den Staatsschutz ermitteln, ob ein politisches Motiv dahinter steckt oder ob es sich um Ablenkung oder Verarschung handelt.«

»Wie wollen die das herausfinden? Und wenn einer mitbekommt, dass die Polizei gar nicht ermittelt, sondern die Staatsschützer? Wer ist das eigentlich?«

»Die Polizei ermittelt wie immer. Ich habe einen Hinweis, dass das Opfer aus der Szene stammt, ein Bekannter. Das passt nicht zu politischen Motiven.«

»Du hast mir gar nicht gesagt, dass das so eine Scheußlichkeit war, das mit der Fruchtsäule. In was für Abgründe blicken wir hier bloß?«

»Für diese Details hattest du vor der PK gar keinen Kopf. Ich hatte keine drei Minuten Zeit, um zu erklären, was überhaupt geschehen ist. Du hast mich stehen lassen und bist zur PK aufgebrochen.«

»War kein Vorwurf. Aber was machen wir jetzt?«

»Auf die Morddrohung setzen wir den Staatsschutz an, die Kripo kümmert sich um den Mord.«

»Dann ermitteln verschiedene Behörden. Geht so was gut? Wer koordiniert die Dienste? Fürchterlich!«, diagnostizierte Knarzmann.

»Wenn du dich der Empfehlung des Polizeipräsidenten entsprechend verhältst, wird es so fürchterlich nicht. Der Auftritt am Samstag fällt aus und der IHK-Aufritt am Donnerstag ebenso.«

»Nein, nein!«, wehrte Knarzmann ab. »Wenn ich das mache, wird erst recht spekuliert. Jeder fragt sich, was ist denn da los? Und sobald von dieser Drohung etwas durchdringt, machen uns die Medien die Hölle heiß. Ich mache alles wie geplant. Wir lassen uns nicht einschüchtern.«

Der ebenfalls anwesende Schiller wollte dazu beitragen: »Sollten Sie in Ihrer Ansprache den Mord nicht erwähnen? Wir können nicht so tun als wäre das ein Volksfest wie jedes andere.«

»Also ins Manuskript kommt dazu gar nichts rein«, machte der MP seinen Standpunkt klar. »Das erwähne ich nach dem Grüß-Gott-Sagen ganz informell. Wer weiß, wie am Samstag der Erkenntnisstand aussieht. Das flechte ich spontan ein. Dazu brauchen Sie gar nichts reinschreiben.«

Nachdem Schiller sich geäußert hatte, fühlte sich Striebels persönlicher Referent Billinger verpflichtet, ebenfalls etwas beisteuern zu müssen: »Sie könnten das mit einem Dank an die Polizei und die übrigen Sicherheitskräfte verbinden.«

»Ja was denn noch alles?«, fragte Striebel in genervtem Ton, sodass Billinger beinahe rot anlief. »Spätestens dann fragt sich jeder, was für eine Höllenaktion hier im Hintergrund abläuft, dass der MP Anlass hat, sich gleich bei sämtlichen Sicherheitsorganen zu bedanken. Wenn die Lage am Samstag genauso aussieht wie heute, fragt sich eh jeder Wasenbesucher, weshalb dort eine Sicherheitsstufe herrscht wie am Flughafen nach einem Terroranschlag.« Darauf kehrte im Zimmer zunächst eine gespannte Ruhe ein, sodass der Innenminister einfach fortfuhr: »Jetzt müssen wir als Erstes die Zuständigkeiten genau abgrenzen. Die Koordination wird recht kompliziert, weil immer verschiedene Dienste gleichzeitig im Einsatz sind. Die Kripo ermittelt den Mord, der Staatsschutz die Morddrohung – und ob da weitere Spieler zum Einsatz kommen, muss man mal mit der Staatsanwaltschaft diskutieren.«

»Das müsst ihr eben hinkriegen«, ordnete der MP höchste Konzentration an.

»Übrigens hat sich der OB gemeldet. Die Frage, ob der Wasen weitergehe oder nicht, falle in seine Zuständigkeit.«

»Ja und? Wenn er das Volksfest absagen will, kann er doch. Soll sich bloß nicht in die Hosen machen. Ich sag' nur ›Fernsehturm‹ – so was braucht hier keiner ein zweites Mal. Lass ihm ausrichten, er soll sich um seinen Feinstaub kümmern, von mir aus mit Kutterschaufel und Kehrwisch.«

Auf den OB war Knarzmann schon lange nicht mehr gut zu sprechen. Der wolle in Stuttgart alles alleine entscheiden und begreife nicht, dass Stuttgart nicht irgendeine Stadt im Land sei, und alles, was hier geschehe, einen politischen Symbolgehalt habe. Jetzt sprach der Ministerpräsident endlich aus, wie sehr ihm dieser Überzeugungstäter im Rathaus auf den Wecker ging. Für Striebel Anlass genug, an die letzten Moritaten aus dem Rathaus zu erinnern.

»Hast du die Sache mit dem Antrag auf Bio-Bier und Soja-Wurst mitbekommen? Jetzt könnte er mal zeigen, ob in dieser Fraktion überhaupt einer auf ihn hört!«

»Das wird er«, war sich Knarzmann sicher. »Wenn das öffentlich wird, lacht über uns die ganze Welt. Aber in diesem Stadtrat reicht es einigen nicht von zwölfe bis Mittag.«

Das gefiel dem Innenminister. Weniger gefiel ihm die Hartnasigkeit des MP bei den öffentlichen Auftritten, das mochte er gar nicht. Gutes Zureden schien aber zwecklos.

»Lass uns mit dem OB nicht zu ungnädig sein, Siegfried. Der hat keine Ahnung von dem Zusammenhang mit dir. Wir haben davon niemanden informiert. Das Rathaus ist ahnungslos.«

»Du hast recht. Irgendeinen Hinweis müssen wir ihm geben.«

»Aber keinesfalls die genauen Umstände!«

»Was für eine Geschichte willst du dir ausdenken? Wir sagen ihm, dass es eine Drohung gegen mich gibt, die man der Form halber ernst nehmen müsse. Mehr ist nicht dran!«, versuchte Knarzmann, den Ball so flach wie möglich zu halten.

»Um Gottes willen, willst du so weit gehen? Das erfährt jeder. Im Rathaus kann keiner den Mund halten.«

»So geht das nicht«, knurrte der MP. »Wenn der nicht im Bild ist, kann er sich auf gar nichts einen Reim machen. Man muss ihn aufklären!«

»Sagst du es ihm selbst? Und volle Vertraulichkeit! Diese Info muss für seinen Pressefritzen tabu sein!«

Mit einem kurzen Nicken signalisierte der MP Einverständnis.

Mit dem Rest hatte Striebel alleine fertig zu werden. Knarzmann war aufgestanden, um sich an den Bodensee fahren zu lassen. Irgendeine Messe rund ums Fahrrad, und der MP hatte einem Batterien-Guru versprochen, dass er dort ein E-Bike Probe fahren würde. Elektromobilität – und das auf zwei Rädern. Vielleicht würde er selbst mal MP, träumte Striebel, und könnte sich den Alltag leichter machen. Ob diese Staatsschutzbehörde überhaupt etwas leisten könne? Er hatte keine Ahnung. Bisher war er nie in irgendeine Aktion einbezogen worden. Er wusste nur, wer in seinem Ministerium dafür zuständig war. Mangels Alternativen gewissermaßen ein Fall für blindes Vertrauen. Der Termin mit Angsterer sollte in einer halben Stunde in seinem Dienstzimmer beginnen.

7. KAPITEL

Palm steckte in einem Dilemma. Nachdem die Polizei die Identität des Mordopfers bekannt gegeben hatte, konnte er im Tagblatt darüber gerade mal so viel wie alle anderen berichten – und das war wenig. Oder er konnte mit seiner Kenntnis der Stuttgarter Szene die Spekulation und damit die Hysterie anheizen. Die erste Alternative bedeutete Langeweile, die andere ein großes Risiko, denn dafür musste er recherchieren, nachlegen – und wehe, es stellte sich nichts heraus. Sollte mit dem Mord an Johannes »Hansi« Vegesack in Stuttgart allerdings eine Art Bandenkrieg begonnen haben, eine Abrechnung zwischen den Platzhirschen, müsste Palm nahe ran ans Geschehen, um immer an der Spitze der Informationsfront zu sein. Ein weiterer Aspekt des Risikos. Sein Ressortleiter Schlehenmeyer hatte schon geunkt: »Wenn der JJ morgen was vom Bandenkrieg schreibt, traut sich in Stuttgart keiner mehr auf die Straße. Dann kann man die Bürgersteige schon bei Einbruch der Dunkelheit hochklappen.«

Oder sollte er erst einmal direkt den Ermittler fragen? Bolz würde ihn angesichts der Brisanz auf Armlängendistanz halten. Es sei denn, er könnte ihm etwas bieten. Um seine Arbeit/Familie-Balance wäre es in der nächsten Zeit geschehen, dabei war man gerade dabei, sich harmonisch einzupendeln. Der Nervenstress war zurückgegangen, soweit die zwei angeheirateten pubertierenden Söhne dies zuließen. Neulich hatte ihn Inge sogar gelobt.

Auf sie würde der inzwischen fast 18-jährige Björn nicht hören, von seinem Ersatzvater JJ ließ er sich jedoch ab und zu Erfahrungen über die Risiken von Gras und Alkohol erzählen. Palm war in seinen Sturm- und Drangjahren der seinerzeitigen Drogenmode nie ganz und gar erlegen. Über Probieren von allem, was der Markt an vermeintlich harmlosem Stoff bot, gingen seine Erfahrungen nicht hinaus. Der erste Joint hatte bei ihm Übelkeit ausgelöst, sodass er den Zweitversuch lange hinauszögerte. Das ging zunächst besser, führte in Kombination mit reichlich billigem Rotwein aber zu einem Filmriss und tags darauf zu einem solchen Kater, dass er jederzeit spontan geschworen hätte, Drogen nie wieder anzurühren. Das wäre ihm fast gelungen, hätte er sich nicht ein Jahr später bei einer Semesterabschlussfete zum Schnupfen von Kokain verleiten lassen. Nein sagen wäre aber ganz unmöglich gewesen, wurde ihm das weiße Pulver doch von einer aus Schweden stammenden und unwiderstehlich aussehenden Kommilitonin angeboten. Um sich ihr voll und ganz nähern zu können, hätte Palm damals alles geschnupft oder geschluckt, was man ihm geboten hätte, notfalls in einen ekelhaften Surströmming gebissen. Die Erinnerung an alles, was in den folgenden zwei Stunden passierte, hatte sich ihm trotz seiner Narkotisierung bis in jedes Detail so in seinem haptischen und fotografischen Gedächtnis eingebrannt, dass er dieses Erlebnis seit Jahrzehnten in der Erinnerung genoss. Gegenstand seiner Erörterung mit Björn war das natürlich nicht. Palm beschränkte sich einerseits auf das Verständnis dafür, dass man vieles im Leben mal ausprobieren, aber sehr diszipliniert im Griff behalten müsse. Wie in solchen Fällen üblich, behauptete sein Ziehsohn, genau das sei bei ihm der Fall:

»Klar, hab' ich das im Griff, Alter. Mach ich, wenn ich will, ich muss aber nicht.« Palms Hinweise auf zurückgehende Verlässlichkeit bei Absprachen und deutlich nachlassende Fürsorge für die schulischen Pflichten führten nicht zu spontaner Zustimmung. Immerhin gewann er Björns Aufmerksamkeit mit dem Hinweis, dass in seiner Erfahrung Frauen keinerlei Präferenz für Drogenkonsumenten zeigten, sondern diese Neigung als zweifelhafte Labilität interpretierten.

»Wenn eine den Eindruck hat, du stehst eher auf den Stoff als auf sie, stärkt das nicht deine Attraktivität. Frauen suchen starke Typen, die ohne das Zeugs auskommen.« Wie stark solche Diskussionen halfen, blieb offen. Palm konnte nur raten, in welchem Kreis der Drogenhölle Björn bereits angelangt war. Immerhin schien das anstehende Abitur nicht gefährdet. So glomm immerhin ein Funken Hoffnung. Illusionen indes bezüglich überdurchschnittlicher Ergebnisse waren nicht mehr im Spiel. Und danach? Erst mal den nächsten Schritt tun, dann würde man weitersehen. Mit einfachen Weltsichten war der Alltag besser zu bewältigen. Das hatte sich auch im Hause Palm durchgesetzt.

Die zeitlichen Anforderungen der Familie waren inzwischen durch den jüngeren der beiden Stiefsöhne gestiegen, genauer gesagt durch dessen sportlichen Ehrgeiz. Schon als Kind hatte Falk – ganz wie einst sein leiblicher Vater – einen Hang zum Tennis und ebenso Talent dafür entwickelt. Neben den Mannschaftsterminen war er inzwischen als Einzelspieler unterwegs, natürlich mit Trainer – und den unterstützenden und bewundernden Eltern. Somit war die Agenda für viele Wochenenden des Jahres vorgegeben. Palms Begeisterung dafür hielt sich mit dem Gefühl, in die Pflicht genommen zu werden, die Waage. Seinem Naturell entsprechend war er eher als nüchterner Begleiter denn als feuriger Fan mit dabei.

»Falk hätte mehr Enthusiasmus von dir verdient«, tadelte ihn Inge dafür gelegentlich. Realistisch, wie sie selbst nun mal war, forderte sie aber nicht mehr, als JJ an Engagement aufbringen konnte. Seit JJs Wiedereinzug bei der Familie in Fellbach lief der Alltag einerseits weniger gedrängt und hektisch ab als während ihrer Phase als alleinerziehende Mutter. Andererseits forderte JJ alleine durch seine Präsenz Aufmerksamkeit und interpretierte persönliche Zuwendung oft als Einladung zum spontanen intimen Zusammensein, selbst wenn ihr lediglich nach einer Streicheleinheit zumute war. So ging sie damit wie schon früher bewusst und dosiert um, obwohl dies sicher mit ein Grund für JJs gelegentliche Eskapaden mit anderen Frauen war. Davon ahnte sie etwas, wollte es aber nicht wirklich wissen, und sagte sich pragmatischerweise, dass Klarheit darüber das Leben bestimmt nicht leichter machen würde. Immerhin wertete sie JJs verstärkte häusliche Präsenz als Beweis für die Stabilität ihrer Beziehung.

Palm waren die Empfindungen seiner Frau durchaus bewusst. Ständige Absenzen verunsicherten sie. Also: Wie lange würde ihn der Szene-Mord binden und auf der Straße statt zu Hause auf der Couch halten? Wenn es schnell ging, ein paar Tage, könnte sich aber auch über Wochen hinziehen. Der Ärger zeichnete sich also ab. Aber: War er nun Journalist, also ein richtiger, oder nicht? Also: Was könnte er Bolz bieten, um mehr zu erfahren? Palm erinnerte sich an sein morgendliches Telefonat mit Herrlein, dem Pressemann im Rathaus. Herrlein war keine Plaudertasche, die sich ständig wichtigmachen wollte.

Wusste er aber etwas, konnte er es schwer verbergen, der Wahrheit zu sehr verpflichtet, als es seine Profession gelegentlich gebot. Vielleicht war er so kurz vor Mittag zur Duz-Form aufgelegt.

»Hallo, Egon«, flötete Palm in sein iPhone, »hat sich der Rauch über Cannstatt verzogen? Ist der Wasen wieder begehbar? Ich bin gespannt, was du inzwischen weißt.«

»Ob der Wasen programmgemäß läuft?«

»Klar, hat sogar schon der MP heute Morgen verkündet.«

»Der hat gar nichts verkündet. Mit so schlechten Gedanken finden wir beide nie mehr aus der Hölle, lieber JJ. In welchem Kreis sind wir denn jetzt angekommen?«

»Alles noch harmlos, vermute ich. Aber was fragst du mich? Ich dachte, du führst uns hier raus.«

»Dazu müssten wir erst ins Zentrum gelangen, den neunten Kreis. Das ist entweder eine Mörder- und Ganovenhöhle oder die Landesregierung.«

»Von den einst Regierenden waren bei Dante viele in der Hölle. Da würden wir auch in Stuttgart einigen begegnen.«

»Allerdings leiden die nicht so richtige Höllenqualen.«

»Wissen wir's? Aber zurück zur PK unseres Freundes Knarzmann und zum Wasen. Er geht am Samstag hin. Okay, hatte aber gar keiner angezweifelt. Und dass das Volksfest weitergeht? Hat niemand bezweifelt. Was geht den das eigentlich an?«

»Eigentlich nichts«, bekräftigte Herrlein. »Man hat ihn halt gefragt.«

»Ja, aber zu dem Vorfall. Er hätte weiter gar nichts sagen müssen. Oder: Fragt im Rathaus, wie's auf dem Wasen weitergeht.«

»Hat er aber nicht.«

»Und hat das einen Grund?«

»Nichts geschieht ohne Grund, aber den dafür kennt keiner.«

»Na, jetzt aber – keiner? Auch nicht der Herr Pressesprecher oder sein OB?«

»Hör her, JJ, in diesem Falle wirst du den Schultes selber fragen müssen.«

»Dazu bräuchte ich meinen Führer durch das Rathaus. Welchem Höllenkreis wollen wir das zuordnen?«

»Hier findest du Schmeichler und Heuchler wie überall in der Politik. Die sitzen in Dantes Hölle zur Strafe in der Kloake, müssen sich im Kot wälzen.«

»Einen kleinen Vorgeschmack dazu haben die in diesem Gewerbe doch täglich«, spottete Palm mit professionellem Sarkasmus.

»Jetzt aber aufgepasst, Herr Journalist: Die Verräter und Lügner erleiden erst in einem nächsten Kreis ihre Qualen. Da pass mal einer auf!« Herrlein kannte seinen Dante halt ganz gut.

»Noch mal zur Pressekonferenz: Warum hat sich der MP auf der Pressekonferenz dazu geäußert?«

»Mein Name ist Hase«, winkte Herrlein mit so heftig wegwerfender Hand ab, dass Palm dies beinahe durchs Telefon spürte.

Das war deutlich. Palm bedankte sich. Das war mehr, als er erhofft hatte. Um Weiteres zu erfahren, musste man nun bluffen. Auf Bolz' Handy antwortete ein Anrufbeantworter. Warum also nicht auf der Festnetznummer im Präsidium anrufen?

»Gromer, Apparat Bolz«, war zu hören. »Nein, Herr Bolz ist nicht im Präsidium … Was es Neues gibt? … Vielleicht die Pressestelle? … Nicht?«

Gromer sagte nicht wirklich etwas, schien aber gesprächsbereit.

Palm ging gleich aufs Ganze: »Der MP hat heute Morgen erklärt, dass der Wasen wie geplant ablaufen werde. Die Geschichte mit ihm – wie weit sind Sie denn da?«

»Die Geschichte mit ihm? Was meinen Sie?«

»Jetzt lassen Sie uns nicht Katz und Maus spielen, also seine Verwicklung in die Sache meine ich.«

»Verwicklung? Was soll der MP mit dem Mord zu tun haben?«

»So habe ich das nicht gemeint, aber verstehen Sie, seine Beziehung dazu oder die Folgen für ihn?«

»Um Himmels willen. Dazu kann ich gar nichts sagen.«

»Und der Herr Bolz? Kann mir der dazu was sagen?«

»Ja … nein« stammelte Gromer. »Fragen Sie ihn selbst.«

»Vielen Dank, Herr Gromer, ich melde mich später.«

Palm hatte das Gefühl, einen Volltreffer gelandet zu haben. Jetzt hatte er Bolz etwas zu bieten: sein Schweigen! Das würde Bolz annehmen müssen. Das war alternativlos.

8. KAPITEL

Heimerdinger schaute zufrieden in den Kessel hinunter. Das Panoramafenster seines Hauses am Haigst gab den Blick über die gesamte Stuttgarter Innenstadt sowie die sich nach Westen, Norden und Osten hinaufziehenden Hänge frei. Westlich der Bismarckturm und die sich am Hang entlang schlängelnden Straßen hinauf zum Kräherwald, weiter vorne die Straßenzüge entlang des Killesbergs. Östlich von ihm die Weinsteige mit ihren Villen und Weinbergen, darüber der Fernsehturm. Dazwischen, nicht direkt im Blick, der Bopser und nicht weit dahinter Richtung Stafflenberg- und Richard-Wagner-Straße der Amtssitz des Ministerpräsidenten. Der Blick von dort war längst nicht so umfassend und vielfältig wie Heimerdingers Aussicht. Aber Zeit für den kontemplativen Blick auf die Stadt hatte der MP ohnehin keine.

Stuttgart könnte so ein genüssliches Pflaster sein, wenn sich nicht Strolche wie dieses Nordlicht vor Jahren hier breitgemacht hätten. Damit war es jetzt vorbei. Im Radio und sonst überall war berichtet worden, dass man Vegesack tot um die Fruchtsäule gewickelt aufgefunden habe. Damit wäre ein optimaler Zeitpunkt für einen Wiedereinstieg in die Szene gegeben. Vielleicht sollte er Hansis nun kopflosen »Erben« ein Angebot machen. Als Erstes dem Hänfling, wie man den Betreiber des »Eden« in Cannstatt wegen seiner schmalen Physis nannte. Hänfling lebte nicht nur von diesem Edel-Puff, sondern kassierte wegen der räumlichen Nähe angeblich auch gleich auf dem Wasen ab. Nach Hansis Tod wusste der gar nicht mehr, so malte sich Heimerdinger die Lage aus, bei wem er den Provisionsanteil abliefern sollte. Dafür brauchte der Mann ein Angebot, und zwar von einem, der es ernst nehmen würde. Von selbst kämen vermutlich weder Hänfling noch die anderen aus Hansis Steigbügelhaltertruppe auf die Idee, dass die Szene in Stuttgart einen neuen Kopf bräuchte. Sie würden das als eine Art Kapitulation betrachten. Hänfling war genau der Richtige unter Hansis Laufhausverwaltern für ein eindeutiges Zeichen, dass es nun Zeit für eine neue Ordnung sei. Den einen oder anderen von ihnen könne man sicher im Amt lassen, sofern der gut und pünktlich ablieferte. Manche aus Hansis Hierarchie müssten einfach das Weite suchen, dachte Heimerdinger. Trotz seiner Genugtuung über die Nachrichten des Tages war er von einer gewissen Nervosität befallen. Wenn er so klare Verhältnisse schaffen wollte, wie sie einstmals herrschten, als er »King Stucki« genannt wurde und es auch war, musste er handeln. Aber warten – worauf? Einen Emissär zur Erkundung losschicken. Einen, der bei Drohungen nicht unruhig werden würde. Seine Allzweckwaffe Rüdy, einen vor Jahren aus der Schweiz gekommenen Hünen, der als Türsteher vor seinem edelsten Disco-Schuppen, dem »La Strada«, angefangen hatte. Rüdy hatte später als Kassierer und Vertrags-Überbringer – Verträge wurden in der Szene mündlich überbracht – Karriere gemacht. Rüdy würden sie ernst nehmen.

Das musste jetzt ganz schnell gehen, da die gesamten Volksfesteinnahmen auf dem Spiel standen. Bei Widerstand müsste man das sofort klären, vor Ort, mit aller Macht. Eine weitere Saison ohne wesentliche Einnahmen würde

Heimerdingers zivile Investitionen gefährden. Heimerdinger hatte eine klare Strategie verfolgt: die Szene-Gewinne solide anlegen, um ohne das Szene-Business und die ganzen damit verbundenen Risiken leben zu können. Möglichst als angesehener, zumindest geduldeter Bürger in respektabler Umgebung. Den Wohnsitz dafür hatte er schon bezogen. Inzwischen hielt er Anteile an aufstrebenden Softwarefirmen, Aktien- und Immobilienpaketen. Dies alles war indes kein Selbstläufer. Die Unternehmen performten nicht so, wie erwartet. Bei den Immobilien war er Tilgungsverpflichtungen eingegangen. Die Banken waren eben bei Käufen ohne Eigenkapital nicht so risikofreudig. Legte man Kapital auf den Tisch, kamen immer Fragen nach der Herkunft des Geldes. Einiges davon war bereits artig versteuert, anderes befand sich in einer der Waschmaschinen im Osten oder am Golf. Überhaupt war klar, dass ein Wiedereinstieg in Stuttgart den Ärger mit den Bargeldströmen immens erhöhen würde. Das passte ihm dennoch besser als etwa ausbleibende Einnahmen. Mit all dem würde er fertig werden. Warum also nicht Rüdy losschicken?

9. KAPITEL

»Was haben wir inzwischen rausgefunden?«, forderte Bolz seinen jungen Assistenten zu einem Statusbericht auf.

»Der Hansi selig hat sich in den letzten Jahren auf zwei Sparten fokussiert: Spielmaschinenkasinos und Laufhäuser. Von Letzteren sicher zwei, eventuell drei.«

»Sicher heißt?«

»Nachweis immer schwierig, aber das ›Eden‹ in Cannstatt und die ›Mühle‹ in Feuerbach gehören ihm wohl.«

»Offizielle Eigentümer?«

»Ein Immobilienunternehmen mit schwierig nachvollziehbaren Eigentumsverhältnissen. Es gibt Geschäftsführer, die beziehen Gehalt und zahlen Steuern. Die dort arbeitenden Damen sind Mieter und selbstständig. Alles, wie wir's kennen. Die Spielhöllen haben Lizenzen und ebenso Geschäftsführer et cetera.«

»Ist das alles?«

»Nein, nicht ganz. Es gab vor zwei Monaten eine Anzeige gegen Vegesack. Von einer Dame, die angeblich früher für ihn oder einen anderen Granden in der Szene gearbeitet hat. Die hat sich verselbstständigt, betreibt heute einen Escort-Service. Also so was Vornehmes«, rollte Gromer mit den Augen. »Eventuell wollte Vegesack den Laden übernehmen und hat ihr gedroht. Angezeigt hat sie ihn allerdings wegen ›Stalking‹.«

»Stalking?«

»Vielleicht wollte sie so sicherstellen und dies an Vegesack kommunizieren, dass man als Erstes auf ihn käme, wenn ihr was zustoßen würde.«

»Was hat man unternommen?«

»Es gab eine Vorladung an Vegesack, die er aber ignoriert hat.«

»Was schließen wir daraus?«

»Ich fürchte, gar nichts«, fasste Gromer seinen Ermittlungsstand bescheiden zusammen.

»Das heißt, wir haben noch eines: Gestern Abend hat man Vegesack im ›Come Prima‹ beim Abendessen gesehen. Hat der Wirt berichtet, der die Nachricht von seinem Tod im Radio gehört hat. Von dort ist er kurz nach 22 Uhr in seinem schwarzen Camaro weggefahren.«

»Ja, wohin? Vermutlich nicht nach Hause ins Bett. Wo hat er die Nacht verbracht, bevor er in den frühen Morgenstunden erdrosselt wurde? Vielleicht rüber nach Cannstatt, ins ›Eden‹. Das gehörte ihm doch. Nehmen wir an, er wollte Spaß haben.«

In die Erörterung der Lage hinein meldete sich Bolz' Telefonapparat. Der Hauptkommissar nahm den Hörer ab, hörte zu und warf den Kopf hoch, der Gesichtsausdruck versteinerte, der Hörer knallte auf die Gabel.

»Heute kein Nachmittagskaffee. Hören Sie, Gromer, wir fahren jetzt nach Cannstatt. Dort sitzt einer mit durchschossenem Schädel in einem parkenden Auto. Übrigens unweit vom ›Eden‹.«

Angesichts der Stuttgarter Baustellenkultur hatte Bolz schon seit Längerem die Bereitstellung des Polizeihubschraubers für innerstädtische Distanzen gefordert. Vergebens indes, sodass er Gromer anwies, zügiger zu fahren. Am Neckartor, dem bundesdeutschen Feinstaubzentrum, ermunterte er ihn zu einem zusätzlichen Tritt aufs Gaspedal: »Dieses Affentheater machen wir nicht mit!« Ohnehin hatte er das Blaulicht aufs Dach setzen und die Sirene johlen lassen, um vor allem die auf 50 Kilometer pro Stunde entschleunigte Strecke entlang des Rosensteinparks zügiger zu absolvieren. Schwierig und besonders eng wurde es trotz Blaulicht direkt vor und nach der König-Karls-Brücke, sodass Gromer alsbald links in Richtung der Ausfallstraße nach Hofen abbog. Hier waren die Autofahrer folgsamer als auf der Waiblinger Straße und bildeten sofort eine Gasse. Noch in eine kleine Straße halb links einbiegen, und die beiden waren am Ziel angelangt. Der Bereich um das »parkende Auto«, das sich als ein quer auf dem Gehsteig stehender Smart erwies, war bereits mit rot-weißen Girlanden abgesperrt. Uniformierte erwarteten Gromer und Bolz. Außerdem stand ein Rettungswagen bereit.

»Eine Passantin, die mit dem Kopftuch dort drüben im Streifenwagen, hat den Toten im Wagen gesehen und uns angerufen«, sagte der Polizist.

»Wie hat sie erkannt, dass er tot ist?«, fragte Bolz.

»Hat sie nicht. Sie hat das Blut am Kopf gesehen. Daher der Rettungswagen. Aber der Gute war, als wir ankamen, bereits mausetot. Kopfdurchschuss.«

»Hat sie irgendetwas dazu gesagt oder bemerkt?«, fragte Bolz.

»Das, was wir hier sehen. Auto quer überm Weg. Mann mit Blut am Kopf und so weiter im Auto. Deutsch spricht sie nicht so viel, hat aber gefragt, ob sie eine Belohnung bekäme. Sonst nichts. Personalien haben wir aufgenommen.«

»Und der da drinnen?«

»In jedem Falle nicht lange tot. Ausweis hatte er in der Jacke.«

»Ja geben Sie mal her«, reagierte Bolz ungeduldig und riss dem Polizisten die Dokumente aus der Hand.

Nach einem kurzen prüfenden Blick gab Bolz Gromer die Papiere. Der fotografierte sie mit dem iPhone und schickte sie zur Überprüfung ins Präsidium.

»Offensichtlich ein Schweizer. Schauen Sie mal, was für ein Riese das ist. Der passt gar nicht in so eine Matchbox-Karre.«

»Finden Sie raus, wem das Auto gehört.«

Gromer arbeitete kurz mit seinem Kommunikationsgerät und verkündete nach wenigen Minuten stolz das Ergebnis.

»Der Wagen gehört einer jungen Frau, hier gemeldet.« Gromer zeigte auf die andere Straßenseite. »Vermutlich Studentin. Für mich ein klarer Fall: Den Typen hat man anderswo erschossen, den Smart geknackt, ihn reingesetzt und auf den Fußgängerweg vorgeschoben. Man wollte ihn quasi ausstellen.«

»Nein, nein, nein«, lehnte Bolz Gromers Theorie ab. »Den hat man ziemlich genau hier erschossen. Es ist hier heller Tag. Wie wollen Sie dieses Schwergewicht durch die Gegend transportieren? Man hat ihn hier erschossen, als Nächstes stand der Smart herum. Da hat man ihn reingesetzt und den Wagen die Meter aus dem Hof herausgeschoben.«

»Warum schiebt man ihn auf den Gehweg?«

»Genau! Das ist schon wieder so ein unerklärlicher Unfug! Wer den erschießt, müsste eigentlich so schnell wie möglich wegwollen. Was packt man den Burschen in den Smart und schiebt ihn zum Hof raus auf den Gehweg? Außerdem kriegt den großen Kerl keiner alleine in diese Seifenkiste. Fast so blöd wie heute Morgen der Vegesack an der Fruchtsäule.«

»Das heißt doch, dass die Täter sich hier sehr sicher fühlten.«

»Die Umgebung hier« – Bolz blickte auf die Häuserfronten – »müssen wir unter die Lupe nehmen. Eigentlich sollte man – Wasen hin, Wasen her – für Cannstatt eine Reisewarnung rausgeben. Gefährliches Pflaster! Schauen Sie sich die Häuser hier genau an, Gromer. Fragen Sie die Leute. Hat einer was gesehen, gehört? Ich bin mir sicher, der ist hier erschossen worden, und zwar mit Schalldämpfer. Den hat keiner zufällig dabei, das war nichts Spontanes. Ich fahr ins Präsidium.«

10. KAPITEL

Der Termin mit Abteilungsleiter Angsterer war so ausgefallen, wie Striebel es befürchtet hatte. Ganz alleine nur könne der Staatsschutz ermitteln. Zusammenarbeiten mit Kripo oder sonst wem: Risiken, sowohl was die Ermittlungen angehe als auch die Kommunikation nach draußen. Lecks und dunkle Kanäle. Man könne die Akten dann gleich an die Medien weiterleiten. Ausschließlichkeit, sonst könne er keine Verantwortung übernehmen. Natürlich, wenn der Innenminister ihm eine Anweisung schreibe, werde er sich danach richten.

»So funktioniert eben der verbeamtete Regierungsapparat«, dachte Striebel. »Schriftliche Anweisung für alle Fälle. So hat man den Schwarzen Peter direkt auf der Hand und den halben Rücktritt schon hinter sich.« So hatte er sich das Regieren nicht vorgestellt. Einen Plan B konnte es aber nicht geben. Der Polizei die Ermittlungsarbeit wegnehmen, würde die Geschichte erst recht publik machen, es wäre von Anfang an Striebels Fall. So bestanden Chancen auf einen »reinen« Kriminalfall. Striebel diktierte die Anweisung an Angsterer schon mal für alle Fälle.

Und ob er denn schon die entsprechende Bundesbehörde informiert habe, hatte Angsterer wissen wollen. Das hatte er natürlich nicht wirklich wissen wollen, da ihm klar war, dass Striebel dies nicht getan hatte. Vielmehr war es eine Mahnung, dass er dies erledigen müsse.

Bei einer Morddrohung gegen einen Ministerpräsidenten würde ganz schnell der Generalbundesanwalt in Karlsruhe die Ermittlungen an sich ziehen. Da hätte man in Stuttgart überhaupt nichts mehr zu sagen. Womöglich würden die Karlsruher den Stuttgarter Wasen vorzeitig beenden. Bevor dies stattfände, müsste einiges passieren, dachte sich Striebel.

Der Innenminister hatte das Ganze noch nicht vollständig durchleuchtet. Wer war eigentlich dieser Staatsschutz? Siegfried hatte ebenfalls keine genaue Vorstellung. Aber da war der persönliche Referent des Ministers.

»Billinger«, rief Striebel in die Sprechanlage zu seinem Vorzimmer. »Der Billinger soll mal rüber kommen.«

»Klären Sie mir die Zuständigkeiten und die Personen. Haben die Kapazität und Qualifikationen? Was sind das für Typen? Kann man die überhaupt auf die Menschheit loslassen? Haben die eine Historie? Erfolgsgeschichten oder das Gegenteil davon?«

»Das ist eine Abteilung vom LKA«, wusste Billinger. »Die kommen immer zum Zug, wenn es um politisch motivierte Straftaten geht.«

»Herrgott, so viel weiß ich selber. Aber was haben die bisher bewerkstelligt? Woran waren die beteiligt?«

»Ja, das waren unter anderem die Ermittlungen zu den NSU-Morden und …« Weiter kam er nicht.

»… das ist jetzt nicht Ihr Ernst?«, fuhr Striebel ihn an. »Ich dachte, diese Pausenclowns seien abgeschafft.«

»Von wegen«, gab Billinger zu bedenken. »Das Amt gibt es nach wie vor mit allen Zuständigkeiten.«

»Um Gottes willen, leck mich am Arsch! Also, Billinger, lassen Sie Diskretion walten, was Ihre Nachforschungen betrifft. Ich muss das aber bis morgen wissen.«

Billinger schaute demonstrativ auf die Uhr und verschwand, wie es sich für einen persönlichen Referenten geziemte, geräuschlos aus dem Zimmer.

Striebel war nach einem doppelten Whisky zumute, aber das Telefon meldete sich.

»Hier ist noch mal Dr. Angsterer«, sagte seine Sekretärin entschuldigend. »Ich stelle durch.«

»Ja, was gibt's denn?«

»Herr Minister, es gibt ein weiteres Mordopfer in Cannstatt. Gerade eben erfahre ich davon. Wir müssen also anfangen.«

»Womit müssen Sie sofort anfangen? Steht diese Tat in irgendeinem Zusammenhang mit der von heute Morgen beziehungsweise mit der Drohung gegen den MP?«

»Das vermute ich.«

»Weshalb vermuten Sie das?«

»Das liegt einfach nahe?«

»Warum? Weil Cannstatt so nahe liegt? Hören Sie mal zu, Angsterer, morgen früh um acht, nein um neun erstatten Sie mir hier Bericht und erklären mir den Zusammenhang.« Damit hatte Striebel bereits aufgelegt und beschlossen, sich von keinem der aus seiner Sicht minderbemittelten Schlapphüte auf der Nase herumtanzen zu lassen.

Allerdings musste Striebel erneut an den Generalbundesanwalt denken. Wenn der aus den Medien über eine Morddrohung gegen den baden-württembergischen MP erfahre, was bedeutete dies für ihn, den Innenminister? Striebel wurde bewusst, dass er etwas unternehmen musste, um sich nicht im eigenen Ministerium eine Zeitbombe zu legen. Er musste also den Generalbundesanwalt informieren und mit ihm vereinbaren, ab wann, also ab welcher Stufe der Entwicklung, er ihn um die Übernahme der Ermittlungen bitten würde. Oder müsste das der Justizminister tun? Das war die Lösung: Erst einen Termin mit dem Justizminister vereinbaren, aber nicht sofort und der müsste die Sache mit dem Generalbundesanwalt aushandeln. Das würde natürlich alles dauern, und darauf kam es an.

»Geben Sie mir noch mal den Polizeipräsidenten«, rief Striebel genervt in die Sprechanlage.

Um acht Uhr morgens am kommenden Tag würde ihn Billinger zum Staatsschutz briefen, danach um neun der Polizeipräsident über die Ermittler bei der Kripo beziehungsweise darüber, was dort überhaupt abging. Danach wäre Angsterer an der Reihe, müsste eben im Vorzimmer warten. Und erst, wenn er das gesamte Bild und alles mit dem MP abgestimmt hatte, würde er Anweisungen rausschicken.

Für den verbleibenden Abend stand ein Empfang mit den Schützengilden des Landes auf der Agenda. Sie hatten gerade ihre Statuten geändert: Jetzt durften auch Schwule Schützenkönige und Vereinsvorsitzende werden. Der zivilisatorische Fortschritt im Land war nirgendwo aufzuhalten. Niemand sollte mehr diskriminiert werden. Aber hieß es nicht sprichwörtlich: »Der Weg zur Hölle ist mit guten Vorsätzen gepflastert.« Der Minister überlegte, ob er das in seinem Grußwort erwähnen könnte.

11. KAPITEL

Zwei Morde – eigentlich reichte das in Stuttgart für ein halbes Jahr. Jetzt an einem einzigen Tag. Dennoch war Bolz mehr nach Feierabend als nach Überstunden zumute. Vieles fügte sich, sodass das große Rad mit dem angedrohten Anschlag auf den MP zu relativieren war. Der tote Schweizer stand offensichtlich im Solde eines zumindest früheren Gegenspielers des toten Vegesack, war einer der Gefolgsleute von Hermann Heimerdinger, ebenso wie Hansi ein alter Bekannter der Stuttgarter Polizei. Nie wirklich zu überführen, hatte er sich nach Ansicht der Kripo aus dem dreckigen Geschäft weitgehend zurückgezogen und sich in einem noblen Wohnviertel niedergelassen. Dass einer seiner Wasserträger, Rüdy aus der Schweiz, so kurz nach Hansis Ableben totgeschossen in Cannstatt im Auto saß, hatte natürlich eine Bedeutung. In Stuttgart steckten Banden ihre Claims neu ab, und es gab Reibereien. Wenn der alte Heimerdinger zurück im Geschäft sein sollte, stünden harte Zeiten an. Und nach den demonstrativen Morden, bei denen jeder Täter der Gegenseite klare Ansagen machte, stand in der Stuttgarter Szene offensichtlich ein Klimawandel bevor. In dieser Lage war mit ein paar Überstunden am Abend kein Staat zu machen, sagte sich Bolz. Das bedurfte strategischer Planung. So geschwind im Hinterherrennen nach einem Flüchtenden war in diesem Fall keine Aufklärung möglich.

»Morgen ist auch noch ein Tag.« Damit wünschte Bolz seinem am Notebook recherchierenden Assistenten einen schönen Abend und verließ sein Büro.

Kaum in seinen Dienstwagen eingestiegen, meldete sich sein Handy.

»Ich glaub' es nicht, Palm, was wollen Sie denn jetzt am Feierabend. Bin gerade auf dem Weg nach Hause.«

»Nun ja, die Ereignisse des Tages lassen einen erschaudern. So viel Mord an einem Tag. Wie können Sie da einfach Feierabend machen, Bolz? Ich hätte gedacht, Sie lassen sich gerade für die Nacht eine Kanne Kaffee an den Schreibtisch bringen.«

»Das glauben Sie nicht im Ernst, Palm. Hektik und Hudeln bringt in diesem Fall gar nichts.«

»Ich hab gehört, das Ganze hat was Politisches.«

»Mein Gott, was Sie so hören. Dann sollten Sie beim Pressesprecher der Landesregierung anrufen. Der weiß sicher mehr.«

»Ich würde es mal anders formulieren: Wenn ich dort jemanden aufscheuche, können Sie das Ermitteln gleich bleiben lassen. Oder, wenn ich gar niemanden anrufe und einfach was im ›Tagblatt‹ schreibe: Fragen nach dem Bezug des Cannstatter Mordes zu unserem Ministerpräsidenten.«

»Tun Sie bloß nicht so, als wüssten Sie was.«

»Ich tue gar nicht. Ich höre, dass es heute Morgen für den MP einen Grund gab, etwas zur Fortsetzung des Wasens und zu seinem Termin dort am Samstag zu sagen. Jetzt sagt man sich in der Stadt: Das wird seinen Grund haben, dass er dazu was sagt. Dabei war das gar nicht gefragt, und wenn es um die Fortsetzung des Volksfests ginge, gar nicht seine Zuständigkeit.«

»Was soll er denn machen, wenn er danach gefragt wird?«

»Wurde er doch gar nicht. Also, wenn ich nicht so tun soll, als wüsste ich schon alles, tun Sie nicht so, als wüssten Sie nichts.«

In der Stadt wollte Palm etwas gehört haben. Bolz schwante, was passiert war. Diskretion im Rathaus – das war die garantierte Fehlanzeige. Palm jetzt einfach wegschicken und sich morgen über einen Artikel im Tagblatt wundern mit unabsehbaren Folgen – das war keine gute Option.

»Lassen wir das alles mal«, beschwichtigte er Palm. »Wir könnten aber gern ein Feierabendbier trinken. Warum nicht oben bei der Emily?«

»Gibt's die überhaupt noch?«, gab Palm zu bedenken.

»Wenn nicht, ziehen wir halt ein Haus weiter. Bin gleich dort.«

Palm stand schon am Tresen, als Bolz die kleine Kneipe betrat.

»Der Heusteig hat halt was«, begrüßte er Palm. »Man könnt' grad den Abend lang hierbleiben. Ist doch Ihr Stammlokal.«

»Das war es mal. Sie erinnern sich an meine Mansarde da oben«, erwiderte Palm und wies mit seinem linken Arm über die rechte Schulter Richtung Olgastraße.

»Stimmt, Sie machen seit Längerem wieder in Familie. Brav, brav.«

Damit traf der Hauptkommissar einen wunden Punkt in Palms Befindlichkeit. Die Rückkehr in seine angeheiratete Familie hatte sein Leben in ruhigere Bahnen gelenkt. Das reine Glück empfand er dabei allerdings nicht. Nicht nur der gänzlich repetitive Alltag, sondern die zahlreichen vorgezeichneten Bahnen der Entwicklung der Söhne, der Schulstress, die belastete und genervte Mutter, die Pflichten, die verlorene Spontaneität. Routinen, wohin man blickte … So war es eben, das richtige Leben. Ganz damit abfinden wollte er sich nicht, konnte dies vielleicht nicht. Die freien Valenzen suchten gelegentlich nach Ergänzungselementen. Eine war die anstehende Recherche, zunächst das Spiel mit dem Ermittler Bolz, dem er sich erneut und ungefragt als Partner andiente.

»Da kommt auf unsere verschlafene Großstadt was zu«, feixte Palm. »Stuttgart als Hauptstadt des Verbrechens, ja des Bandenkriegs – oder von Schlimmerem.«

Bolz reagierte mit einem bemühten Aufschnaufen.

»Was war denn das heute Nachmittag in Cannstatt?«

»Schreckliches Bild«, erzählte Bolz, »ein Zweimetermann mit durchschossenem Schädel sitzt in einem Kleinwagen, den man auf den Gehweg geschoben hat.«

»Das ist schon wieder so ein skurriles Höllenbild wie heute Morgen auf dem Wasen«, versuchte Palm, die Begrifflichkeit aus dem Infernodialog mit Herrlein fortzusetzen.

»Höllenbild, Bandenkrieg – mein Gott, Palm, Ihnen kann's nie dramatisch genug sein.«

»Ich sehe eine deutliche Eskalation, Bolz. Wir geraten von einem Kreis der Hölle in den nächsten.« »Bis vor zwei Minuten hatte ich gedacht, wir könnten uns vernünftig unterhalten. Aber irgendwie scheinen Sie heute im Geist woanders unterwegs zu sein.«

»Stimmt fast. Manchmal muss man die Wirklichkeit als Allegorie betrachten oder mit einer vergleichen. Ich sehe aber deutlich, dass da was auf Sie zukommt, Bolz. Oder stecken Sie schon mittendrin? Die Geschichte mit dem Knarzmann – mischen sich da nicht gleich die Staatsschützer ein?«

»Von was für einer Knarzmann-Geschichte reden Sie da? Wir hatten zwei Tote in Cannstatt, beide bei uns aktenkundig.«

»Klar, aber wenn es um Knarzmanns Äußerung in der Pressekonferenz heute Morgen geht, will im Rathaus keiner was sagen, und den OB brauchen wir gar nicht erst zu fragen. Das ist kein Dementi.«

Hätte der OB in diesem Moment die Kneipe betreten – Bolz hätte vermutlich nicht an sich halten können und ihn wie einen unartigen Pennäler auf dem Pausenhof abgewatscht. Zu seinem Glück war der OB zusammen mit Innenminister Striebel beim Empfang der Schützengilden.

»Sehen Sie, Palm, ich lese jeden Tag Zeitung. Und was Sie da sagen, ist keine Nachricht für ein Blatt wie Ihres. Was wollen Sie damit anfangen?«

»Immerhin ist klar, da gibt es was. Sie kennen die Automatismen. Einer schreibt was, alle anderen wiederholen es, plötzlich haben alle das Gefühl: Da ist was passiert, aber man verheimlicht es uns.«

»Soso. Man könnte das, was Sie gerade anstellen, als Erpressungsversuch bezeichnen. Entweder erhalten Sie Informationen oder Sie setzen ein haltloses Gerücht in die Welt.«

»Gerücht lass ich mir gefallen, aber haltlos bestimmt nicht«, hielt Palm dagegen.

Ein Gerücht dieser Art über eine herbeifantasierte Verbindung zwischen einem Mord und einer politischen Morddrohung, so viel war Bolz klar, würde ihm den Fall aus der Hand nehmen. Nach der sachlichen Rechtfertigung fragte niemand mehr. Und diejenigen, die in einem solchen Fall zu ermitteln hätten, wären mit den eigentlichen Verwerfungen in der Stuttgarter Szene und der daraus erwachsenden Welle von Straftaten von A bis Z überfordert. Geradezu unfähig. Immerhin hatte er sich bislang auf Palm verlassen können. Mit im Spiel hielt er sich an die Regeln. Vermutlich war das der bessere Deal, als ab morgen zum Zuschauen verdammt zu sein. Und außerdem hatte er im Rahmen der zurückliegenden Kooperationen durchaus Gefallen an seinem informellen Partner gefunden.

»Das heißt, Palm, Information gegen Regeln einhalten. Publik wird die Geschichte erst, wenn sie vorüber ist, dann aber ganz exklusiv für den investigativen ›Tagblatt‹-Redakteur?«

Palms Verspannungen in Brust und Bauch lösten sich mit einem Moment: »Sie haben das meisterhaft auf eine knappe Formel gebracht«, und hielt Bolz die rechte Hand hin. Als wollte er Palm damit von seinem rhetorischen Höllentrip aufwecken, nahm Bolz die Hand und drückte bis zur Schmerzgrenze zu.

12. KAPITEL

In früheren Jahren hatte die Trennung von nahestehenden Erfüllungsgehilfen bei Heimerdinger Wut und Jähzorn ausgelöst. Wer immer dafür verantwortlich war, man musste zurückschlagen. Nur Wut wollte nicht aufkommen, eher war es Trauer, was ihn ergriff. Heimerdinger zeigte Alterserscheinungen. Sentimentalität war es nicht, aber Schmerz. Tief liegende, oft verdrängte Empfindungen meldeten sich und machten den einstigen Bandenchef, der sich früher so gern »King Stucki« nennen ließ, zu einem Häuflein Elend. Das passte so gar nicht zu der weißen Couchlandschaft aus edlem Leder, von der aus er so gern auf Stuttgart blickte. Rüdy einfach totschießen und ihn auf der Straße in einem popeligen Kleinwagen ausstellen. Die versuchten, sich über ihn lustig zu machen. Der nackt um die Fruchtsäule gewundene Hansi war schon eine freche Provokation. So prompt nun die Fortsetzung – damit hatte er nicht gerechnet. Hansis Clan, das ganze zugereiste Pack, hatte etwas für ihn Undurchschaubares vor. Das werde sich ändern, beschloss Heimerdinger bei aller Trauer über den toten Wegbegleiter. Sein Verstand sagte ihm allerdings, dass die zwei aktenkundigen Opfer des Tages die Polizei auf eine Abrechnung innerhalb der Szene schließen ließen. Vielleicht, ja vielleicht könnte die Kripo die Arbeit machen, Hansis unfähige Nachlassverwalter zur Strecke bringen und ihm somit den Weg zum Wiedereinstieg freiräumen.

Heimerdinger dachte an frühere Phasen von Szenekriegen zurück. Einen Toten hatte es dabei einmal gegeben, und den aus Versehen. Statt einer ordentlichen Abreibung hatten seine Leute fürs Grobe zu hart zugeschlagen. Sozusagen ein Arbeitsunfall. Dumm nur, dass es sich dabei um Hansis kleinen Bruder handelte. Von der Polizei nie richtig aufgeklärt. Einer der Beteiligten – damals zu seinem Glück nicht vorbestraft – kam wegen Körperverletzung mit Todesfolge für zwei Jahre in den Knast, der Rest war Bewährung. Heimerdinger entschädigte ihn nach seiner Entlassung mit einem Spielsalon. Jetzt hatte der Showdown auf einer ganz anderen Ebene begonnen. Heimerdinger würde profitieren, wenn die Geschichte eskalierte, am besten durch allgemeine Verwirrung, worum es bei den Auseinandersetzungen überhaupt ging. Seine alte Freundin Linda hatte ihn wissen lassen, dass Hansi sie vor Wochen wegen ihrer Kundendatei angegangen war. Diese Überlegung barg einiges Potenzial für Verwirrung. Danach musste er sie fragen, ohne sie in irgendetwas hineinzuziehen. Tun müsste sie nichts. Aber vielleicht hatte sie eine leise Ahnung, was sich in Vegesacks Imperium dieser Tage abspielte.

13. KAPITEL

Für Späße dieser Art hatte Linda gar keinen Sinn. Dass sie vor ihrem Haus abgepasst und angesprochen wurde, war schon ein starkes Stück. Und dazu Grüße von King Stucki. Dieses Kapitel lag rund 25 Jahre zurück. Die Ereignisse der letzten Tage hatte sie mitbekommen und daher schon den Verdacht geschöpft, dass sich die ganz alte Garde in Stuttgart noch einmal um das Terrain balgte. Aber was ging sie das an? Als Hansis Büchsenspanner vor ein paar Wochen nach ihrer Adressdatei fragte, hatte sie ihn einfach angezeigt. So konnte sie klarstellen, dass sie für keinerlei Spielchen mehr zu haben war. Hansi war in ihren Augen ein Szenerentner, der sich in Verkennung seines Alters und seiner Reichweite auf ein neues profitables Feld begeben wollte. So wollte der alte Vegesack offensichtlich in die Promi-Erpressungssparte wechseln.

Und jetzt Heimerdinger! Erst Grüße und die Frage, was die Nachlassverwalter des toten Hansi trieben oder planten. Heimerdinger würde die auf ihrem iPhone gespeicherten Telefonnummern ebenso wenig bekommen! Aber danach ließ er gar nicht direkt fragen, nur ob es das Ding gäbe, das Hansi so gern gehabt hätte. Da hörte der Spaß auf, denn ihr Geschäft beruhte auf Diskretion. Und das Geschäft lief sehr gut.

Vor vielen Jahren hatte Heimerdinger sie gehen lassen, einfach so. Über die geschäftlichen Beziehungen hinaus hatten sie eine gute Basis zueinander gefunden. Da sie ihm, nachdem sie schwanger geworden war, glaubhaft machen konnte, dass ihre Tochter Kati seine Tochter sei, durfte sie machen, was sie wollte. Ob das mit der Vaterschaft nun stimmte oder nicht, wusste sie selbst nicht mit letzter Sicherheit. Jedenfalls zeigte Heimerdinger eine Art sentimentaler oder gar väterlicher Milde. Um die materiellen Fragen müsse er sich nicht kümmern, hatte sie ihm versichert und dies eingehalten. In der Tat ging es Linda, die man früher in der Stuttgarter Altstadt als die »Dorflinde« bezeichnete, gut. Mit Fleiß und Gespür für die Veränderungen in der Stuttgarter Gesellschaft hatte sie sich einen Escortservice aufgebaut. Anfangs brauchte man fürs Marketing kleine Zeitungsanzeigen, seit einigen Jahren nur noch das Internet und ein Smartphone. Die Nachfrage nach den hochpreisigen Dienstleistungen war enorm. Ebenso die Nachfrage nach einem Platz auf Lindas Website. Neben Studentinnen und alleinerziehenden Müttern, die mit den amourösen Angeboten ihre Monatsbudgets aufbesserten, fanden sich Zeitgenossinnen, die neben dem monetären Ertrag die Abwechslung zu schätzen wussten und zugleich die Möglichkeit, ihr Engagement entsprechend ihren sonstigen Lebensumständen dosieren und einen Buchungswunsch im Zweifel ablehnen zu können. Dennoch achtete Linda darauf, dass ihr Personal nicht allzu launisch wurde, und versuchte, ein wohlwollendes, aber einigermaßen straffes Regiment zu führen. Sie selber schonte sich insoweit nicht, als sie fast rund um die Uhr erreichbar war, Buchungswünsche entgegennahm und so prompt wie möglich die Antworten einsammelte und versandte. Sie selber stand von Beginn ihrer eigenen unternehmerischen Tätigkeit an nicht länger für Termine zur Verfügung. Konkurrenz für die eigene Belegschaft wäre auch schlecht erklärbar gewesen. Peinlich genau achtete sie darauf, die Vorschriften von Gewerbeamt und Fiskus einzuhalten. Entsprechend diszipliniert mussten die Damen mit ihr abrechnen. Alles hatte sich eingespielt, die Liste der Telefonnummern, die sich bei ihr meldeten, war lang, immer mehr Nummern meldeten sich immer wieder. Die Kunden nannten zumeist einen erfundenen Namen, selten ihren wirklichen. Dies war insofern stimmig, als sich Lindas Mädels für ihren Nebenjob einen die Fantasie anregenden Künstlernamen zulegten. Nur Chantal oder Jacqueline nannte sich schon lange keine mehr.

Diskretion war alles. Ein Kunde, der befürchten musste, dass seine Telefonnummer weitergegeben würde, wäre einfach für immer weg. Nachfragen nach dieser Datei waren also tabu. Hansis Anfrage war daher so gut wie die Aufforderung, ihr Geschäft aufzugeben. Er hatte sich offensichtlich zugetraut, die Namen hinter den Nummern herauszufinden und ihre Kunden damit erpressbar zu machen. Klar war, dass hinter den Telefonnummern neben ganz normalen, unauffälligen Bürgern solche waren, deren wirtschaftliche oder politische Karriere im Falle einschlägiger Publizität auf dem Spiel stehen würde. Linda selbst hatte von den Individuen hinter den Nummern keinen Schimmer. Sie konnte an den gespeicherten Daten sehen, ob sich jemand zum ersten oder zum x-ten Mal bei ihr meldete. Was sie wusste, aber kaum jemand vermutete, war die Diversität der Kunden: Inzwischen kam vermutlich jede fünfte oder sechste Anfrage von einer Frau. Ob es unter ihnen prominente Fälle gab, wusste Linda ebenso wenig wie bei den männlichen Kunden. Die Nachfrage von Frauen nach Frauen zeigte indes, dass die gesellschaftliche Entwicklung am schwäbischen Kernland nicht spurlos vorüberging.

Nun also einer von Heimerdingers Hofschranzen. Sie konnte ihm nicht im Geringsten weiterhelfen und erzählte von Hansis Anfrage und ihrer Anzeige gegen ihn.

»Sag ihm, es gibt seit Jahren keine Kontakte mehr zu seiner Welt oder der von Hansi. Das ist alles lang vorbei und genauso tot wie der Hansi.«

Was Linda Gratian indes nicht ahnen konnte, war die Idee, auf die sie Heimerdinger mit dem Hinweis auf Hansis Begehrlichkeit nach ihren Telefonnummern brachte. Vielleicht war Hansi schlauer, als Heimerdinger gedacht hatte. King Stucki kam allerdings sofort der Gedanke, damit wesentlich souveräner umzugehen, als Hansi es sich je gedacht hatte. Er brauchte die Nummern nicht im Einzelnen. Denn er ahnte: Allein der Hinweis auf solche Daten würde in den Stuttgarter Ministerien zu der Einsicht führen, dass hier einige im Staat geschützt werden müssten. So sensible Daten dürften gerade aus Sicht der Obrigkeit keinesfalls Gegenstand kriminalpolizeilicher Ermittlungen werden.

14. KAPITEL

Bolz klopfte pünktlich um zehn Uhr an die Tür und wurde prompt eingelassen. Die Frau Staatsanwältin hatte er seit einigen Tagen nicht gesehen, sodass er ein großes »Hallo« erwartete und zudem die Frage, was genau ihn herführe. Als er die Tür hinter sich schloss, saß Frau Dr. Klingler bereits an ihrem Besprechungstisch und neben ihr Kurzritter von der Sitte. Neben dem biederen Sittenwächter wirkte die junge Staatsanwältin noch einmal eine Nummer adretter als sonst. Dennoch würde sich Bolz ihr gegenüber immer korrekt verhalten, anders als sein Gelegenheitskollege Palm, der, wenn er Frau Dr. Klingler richtig verstanden hatte, schon einmal seine unruhigen Hände nicht stillhalten konnte. Palm hatte, darauf von Bolz mahnend angesprochen, erklärt, dass die Strafverfolgerin mit ihrem aufreizenden Outfit und Verhalten ihren Teil dazu beigetragen habe. Bolz indes vermutete, dass Palm beim Anblick attraktiver und dazu jüngerer Frauen regelmäßig die Fantasie durchging. Aber heute war Palm nicht mit von der Partie.

»Herr Bolz, pünktlich wie die Uhr. Setzen Sie sich her.«

Soviel stimmte immerhin, und Gromer, das schlaue Kerlchen, hatte es prophezeit: der Kurze. Der nickte freundlich und schien über das Zusammentreffen ähnlich freudig erregt zu sein wie Bolz.

Damit aber nicht genug kündigte Frau Dr. Klingler den dritten Gast an, der sich vermutlich verspäte, Dr. Angsterer, im Innenministerium der Abteilungsleiter für den Staatsschutz. Es gehe nun darum zu tun, was man am liebsten täte: zusammenarbeiten. Die Mordfälle wiesen klar in die Szene von Glücksspiel und Prostitution. Das müsse man, um gescheite Ergebnisse zu erhalten und richtig aufzuklären, alles durchleuchten. Tja, und wie eben alle wussten, war da noch was, der Zettel an dem ersten Toten dürfe nicht ignoriert werden, daher Angsterer. Wo blieb er nur? Der Termin beim Innenminister, ach so, das könne eben dauern.

Bolz und Kurzritter schauten betreten ins Leere. Wenn der Staatsschützer alsbald mit Weisungen von ganz oben eintreffe, würde einem das Denken sowieso abgenommen. Auch die ansonsten so resolute Staatsanwältin hielt sich bedeckt und wollte vor weiteren Vorgaben erst einmal die Ratschlüsse von der politischen Ebene abwarten.

So war man der Not gehorchend beim Small Talk angelangt, einer Disziplin, die weder Kurzritter noch Bolz allzu gut beherrschten. Dass Kurzritter aufgrund seiner Klientel tagaus, tagein mit Tatsachen konfrontiert war, die allesamt unterhalb der Gürtellinie lagen, sah ihm niemand an. Schütteres graues Haar über dem runden Gesicht, unauffällige Kleidung, deutlicher Bauchspeck über dem Hosenbund und eine gewisse Behäbigkeit in Rede, Mimik und Gestik ließen ihn eher als einen Mitarbeiter vom Amt für öffentliche Ordnung, Abteilung Hundesteuer, wirken. Neben den üblichen Scherereien, die das von ihm zu überwachende Gewerbe statt im geordneten Betrieb auf der Straße und sonstwo unangemeldet hervorrief, waren in den letzten Jahren die vollends unappetitlichen Kunden hinzugekommen. Zarter besaitete Charaktere würden davon leicht in die Depression getrieben:

Mädchenhandel, Zwangsprostitution, Flatrate-Bordelle und die gesamte Pornografie und Unzucht mit Kindern, heute vorzugsweise über das Internet verfolgbar. Alles das habe es schon immer gegeben, pflegte er gelegentlich zu sagen, allerdings nicht in dieser Intensität und dieser Vermarktungsmöglichkeit, wie es die Technik heute möglich machte. Über die offenen Grenzen machten er und seine Kollegen sich ebenso ihre Gedanken. Öffentliche Kommentare dazu verbot indes die dem gesamten Apparat verordnete politische Korrektheit, die längst zur Zwillingsschwester moderner und liberaler Weltsicht geworden war.

Auf die staatsanwaltlichen Fragen nach sonstigen Lagen in den Abteilungen oder dem idealen Herbstausflugswetter antworteten Bolz und Kurzritter, die von ihrem Naturell eher zur Maulfaulheit neigten, recht einsilbig. Nach quälenden 20 Minuten ließ Dr. Klinglers Sekretärin wissen, Angsterer werde nicht dazu stoßen. Warum? Keine Erklärung.

»Ja, meine Herren, was der Staatsschutz unternehmen wird, muss ich Ihnen später am Telefon oder per E-Mail mitteilen, fürchte ich. Was haben Sie zusammen vor?«

Bolz räusperte sich zunächst und überlegte, wie klar er sprechen sollte.

»Um ehrlich zu sein, ich wusste gar nicht, dass wir«, begann Bolz mit einem Blick auf Kurzritter, »zusammen etwas vorhaben.« Da er ursprünglich von sich aus den Termin mit Frau Dr. Klingler anberaumt hatte, konnte er seinen Ärger darüber, dass dies nun ohne vorherige Information an ihn zu einem Gruppengespräch mutiert war, nicht ganz verbergen.

»Wenn es um diese Szene geht, sind solche Auseinandersetzungen nichts anderes als ein Krieg um die Prostitutionsreviere. Wie wollen Sie da ohne das Know-how unserer Sittenleute zurechtkommen?«, stellte die Staatsanwältin die Lage dar.

»Natürlich kennen wir alle den Zusammenhang«, räumte Bolz ein, »bei Tötungsdelikten spielt aber die Geschwindigkeit der Ermittlungen eine entscheidende Rolle. Der Kollege Kurzritter hingegen möchte solange ermitteln, bis er für alle einschlägigen Einrichtungen, die betroffen sind, die Hintermänner kennt und 100.000 Beweise eingesammelt hat. Bis dahin sind meine Kunden unter Umständen über alle Berge.«

»Halt mal«, brachte sich Kurzritter in die Diskussion ein, »wir vermuten beide, dass es sich hier um die identischen Hintermänner handelt, für die Morde sowie für das ganze Gewerbe. Das sind identische, nicht konkurrierende Interessen.«

»Für hieb- und stichfeste Ergebnisse benötige ich aber neben den Strippenziehern die ausführenden Hände. Die sind Ihnen ja vollkommen wurscht.«

»So aber nicht, Kollege Bolz! Wenn wir gescheit kooperieren, kriegen wir sowohl die einen als auch die anderen.«

»Dazu sitzen wir hier zusammen«, wollte die Staatsanwältin den Disput beenden. »Sie tauschen jetzt erst mal den jeweiligen Status aus und halten mich über Ihre weiteren Pläne und Aktionen auf dem Laufenden.«

Bolz und Kurzritter verabschiedeten sich freundlich von der Staatsanwältin und gingen zusammen hinaus. Für einen Austausch der bisherigen Erkenntnisse und Absprachen für alles Weitere empfahl Bolz seinen Mitarbeiter Gromer, Kurzritter benannte ebenso einen seiner Leute für die Koordination. Somit fehlte für die Koordination der Aktivitäten in der von Klingler geforderten Sonderkommission nur noch ein Mitglied aus der von Angsterer beaufsichtigten Staatssicherheitstruppe. Als Kurzritter gerade in seinen Daimler einsteigen wollte, packte ihn Bolz an der Schulter.

»Können wir uns vielleicht darauf verständigen, dass wir die Ideen und Aktionen, mit denen uns Angsterer und sein Verbindungsmann Leute beglücken werden, immer erst einmal zu zweit besprechen?«

Der Kurze schien das für einen guten Vorschlag zu halten, formte seine Lippen zu einem bestätigenden Schmollmund und signalisierte nickend sein Einverständnis.

15. KAPITEL

Billinger warf die Tür zum Büro seines Herrn und Meisters zu. Nicht vor Zorn oder Empörung, ebenso wenig wollte er kündigen. Die Angst hatte Billinger zur Flucht aus dem Amtszimmer getrieben. »Blödmänner« und »Schafseckel« waren noch die harmlosesten Prädikate, die der vor Zorn herumbrüllende und herumfuchtelnde Minister für Amtsleiter, den Sicherheitsapparat der Landesregierung sowie seine Kabinettskollegen bereithielt. Die zwei berstend vollen Unterschriftenmappen hatte er bereits von seinem Schreibtisch gedonnert, die eine in eine Ecke, die andere gegen eines der großen Fenster. Das Sicherheitsglas indes ließ diese symbolhaften Tischbeschwerer ordentlicher Bürokratie einfach zurückprallen und auf den Boden fallen, sodass die zuvor mit peinlicher Sorgfalt angefertigten Dokumente nun zerfleddert und zerknautscht über das gesamte Zimmer verteilt als Bodenbelag herhielten. Billinger fürchtete, dass als Nächstes eine der Glaskugeln vom ministeriellen Schreibtisch an seinem Hinterkopf landete.

»Die halbe Nacht, die halbe Nacht …«, schrie Striebel, der inzwischen von seinem Zimmer auf den Flur gehechtet war, »die ganze Nacht habe ich mit dem ganzen Apparat telefoniert und gesagt, was los ist. Hat man denn allen ins Gehirn gefurzt?« Der Minister war untröstlich. Der Widerhall von den weitgehend kahlen Wänden des Regierungsneubaus ließ die Suada seines Wutausbruchs in einem gnädigen Verschlucken der Artikulation enden, sodass anschließend niemand sagen konnte, was der Hausherr im Einzelnen ins Treppenhaus gerufen hatte. Und das war gut so. Das Vorzimmer war leer, Frau Hinrich hatte sich zur Sicherheit auf die Toilette geflüchtet und traute sich nicht zurück an ihren Arbeitsplatz.

Striebel drückte auf seinem Smartphone auf die Kurzwahltaste für den Ministerpräsidenten. Dies war für den Notfall so eingerichtet. Für sein momentanes Empfinden war dies einer. Was sich meldete, war ein verhaltenes »Hallo«, das der Innenminister sofort als die Stimme des persönlichen Referenten Schiller erkannte.

»Ich muss sofort Siegfried sprechen!«

»Also, der MP …«

»Herrgott, ich brauche ihn sofort! Geben Sie sofort das Ding weiter!«

»Er spricht gerade zu den Kreisvorsitzenden der Grünen, das ist …«

»Ich bring Sie uuuuu-m, ich bring euch alle uuuu-m, diese Wichtel und Waldschrate!«, schrie Striebel mit kreischend verzerrter Stimme. »Haben Sie mich verstanden?«

Um sein Trommelfell nicht weiter zu gefährden, hielt Schiller den Apparat auf rund 30 Zentimeter Distanz zu seinem linken Ohr.

Als Striebel dabei war, mit seinem rechten Arm weit auszuholen, um sein iPhone final gegen das Sicherheitsglas zu donnern, hörte er plötzlich die Stimme des MP.

»Roland, was ist los mit dir? Dein Geschrei hört man aus dem Telefon bis ans Rednerpult.« Knarzmanns Stimme wirkte auf Striebels Gemütszustand wie ein psychopharmazeutisches Sedativum.

Striebel spürte, wie er plötzlich rücklings auf seinem Besprechungstisch lag, und hörte sich halblaut, fast sanft sagen: »Hör dir gleich die 11.00 Uhr-Nachrichten im SWR an. Alle haben versagt, keiner tut, was man ihm sagt. Ich muss sie alle entlassen. Hör es dir …«

»… jetzt komm' mal zur Besinnung, Roland! Was ist denn passiert?«

»Hör es dir an. Die Morddrohung gegen dich ist in den Nachrichten. Das ist doch die Hölle!« Was Striebel eigentlich in resoluter Entschlossenheit in der Stimme wie in Stein gemeißelt verkünden wollte, geriet aufgrund seiner nervlichen Erschöpfung zu einem kläglichen Satz, der sich mehr nach einem »Leb wohl, du schnöde Welt« anhörte.

»Bitte beruhige dich, Roland. Ich hör mir's gleich an.«

»Die 24 Stunden Zeit zum Nachdenken fehlen uns jetzt«, klagte der inzwischen hinzugezogene Pressesprecher Lauter darüber, dass man ihn nicht schon am Vortag ins Bild gesetzt habe. »Dementieren hat überhaupt keinen Zweck. Relativieren ist das Einzige, was jetzt hilft.«

»Und wie tun wir das? Relativieren?«, fragte leise, aber bestimmt der MP nach.

»Wichtig ist, dass Sie selbst dazu gar nichts sagen. Sie benehmen sich und reden so, als gäbe es diese Drohung gar nicht. Sonst geben wir der Sache zu viel Bedeutung. Wir lassen nur diejenigen, die von Amts wegen dazu etwas sagen müssen, sprechen. Sonst keinen«, versuchte der Pressesprecher, Festlegungen zu treffen.

»Ist das schon genug relativiert?«, wollte Knarzmann mehr dazu wissen.

»In den Nachrichten hieß es, die Meldung über eine Morddrohung gegen den MP komme aus dem Umfeld der Stuttgarter Polizei. Das ist natürlich Unfug, eine Nebelkerze«, analysierte Lauter. »Kann aber – relativierend – heißen, die müssen so einer Sache nachgehen, auch wenn man den Fall nicht besonders ernst nehmen kann. Und auf der Ebene sollten wir das lassen, also gar nicht erst auf die politische hieven. Und sobald jemand aus der Landesregierung dazu Stellung bezieht, kommt es auf eine politische Ebene. Wir sagen also gar nichts. Und fragt uns einer, sagen wir: ›Fragt die Polizei.‹ Schließlich ist die zuständig.«

Immerhin hörte sich das nach einem in aller Schnelle gestrickten Konzept an. Der Innenminister meldete sich wieder per Telefon. Seine Aufregung hatte er weitgehend überwunden. »Für die Kommunikation mag das reichen. Wir müssen uns aber mit der Substanz der Sache beschäftigen, der Drohung auf den Grund gehen. Wer steckt dahinter? Selbst wenn es eine Finte sein sollte, müssen wir danach suchen und ermitteln, wer sich solche ›Späße‹ erlaubt.«

Damit hatte Striebel recht, und alle bestärkten ihn dabei, die Polizei ihre Arbeit machen zu lassen.

»Wir waren uns gestern schon einig, nicht wahr, Roland, dass das mehrere Abteilungen angeht«, erinnerte sich der MP.

»Das koordinieren wir«, knirschte Striebel in die Leitung und fügte seufzend hinzu: »Staatsschutz, Mord, Drogen, Prostitution … der Polizeipräsident rät dringend davon ab, dass du am Samstag auf den Wasen gehst, Siegfried.«

»Das wäre das Ende der Relativierung. Das macht man, wenn wirklich Gefahr drohte. Sonst ließen wir uns einschüchtern und erpressen. Das geht gar nicht!«

»Verstanden«, signalisierte der Innenminister gute Miene zum bösen Spiel. »Die Maßnahmen werden am Samstag aber nicht relativ, sondern absolut spürbar sein.«

So kannte man Striebel: schlussendlich gefügig, aber mit klarer Ankündigung für potenzielle Schuldzuweisungen.

16. KAPITEL

Angsterer hatte es eilig. Wenn man als Amtsleiter einmal so abgemeiert worden war wie er heute Morgen vom Innenminister persönlich, musste man diese Niederlage schnell mit einem Erfolgserlebnis kompensieren. Wobei der Erfolg hier rein taktisch bemessen wurde, denn eigentlich war es eine unsägliche Intrige, die dem Staatsschutzleiter hier zupasskam. Angsterer hatte Post bekommen, da suchte ein Bürger den direkten Kontakt zur Ordnungsmacht. Man solle vorsichtig sein bei der Aufklärung der Cannstatter Morde. Die zu Tode Gekommenen seien tief in den Stuttgarter Prostitutionssumpf verstrickt, und sobald man dort ermittle, könnten wichtige Personen der Landespolitik bloßgestellt werden. Woher das kam, wusste Gott sei Dank niemand. Aber das Schreiben lag in der Post des Amtsleiters. Ja bingo! Wie sollte der Innenminister da die Mordkommission weiter ermitteln lassen? Beamte ohne jedes politische Fingerspitzengefühl! So würden Ministerien und Kabinette leergeräumt. Da wüsste Striebel wenigstens bald, was er an seinem Angsterer habe.

Endlich wurde er durchgestellt.

»Was gibt's?«

»Hören Sie bitte, Herr Minister, es gibt eine neue Sachlage. Wir haben – natürlich anonyme – Hinweise darauf, dass Mitglieder der Landesregierung, also im weiteren Sinne, in der Prostitutionsszene präsent sind.«

»*Präsent* sind? Ja sind Sie denn von allen guten Geistern verlassen?«

»Vielleicht ist präsent der falsche Ausdruck. Gemeint habe ich, dass dort einige vermutlich hin und wieder Angebote wahrnehmen.«

»Angebote wahrnehmen«, äffte Striebel seinen Abteilungsleiter nach, „Herrgott, Angsterer, können Sie jetzt mal Deutsch reden und mit diesem Herumgeheimnissen aufhören?«

»Kann ich Ihnen das persönlich vortragen? Wir müssen uns ein Prozedere überlegen.«

»Okay, in fünf Minuten sind Sie da. Vielleicht verstehe ich dann, was Sie da an zusammenhangslosem Zeugs daherreden.«

Angsterers Ankunft zögerte sich, dem innerstädtischen Verkehr geschuldet, hinaus, was für Striebel aber keine Langeweile bedeutete. Nach den Nachrichten über eine angebliche Morddrohung gegen den Ministerpräsidenten stand in der Pressestelle und im Ministersekretariat kein Telefon mehr still. Die E-Mail-Boxen liefen über. Was war das Sicherheitskonzept von Minister und Polizei, Maßnahmen, Ermittlungen, weiß man schon, aus welcher Richtung, nimmt der MP noch Termine wahr …? Die Meldung hatte sofort eine Lawine losgetreten. Dass Angsterer sich verspätete, fiel so niemandem auf, am wenigsten Striebel selbst. Das Konzept von Pressesprecher Lauter war bereits obsolet, als er es dem Innenminister und dem MP verkündete. Längst waren die Fragen auf jedem Notebook-Display und wurden unablässig durchs Telefon gerufen. Längst hatten alle, die von gar nichts wussten – Sprecher der Ministerien, Landtagsfraktionen, vollkommen informationslose Landtagsabgeordnete und sonstige mehr – Fragen beantwortet und Kommentare abgegeben. Radio, Fernsehen, Internet und Zeitungsredaktionen setzten eine Informations- oder besser Desinformationslawine in Gang, die keiner in Stuttgart kontrollieren oder steuern konnte. In jeder Kneipe und an jedem Kiosk gab es binnen weniger Minuten nur ein Thema: Irgendjemand hat den baden-württembergischen MP Knarzmann auf der Abschussliste. Schnellstens war es bis nach Berlin gedrungen, sodass auch dort der Wettbewerb um die neueste und spektakulärste Meldung entfacht war. Um dem Sturm der Neugier und der Informationswut zu entgehen, hätte sich die gesamte Landesregierung in den Bunker im Schwarzwald setzen müssen, den man in der Nähe von Calw einst für den Fall eines Atomkriegs in Europa hatte bauen lassen. Eine richtige Option war dies aber nicht, obwohl der Fallout der Nachricht die Funktionstüchtigkeit der Landesregierung ähnlich in Mitleidenschaft zog wie eine nukleare Verseuchung. Nur die Halbwertzeit der tödlichen Dosis war sicherlich geringer und mit einer neuen Nachricht, etwa einer über die Verhaftung des Täters, zu minimieren.

Dies hatte Striebel längst erkannt, als er nach Sichtung des kollektiven Nervenzusammenbruchs im Zentrum der Landespolitik Angsterer mit gut 45 Minuten Verspätung in Empfang nehmen konnte. »So, Sie haben Post bekommen, Angsterer. Was steht denn drin?«

»Das ist mehr, als ich am Telefon auf die Schnelle sagen konnte. Wir haben zwei Indizien, die alle Alarmglocken läuten lassen.«

»Ts, ts, ts«, schüttete Striebel Hohn aus.

Angsterer versuchte trotzdem, weiterhin so sachlich wie möglich zu wirken.

»Das eine habe ich vorher am Telefon schon gesagt. Es ist die Rede davon, dass bei den polizeilichen Ermittlungen der Morde von gestern Mitglieder der Landesregierung bloßgestellt werden könnten.«

»Und zwar, durch Präsenz im Prostitutionsmilieu, sagten Sie. Also jetzt mal auf Deutsch: Minister oder Staatssekretäre könnten dort Kunden sein, und im Zuge der Ermittlungen könnte dies bekannt werden?«

»Ganz genau.«

»Und wie sollen wir jetzt damit umgehen?«

»Es kommt in erster Linie darauf an, wie die Ermittlungen geführt werden und an wen die Ergebnisse als Erstes gehen.«

»Mein lieber Angsterer, werden Sie konkreter! Uns läuft die Zeit davon!«, polterte Striebel.

»Wir übergeben die gesamten Ermittlungen an die Staatsschutzabteilung vom LKA. Jede Information, jedes Ermittlungsergebnis geht erst einmal an Sie und den MP.«

»Also an mich!«, stellte Striebel mahnend klar.

»Genau! Erst dann wird entschieden, was davon in das offizielle Bulletin geht und in welche Richtung weiter ermittelt wird.«

»Gut, wir können wegen so einer Morddrohung, die ich für Fake halte, nicht die Existenz der Koalition aufs Spiel setzen. Schon gar nicht, weil da irgendwelche Mitarbeiter meiner Kabinettskollegen – die selber werden es hoffentlich nicht sein – irgendwo rumbumsen. Vor so verheerenden Folgen müssen wir das Land bewahren.«

»Dann sind wir uns hier vollkommen einig.«

»Aber da war noch was anderes, Angsterer. Sie sprachen von zwei Sachverhalten.«

»Äh, genau. Das ist eigentlich das Schlimmere. Die

Morddrohung gegen den MP wurde entweder einfach wiederholt oder es ist eine aus anderer Richtung. Mit Sicherheit können wir das nicht sagen.«

»Wie – und das vergessen Sie, hier vorzutragen?«

»Nein, nein, ich hätte es natürlich gleich berichtet. Sie sind mir mit Ihrer Feststellung zuvorgekommen.«

»Ja was, und von wem?«

»Wenn wir das wüssten.« Angsterer kramte aus seiner Aktentasche einen Zettel. »Also, das ist eine Kopie, das Original …« Sein Chef riss ihm das DIN-A4-Blatt aus der Hand und las quer über den Text.

»Haben Sie so was schon jemals gehört? Die ›Ökologisch Nationale Front‹ will den Verräter Knarzmann zur Strecke bringen. Also Angsterer, das ist der nächste Fake-Anschlag. Diese Brüder gibt es doch gar nicht.«

»Können wir uns da so sicher sein?«

»Sicher sein, sicher sein …«, leierte Striebel vor sich hin. »Das sind vermutlich Trittbrettfahrer.«

»Sollen wir uns so verhalten, als wüssten wir davon gar nichts?«

»Das wissen Sie selbst, dass das nicht geht. Aber vom Wasen ist hier nicht die Rede.«

»In diesem zeitlichen Zusammenhang ist es für mich ganz offensichtlich, dass diese Leute den Wasenauftritt des MP nutzen wollen.«

»Wir wissen nicht, ob es sie gibt. Aber wir wissen, dass sie den Wasenauftritt nutzen wollen. Angsterer, das ergibt keinen Sinn.«

»Jetzt schauen Sie sich bitte die genauen Umstände an. Öko-Front und Ähnliches – die sind im Geiste beim Landwirtschaftlichen Hauptfest. Das ist deren Fetisch, wenn sich jemand schon so nennt.«

»Ihre Fantasie und ihr Assoziationsvermögen in allen Ehren. Für mich ist das weit hergeholt.«

»Trotzdem, da gibt es nur eines: Ich setze meine Leute in Bewegung.«

»Aber nicht in eine Richtung. Lassen Sie erst einmal herausfinden, ob so ein Chaoten-Haufen – wenn ich das schon lese: Ökologisch Nationale Front – überhaupt existiert. Gibt es bisher irgendeine Erkenntnis über die?«

»Bis jetzt vermutlich nicht.«

»Ja, wie auch? Kennen Sie eigentlich den Schäfer-Bericht über die NSU-Ermittlungen?«

»Schäfer-Bericht?«

»Also wenn den irgendeiner kennen sollte, dann Sie. Wenn ich den richtig gelesen habe, dürfte es Ihre ganze Abteilung gar nicht mehr geben.«

»War das nicht der Landes-Verfassungsschutz?«, versuchte Angsterer, sich aus dem Schussfeld zu bringen. »Ich sehe mir das noch mal an, keine Frage. Setzen Sie den MP ins Bild?«

»Wer denn sonst?«

»Ich werde meine Leute instruieren.«

»Machen Sie das, Angsterer, und vergessen Sie nicht, wen Sie immer als Ersten auf dem Laufenden halten.«

17. KAPITEL

Schlehenmeyer war in der Redaktion wieder mal als personifizierter Zeigefinger unterwegs. »Hören Sie her, JJ, inzwischen hat Stuttgart, nein, die ganze Republik nur ein Thema. Irgendeiner will den Knarzmann totschießen. Dazu erwarte ich eine gescheite Recherche, aber keine Räuberpistole. Was ich hier lese, läuft darauf hinaus, dass wir das nicht ernst nehmen sollen. Und morgen liegt der tot vor dem Neuen Schloss, und ganz Stuttgart lacht über uns!« Schlehenmeyers Stimme hatte sich in ein lautes, mahnendes Rufen gesteigert. »Woher nehmen Sie diesen Mumpitz?«

Mit »Mumpitz« hatte der Redaktionsleiter schon vor einigen Wochen einen neuen Begriff in seinen aktiven Wortschatz aufgenommen und nutzte ihn häufig. Vor allem, wenn er einen Redakteur dazu bringen wollte, den gesunden Menschenverstand einzuschalten, also das, was er, Schlehe, dafür hielt.

»Herr Schlehenmeyer, ich schreibe wie immer keinen Mumpitz. Ich habe meine Quellen. Als guter Journalist nenne ich sie nicht«, entgegnete Palm.

»So, JJ, Sie wissen, dass ich vor Ihrer Art zu recherchieren großen Respekt habe. Ich vertraue Ihnen. Wissen will ich aber, was für einen, nennen wir es mal Kollateralnutzen Sie sich davon erwarten.«

»Kollateral…was?«

»Seit wann sind Sie schwer von Begriff, JJ? Was ein Kollateralschaden ist, wissen Sie. Also!«

»Sie meinen also, ich verfolge mit dem Hinweis auf die Möglichkeit einer Schein-Drohung etwas anderes, als lediglich die wahren Umstände der Geschichte zu schildern.«

»Flinkes Kerlchen, genau das.«

»Kann ich sehr gut erklären: Ich muss den Informationskanal offen halten, sonst wissen wir bald gerade so viel wie alle anderen, aber keinen Deut mehr.«

»Die übliche Begründung. Nicht gerade innovativ.«

»Aber so wahr.«

Zu Palms Gentlemens' Agreement mit Bolz gehörte, dass man in der öffentlichen Diskussion die Möglichkeit einer rein kriminellen Tat ohne jegliche politische Komponente wachhielt. Bolz erhoffte sich davon eine weitere Beteiligung an den Ermittlungen, obwohl der Staatsschutz durch die Entscheidung des Innenministers und Angsterers Aktivismus die Federführung übernommen hatte. Darunter litt aus Palms Sicht sein journalistisches Credo keineswegs, war doch der Szenekrieg die plausibelste Alternative.

Um sich auf den letzten Stand zu bringen, hatte sich Palm nach Redaktionsschluss mit Bolz verabredet. Diesmal nicht bei der Emily im Heusteig, sondern in der »Alten Kanzlei« zwischen Schillerplatz und Neuem Schloss. Das hatte den Vorteil, dass Bolz das Restaurant von seinem in die Theodor-Heuss-Straße verlegten Zweitbüro fußläufig erreichen konnte. In der warmen Herbstsonne konnte man um diese Tageszeit auf der dem Schillerplatz zugewandten Rückseite des Restaurants draußen sitzen. Bolz saß schon an einem der kleinen Tische, als Palm, wie zumeist, fünf Minuten zu spät dazukam. Da Palm keine direkte Vorliebe für Parkhäuser hegte, hatte er seinen inzwischen betagten Daimler-Diesel an der Markthalle abgestellt, musste dort aber eine Weile warten, bis ein vom Stadtbummel zurückkehrender Auswärtiger mit Göppinger Kennzeichen eine Parkbucht freimachte. Die in den letzten Jahrzehnten gewachsene Leidenschaft der Bürger aus dem Stuttgart umgebenden Speckgürtel für Tagesausflüge in den ohnehin überfüllten Kessel ging Palm wie allen anderen, die sich als »richtige« Stuttgarter betrachteten, einigermaßen auf die Nerven. Was Handel und Gewerbe freute, ärgerte die Parkplatzsuchenden sowie die durch die Innenstadt flanierenden Einheimischen. Das immer größere Interesse aus dem Umland irritierte ihre sentimentale Vorstellung vom Großstadtdorf mit den vielen »Stäffele« zwischen Wald und Reben. Die Mordfälle der letzten Tage sowie die bekannt gewordene Morddrohung gegen den Ministerpräsidenten sorgten für eine massive Verunsicherung des Selbstverständnisses der Bürgerschaft, die sich angewöhnt hatte, ihre schwäbische Metropole als Hort von Stabilität, Sicherheit und Wohlstand inmitten einer immer labiler werdenden globalen Entropie zu sehen.

»Für fünf Minuten Verspätung braucht es keine Entschuldigung«, begrüßte der Hauptkommissar seinen informellen Ermittlungskollegen, um ihn von dem Druck einer Rechtfertigung zu entlasten. »Ich dachte, Sie würden mir schon das Blatt von morgen mitbringen«, schickte Bolz nach, als er Palms leere Hände sah.

»Ist noch nicht gedruckt«, antwortete Palm nun in einem entschuldigenden Ton.

»Und was steht drin?«

»Schlehe, mein Chef, hatte natürlich Bedenken, aber ich konnte deutlich den Hinweis unterbringen, dass wir es mit der Morddrohung gegen den MP vielleicht mit einem Ablenkungsmanöver zu tun haben und es sich um eine reine Kriminalgeschichte handelt.«

»Ist der Hinweis so formuliert, dass ihn jeder versteht?«

»Klar«, bestätigte Palm. »Sonst hätt' ich's auch lassen können. Was ist jetzt mit Ihnen? Dürfen Sie weiter ermitteln?«

»Ja, darf ich«, gab Bolz genervt zurück. »Wir müssen aber alle Erkenntnisse bei der Abteilung von diesem intriganten Angsterer abliefern und erhalten von dort unsere Weisungen … da könntscht grad uff d'r Sau naus!«, rief Bolz in mustergültigem Dialekt erregt über den Schillerplatz, sodass sich einige der anderen »Kanzlei«-Gäste pikiert zu ihm umdrehten.

»Angsterer?«

»Das ist im Innenministerium der Abteilungsleiter für den Staatsschutz. Ein jenseits Schafseckel vor dem Herrn, sag' ich Ihnen. Der würde in keinen Besen einen Stiel reinbringen und schleimt vor jedem, den er für karrierefördernd hält, was das Zeug hält. Widerlicher Typ!«

»Reut es Sie, dass Sie ein Jahr drangehängt haben?«

»Im Moment schon, aber wir kriegen so was hin. Wissen Sie, manchmal arbeiten sogar wir Beamte mit Guerilla-Taktik.«

Palm hörte interessiert zu, und sein Gesicht mutierte zu einem Fragezeichen: »Guerilla-Taktik?«

Mit einem Blick auf die gut besetzten Tische um sie herum rief Bolz den Kellner, um sein Mineralwasser zu bezahlen. »Wir sollten uns die Beine vertreten.« Palm kapierte und stand auf.

»Wir brauchen Distanz zu anderen Ohren.«

»Das dachte ich mir«, sagte Palm und wies in Richtung Neues Schloss. »Gehen wir da rüber.« Wetterbedingt war das gesamte Gelände des Schlossplatzes bis dahinter rund um den Anlagensee und die Treppe der Staatsoper gut bevölkert. Alle wollten die vielleicht letzten warmen Herbstabende genießen.

»So viele Leute unterwegs«, wunderte sich Bolz über den großstädtischen Almauftrieb. »Ich dachte, die sind alle auf dem Volksfest.«

»Ich glaube, die kommen eher von dort«, zeigte Palm in Richtung einer Gruppe offensichtlich angetrunkener Frauen und Männer in Dirndln und Trachtenjankern.

»Vielleicht ist Guerilla-Taktik nicht der richtige Begriff. Was ich meine: Ein Kollege, der Kurzritter von der Sitte, und ich haben eine Abmachung. Erst wir zwei und dann der Staatsschutz. Also wir tauschen uns aus.«

»Sitte? Was hat die damit zu schaffen?«

»Da geht es um zwei Sachen. Erstens streiten sich die Kriegsparteien unter anderem vermutlich um die Prostitutionsreviere in der Stadt. Laufhäuser, Straßenstrich, alles, was mit wenig Aufwand jede Menge Geld bringt. Außerdem besteht die Gefahr, dass im Rahmen der Ermittlungen irgendwelche Namen aus Landesregierung oder Umgebung als Kunden in der Szene auftauchen könnten. Peinlich, peinlich, daher will der Staatsschutz immer als erste Instanz die Hand auf den Ermittlungsergebnissen haben.«

»Jetzt wird's aber wirklich interessant«, sagte Palm mit deutlicher Emphase. »Das müssen wir als Erste recherchieren.«

»Wer ist ›wir‹, Palm? Sie träumen vom Skandal, Sie Investigations-Fetischist. Hier gibt es Morde aufzuklären. Da widme ich mich nicht an erster Stelle den klebrigen Details.«

»Na, na, um klebrig geht's gar nicht. Es geht um die Aufdeckung von Heuchelei und Doppelmoral, und um ein Ende der politischen Ikonografie.«

»Ikono…was?«

»Das heißt, dass sich viele Politiker gern wie Heilige darstellen und verehren lassen, in Wirklichkeit aber genau dieselben Schwächen haben wie jeder normale Mensch.«

»Jeder normale Mensch? Was soll das heißen? Dass wir alle in der Puffszene Kunde sind?«

»Nein, aber sein könnten. Bevor Sie das falsch verstehen, Bolz. Es geht darum, dass diese Unnahbarkeit der Mächtigen von der Illusion lebt, die seien anders als ganz normale Menschen. Zumindest tun sie oft genug so. Und das bricht mit solchen Enthüllungen zusammen. So schlimm ist das nicht, finde ich. Man muss als Bürger damit aufhören, sich den idealen Politiker als Heiligen vorzustellen.«

»Also gut«, beendete Bolz den weiteren drohenden Exkurs Palms über die politische Kultur. »Ich glaub, ich hab's kapiert. Aber diese Enthüllungen sind nicht meine Aufgabe.«

»Wie kommt man darauf, dass es peinliche Enthüllungen geben könnte?«, kam Palm zurück zur Sache.

»Zwei Quellen dazu: die erste haben wir selbst befragt. Der Tote von der Fruchtsäule wurde vor wenigen Wochen von einer Dame angezeigt, die vormals selbst in der Szene tätig war. Von der einstmals sogenannten ›Dorflinde‹. Heißt halt Linda und Stuttgart war zumindest damals noch ein Dorf.«

»Anzeige weshalb?«

»Das kann man vergessen, war ein Ablenkungsmanöver. Dazu haben wir sie befragt. Er hat sie irgendwie kontaktiert und wollte Zugriff auf ihre Kundendatei. Das ist die Kontaktdatei ihres iPhones.«

»Und was wollte er damit?«

»Dazu muss man wissen, dass die einstige Dorflinde heute hier in Stuttgart einen florierenden Escort-Service betreibt.«

»Ja, verstehe. Also exklusive Damen für exklusive Herren.«

»Genaues weiß ich natürlich nicht. Ich vermute aber, das wäre zu viel gesagt. Kommt darauf an, was man unter *exklusiv* versteht. So ab rund 300 bis 400 Euro sind Sie dort für zwei Stunden dabei. Vielleicht nicht exklusiv, aber etwas für die Besserverdienenden.«

»Glauben Sie, dass man von der Linde, oder wie Sie sie nannten, mehr herausfinden kann?«

»Hören Sie mal, dieses Geschäft bedeutet vor allem strenge Diskretion. Wir als Ermittler haben da überhaupt keine Chance. Vor allem, weil es gar keinen Grund gibt, bei ihr zu ermitteln, nicht mal einen, um uns mit ihr ernsthaft zu unterhalten. Weshalb sollte sie mit uns kooperieren? Aber Sie können es ja versuchen. Sie sind kein Ermittler. Obwohl: Neugierige Journalisten sind eigentlich schlimmer. Erzählen Sie ihr halt irgendetwas. Sie sind doch kreativ.«

»Auf so ein gefährliches Terrain wollen Sie mich schicken, Bolz?«

»Gefährlich? Eher interessant und unterhaltsam, vielleicht sogar angenehm. Im Internet versprechen die einem den Himmel auf Erden.«

»Aber stellen Sie sich vor, ich werde schwach, und die Recherche verleitet mich zu Dingen, die ich noch nie getan habe?«

»Nicht so scheinheilig, mein Lieber. Ein Heiliger waren Sie bisher doch gewiss nicht.«

»Das vielleicht nicht, aber es könnte mich direkt in die Hölle bringen.«

»Jetzt wird's albern, Palm. Seit wann sind Sie so gottesfürchtig, dass Ihnen so was Angst macht?«

»Wollust ist bekanntlich eine der sieben Todsünden. Wenn auch nicht so schlimm wie andere. Wegen Wollust müssen Sie nur im zweiten Kreis der Hölle schmoren. Da gibt es Schlimmeres, wofür Sie in den neunten kommen, praktisch ins Zentrum der Hölle.«

Bolz schüttelte den Kopf. »Ich weiß nicht, was für ein Höllenspiel Sie da exerzieren, klingt etwas sektenartig.«

»Keine Angst, Bolz, dazu gehöre ich nicht. Das Höllenspiel muss ich mit dem Herrlein vom Rathaus weiterführen. Eigentlich sollte der mich da durchführen, quasi durch die Stuttgarter Hölle.«

»Na, dann wünsche ich mal schönes Schmoren, und sorgen Sie dafür, dass Sie wieder zurück dürfen, um mir zu erzählen, was Sie herausgefunden haben.«

18. KAPITEL

Es war schon lange her, dass Heimerdinger so viele Akteure gleichzeitig einsetzen musste. Und jetzt ging es darum, eine alte Position in der Stadt zurückzuerobern. Nach dem Ausfall von Rüdy und der Hartleibigkeit, die dessen Reichsverweser an den Tag legten, stand man vor einem Showdown der größeren Art, wie man ihn im braven Stuttgart bisher nur aus dem Kino kannte. Die Reaktion von Hansis Erben zeigte, dass man ihn abgeschrieben hatte und nicht ernst nahm. Außerdem hatte man ihm klargemacht, dass man in der Lage war, zu reagieren, nicht etwa kopflos ohne Hansi. Ob er sich bereits um sich selbst Sorgen machen musste? Mit dem Abschuss von Rüdy war der Einschlag indes spürbar nahe, und es ging plötzlich nicht mehr um die Kontrolle über irgendeinen Puff oder eine Spielhölle, sondern ums Ganze. Um auf Nummer sicher zu gehen, brauchte er für die Aktion am kommenden Samstag zehn Mann. Einen, der das Höllenspiel, das am Samstag losbrechen sollte, dirigierte. Man musste Hansis Hofschranzen in den zwei Laufhäusern ausschalten, ebenso ein paar Spielhöllen und den profitablen Schaustellerbetrieb auf dem Wasen unter Kontrolle bringen. Für alle drei Punkte benötigte Heimerdinger jeweils drei Mann: einen, der danach sah, dass die Lage okay war, keine Polizei oder sonstige Aufpasser oder zufällige Beobachter des Geschehens in der Nähe waren, einen, der den Finger am Abzug betätigte, und einen, der den Fluchtweg sicherte. Das an drei Punkten in der Stadt gleichzeitig – darunter auf dem am kommenden Samstag so streng wie noch nie überwachten Wasen. Alles konnte nur gelingen, wenn die Polizei alles auf den Schutz von Knarzmann im Hofbräu-Zelt ausgerichtet hatte. Ob der allerdings dorthin gehen würde, konnte im Moment keiner sagen. Einen intelligenten Dirigenten und neun professionelle und verlässliche, also blind ergebene, Drecksarbeiter brauchte er. Wenn er genau überlegte, verfügte er nach dem Verlust von Rüdy über nicht einmal mehr die Hälfte entsprechend qualifizierter Mitstreiter in der Stadt. Die Anzahl der Objekte, um die es ging, zu verringern, war keine Option. Wenn alle drei geknackt würden, käme in den nächsten Tagen und Wochen so viel zusammen, dass er seine Helfer standesgemäß entlohnen könnte. Das könnten die sich selber ausrechnen. Um in der Szene akzeptiert zu werden, musste er tatsächlich aufs Ganze gehen. Das hieße aber auch, Hansis Nachfolger als Kopf der Abkassierer zu erledigen. Nur, wer war das? Heimerdinger erkannte plötzlich sein größtes Manko: Er kannte sich durch die neue Art der vordergründig betrachtet sauberen Finanzgeschäfte nicht mehr hinreichend aus in der Szene. Jetzt musste erst mal herausgefunden werden, wer der neue Boss war – und ob es überhaupt schon einen neuen gab.

19. KAPITEL

Eine lange so nicht verspürte Nervosität ergriff Palm. Sein Telefonat mit Linda Gratian hatte nicht wirklich neue Erkenntnisse gebracht. Sie gehe das alles nichts an, was da gerade in Stuttgart passiere. Und Peinlichkeiten für Personen des öffentlichen Lebens – da könne sie nicht helfen. Vermutlich konnte sie das tatsächlich nicht, da sie von ihren Kunden – sie selbst sprach von Gästen – außer einer Telefonnummer und einem Vornamen, der zumeist erfunden war, nichts wusste.

»Über die Hälfte der Gäste heißt Thomas, Mark oder Frank, also in dem Moment, wenn sie mit mir sprechen oder mit den Damen zusammen sind. Wie sie davor oder danach heißen, weiß ich nicht.«

Und ob die Damen, die sie vermittelte, mehr wüssten, woher sollte sie das wissen? Darüber tausche man sich nicht aus.

»Ich glaube, Sie wissen über diese Art der Dienstleistung gar nichts«, diagnostizierte sie am Ende des Telefonats mit Palm zutreffend. »Wenn Sie mehr erfahren wollen, buchen Sie eine der Damen. Dann wissen Sie anschließend Bescheid. Und wenn Sie wollen, kann das ganz angenehm für Sie werden.«

»Sie meinen ein kostenpflichtiges Date«, vermutete Palm korrekt.

»Ja was denn sonst? Das von Ihnen gebuchte Mädel nimmt sich die Zeit, bereitet sich vor, reist an, ja was glauben Sie denn? Die Preise stehen auf der Website. Schauen Sie, wen Sie für interessant halten, und rufen Sie mich wieder an.«

»Halt, halt!«, rief Palm, »nicht so schnell. Vielleicht können Sie mich beraten. Sie wissen ja jetzt, worum es geht. Ich möchte die Frau nur interviewen.«

»Ob Sie dort reden oder sonst was tun, geht mich nichts an. Das müssen Sie mit ihr selbst besprechen. Ich vermittle nur das Date.«

»Vielleicht haben Sie eine erfahrene Kraft, also nicht so blutjung, die schon länger dabei ist.«

»Sicher habe ich das. Ich würde Ihnen Veronika empfehlen. Bilder sind auf der Website. Hat einen Body wie 35, auf der Website steht 42, und ich sag's Ihnen gleich: In Wirklichkeit ist sie 47.«

Linda hatte in all ihrer lakonischen Art eine geradezu zwingende Rhetorik, und Palm stimmte zu. 30 Minuten nach dem Telefonat meldete sich Frau Gratian per SMS, der Termin mit Veronika gehe in Ordnung. Dabei stand die Adresse des Appartements, wo sie sich treffen sollten. Nun, vier Stunden später, war er auf dem Weg. So viel Naivität, dass die Escortdamen keine Ahnung hatten, mit wem sie zusammenkamen, konnte Palm sich nicht vorstellen. Ob Veronika allerdings etwas wusste und sie es sagen oder andeuten würde? Nicht nur deshalb war Palm angespannt und nervös. Einen Termin dieser Art hatte er noch nie erlebt. Dass er in der Nähe dieser Terminwohnung kaum Aussicht auf einen Parkplatz hatte, wusste er, lag die Adresse doch ganz in der Nähe seiner vormaligen »Mansarde«, wie Bolz sie nannte. Von der Olgastraße in den Heusteig war es gerade mal einen Steinwurf weit. Als er aus Richtung Paulinenbrücke die Immenhofer Straße hinauffuhr, entdeckte Palm zu seiner Verwunderung einen leeren Parkplatz für seinen bejahrten Diesel. Obwohl es von hier einige Schritte bis zum Ziel waren, stellte Palm den Wagen ab. Direkt vor besagter Adresse zu parken, wäre vermutlich nicht das Wahre. Wobei sicher keine Gefahr bestand, dass dieses T-Modell irgendjemand als Palms Daimler identifizieren würde.

Palm sollte, so die Anweisung von Gratian, bei dem Schild ohne Namen klingeln, in den zweiten Stock hoch und zur linken Wohnungstür gehen. Der Türöffner surrte keine zehn Sekunden nach Palms Klingeln los, er empfand die Wartezeit an der Haustür trotzdem als lang, immer mit dem beklemmenden Gedanken, jemanden könnte ihn erkennen und ihm ansehen, wohin er gehe. Die linke Wohnungstür im zweiten Stock stand einen Spaltbreit offen. Palm zögerte eine Sekunde, schob die Tür weiter auf und trat ein. Veronika hatte hinter der Tür gewartet und machte sie zu.

»Hallo, ich bin die Veronika und du?«

»Ich bin«, antwortete Palm verdattert, »ich bin der JJ«, und nannte sich so vor lauter Aufregung nicht etwa Thomas, Mark oder Frank, sondern mit der Kurzform seines richtigen Namens. Für Veronika klang der allerdings eher nach einem Alias-Namen.

»Gut hergefunden?«, begann Veronika einen Small Talk, nachdem sie ihm zur Begrüßung ein Küsschen auf die Wangen gegeben hatte. »Ich glaub', du warst noch nie hier, oder?«

»Nein, ist das erste Mal.«

»Ist das überhaupt dein erster Escorttermin?«

»Ja, eigentlich …«

»Na, das ist ja richtig aufregend«, befand Veronika mit bestechender Expertise.

Palm versuchte, die Fassung wiederzufinden. »Das kann sein. Ich weiß nicht, ob Frau Gratian Ihnen gesagt hat, warum ich zu Ihnen komme.«

»Zu Ihnen …«, zog Veronika das zweite Wort in die Länge. »Hier duzt man sich normalerweise.«

»Also zu dir.«

»Ob Linda was gesagt hat? Nein, macht sie nur, wenn ein Gast besondere Wünsche hat.«

»Besondere Wünsche?«

»Kann wegen des Outfits sein« – Veronika machte eine Kunstpause – »oder wegen des Service, wenn du weißt, was ich meine. Also, worauf stehst du denn so?«

Palm begann, ungeschickt herumzustottern.

»Ist so heiß heute«, machte Veronika weiter, da Palm offensichtlich nichts Zusammenhängendes herausbrachte, »da hab ich gar kein Höschen angezogen«, und schob den Saum ihres langen Spaghettiträger-Tops nach oben.

Palm konnte nicht anders, als anerkennend und laut »Oh!« zu sagen. Veronika hatte die Sicht auf ihren sorgfältig rasierten Schambereich freigegeben, sodass Palm ihn genau in Augenschein nehmen konnte, bevor sie den Saum des Tops wieder fallen ließ. Damit hatte Veronika gut gepunktet. Denn erstens war Palm sprachlos und zweitens spürte er in sich keine Energie mehr, dieser Versuchung zu widerstehen. Dabei hatte er schon als Kind darum gebetet: … und führe uns nicht in Versuchung, sondern erlöse uns von dem Bösen … Würde er jetzt in die Hölle kommen?

Da er weder etwas sagte noch tat, wies Veronika auf das weitere Prozedere hin: »Dort drüben ist das Bad«, zeigte sie auf eine Tür. »Ich schenk' uns solange zwei Gläser Sekt ein, oder möchtest du was anderes trinken?« Palm wollte nichts anderes trinken und trottete willenlos ins Bad.

Nach einer dreiviertel Stunde hatte Palm das Gefühl, dass er langsam wieder zur Besinnung kam. Nicht, dass er bewusstlos gewesen wäre. Veronika hatte an ihm Exerzitien vollzogen, die ihm mehrfach den Atem nahmen. Dabei war er selbst keineswegs untätig geblieben. So hatte Veronika ihn zunächst aufgefordert, ihre perfekte Intimrasur mit einem virtuosen Zungeneinsatz zu würdigen, und hatte dazu ihre Knie links und rechts von seinem Kopf postiert, um ihm seinen Einsatz so bequem wie möglich zu machen. Veronika machte dabei Bemerkungen über ihr Alter und ihre dennoch so dankbar arbeitenden Körperfunktionen. Palm strengte sich redlich an und fragte sich dabei, ob anschließend nicht eher ihm ein Honorar zustünde. Der Fairness halber musste er aber zugestehen, dass sich Veronika gebührend revanchierte und ihm zudem, sich rittlings bewegend, neue Varianten dieser Liebestechnik erschloss. So ähnlich musste man sich den Himmel auf Erden vorstellen, ging es Palm durch den Kopf. Vielleicht gab es eben Orte auf dieser Welt, wo Himmel und Hölle nebeneinander und gleichzeitig geboten wurden.

Nun erinnerte er sich seiner eigentlichen Mission und startete den Versuch eines zielorientierten Gesprächs. Dies war in der inzwischen entstandenen Situation nicht einfach anzugehen. Bevor er aber überlegt hatte, wie er das Gespräch eröffnen sollte, begann Veronika mit einem anderen Thema.

»Wahrscheinlich bist du verheiratet, hast zu Hause eine Frau.«

»Ja. Aber das stört dich hoffentlich nicht.«

»Huch«, lachte Veronika los »dann müsste ich sofort aufhören. Die allermeisten Gäste sind verheiratet.«

»Hast du denn Stammkunden, äh …-gäste?«

»Klar, einige. Die buchen bei der Agentur immer mich.«

»Und die kennst du inzwischen gut. Kennst du auch die richtigen Namen von denen?«

»Ja, von manchen. Wenn ich Hausbesuche mache, bekomm' ich das eh mit. Hat aber keine Bedeutung, ob ich das weiß oder nicht.«

»War bei dir schon mal ein Promi, also einer, den du vom öffentlichen Leben her kennst? Aus der Zeitung oder vom Fernsehen? So was stell' ich mir witzig vor.«

»Eigentlich nicht. Das heißt, da war mal einer, den hab ich später auf einem Wahlkampfplakat hier in Stuttgart erkannt.«

»Echt?«

»Weiß aber nicht mehr, wie der hieß. Außerdem ist das absolut tabu. Über unsere Gäste reden wir nicht. Sonst wirft mich die Chefin sofort raus.«

»Wenn Sie's erfährt.«

»Na, für was für Dinge interessierst du dich eigentlich? Jetzt schauen wir besser mal nach deinem kleinen Freund, ob der sich schon wieder in Laune bringen lässt.«

Diesem pragmatischen Ansatz hatte Palm nichts entgegenzusetzen, zumal Veronika auf ihre indirekte Frage zügig eine positive Antwort erhielt. Angesichts ihrer aktiven Mitarbeit war das Ergebnis keine Überraschung. Zudem konnte sie Palm mit einem Hinweis auf ihre horizontale Lieblingsposition dazu motivieren, sich ihr auf Vierbeinerart zu nähern. Zuvor hatte er sich allerdings versichern lassen, dass von ihm dabei weder Bellen noch Jaulen erwartet würde.

Als Palm wieder in der Lage war, sich seiner eigentlichen Recherche-Absicht zu vergegenwärtigen, hatte Veronika Sekt nachgeschenkt und reichte ihm sein Glas.

»Ich hab's nur halb voll gemacht. Wahrscheinlich musst du noch Auto fahren.« Da hatte sie recht und platzierte einen dezenten Hinweis darauf, dass die von Palm gebuchten zwei Stunden bald vorbei sein würden.

»Das Formale sollten wir regeln«, regte Veronika an, was Palm deutlich darin erinnerte, dass dieser Termin für seine Zeitvertreiberin eine ernste Seite hatte. So übergab er die 360 im Internet tarifierten Euro und überlegte, ob er selbst in seiner beruflichen Laufbahn je einen entsprechenden Stundensatz erhalten hatte. Als ob Veronika seine Gedanken lesen könnte, nahm sie ihm das Geld mit einer schnellen Bewegung aus der Hand: »Danke schön! Davon müssen wir Steuern und Provision abgeben.«

»Provision«?

»An die Agentur, bei der du gebucht hast. Linda.«

Auf seine wissbegierigen Nachfragen erhielt Palm keine 100-prozentige Antwort, hatte aber den Eindruck, dass Veronika nicht ganz zwei Drittel des Honorars behalten durfte.

Immerhin!, dachte sich Palm und wusste nach seinem Gespräch mit Veronika nun einiges über die Escortszene in Stuttgart, nicht mehr als zuvor allerdings über sein eigentliches Rechercheziel, die Herkunft der Kunden beziehungsweise »Gäste« von ihr und ihren Kolleginnen.

Als er sich aus dem Appartement verabschiedete, drückte ihm Veronika Küsschen auf die Wangen: »Sehen wir uns bald wieder?«

20. KAPITEL

Gromer konnte es gar nicht erwarten, die Neuigkeiten an seinen Chef loszuwerden.

»Stellen Sie sich das mal vor, der Knarzmann im Visier von Öko-Faschisten! Manchmal könnte man meinen, es gibt in der Politik nur noch Durchgeknallte!«, entfuhr es dem Nachwuchs-Inspektor.

»Wer erzählt denn so Zeugs und woher haben Sie diesen Begriff? Öko-Faschisten? Wer hat sich das ausgedacht?«

»Unsere Staatsschützer müssen den Leuten einen Namen geben. Und hier geht es nicht um die RAF und nicht um den NSU, sondern um Leute, die radikal grün sind und dazu so was wie nationalistisch eingestellt.«

»Das deutet auf Gartenwichtel mit Hakenkreuz hin«, belustigte sich Bolz über Gromers Schilderung einer bislang unbekannten politischen Bewegung.

»Muss nicht gleich Hakenkreuz sein, aber zumindest klingt das nach rechts, Ökologisch Nationale Front.«

»Woher haben Sie diese Infos?«

»Vermutlich sollten wir das gar nicht erfahren. Aber ich habe bei unseren Freunden vom Staatsschutz einen guten Bekannten. Wir waren zusammen auf der Polizeischule. Da erfährt man halt mehr.«

»Sodele«, rief Bolz anerkennend, »das eröffnet uns Aussichten auf eine sagenhafte Zusammenarbeit, Gromer. Dann sind die Buben von dem Angsterer jetzt richtig beschäftigt. Ich glaube, so können wir fast ungestört arbeiten.«

»Na ja«, versuchte Gromer, Bolz' Genugtuung zu relativieren, »ich sollte im Gegenzug natürlich ein paar Informationen in die andere Richtung weitergeben.«

»Aber sicher«, bestätigte Bolz voller Verständnis, »solange wir beide das zuvor genau abstimmen, kann da gar nichts passieren. Aber mal ganz im Ernst: Die glauben nicht an ein Ablenkungsmanöver. Die glauben also, dem Knarzmann will wirklich einer an den Kragen?«

»Es könnte beides der Fall sein. Da passieren zwei Dinge gleichzeitig. Einmal der Krieg zwischen den Gefolgsleuten vom toten Hansi und einer anderen Bande, vermutlich der von dem Heimerdinger.«

»Der müsste längst in Rente sein«, gab Bolz zu bedenken.

»Wissen wir's wirklich?«, hielt Gromer dagegen. »Und jetzt haben wir 200 Jahre Wasen. Das regt vielleicht den einen oder anderen grünen Fundamentalisten an. Da ging es vor 200 Jahren um Landwirtschaft, Ernteausfälle, Hunger und bessere Erträge vom Feld. Und der Knarzmann paktiert aus deren Sicht mit den Autobauern, den Wirtschaftsleuten und den technologisch auftrumpfenden Zukunftsgestaltern.«

»Was soll er denn sonst machen?«, rief Bolz aus. »Den Park an seinem Dienstsitz schoren, einen Gemüsegarten anlegen und allen zeigen, wie man sich autark von der eigenen Scholle ernährt?«

»Es geht nicht um Rationalität, sondern darum, was die Menschen empfinden. Und die fühlen sich nicht ernst genommen, sondern verraten«, gab Gromer den sozialen und politischen Analysator.

»Alles recht«, beschwichtigte Bolz. »Die suchen also die Herrschaften von der Ökologisch Nationalen Front und wollen den Knarzmann vor ihnen schützen. Alles recht. Und wir, was machen wir jetzt?«

»Also wir müssten uns den Heimerdinger mal vornehmen. Auch wenn Sie meinen, der sei längst in Rente. Der tote Schweizer in Cannstatt war einer von seinen Leuten. Aus den letzten Jahren gibt's nichts Aktenkundiges mehr von dem. Er stand aber definitiv im Sold von Heimerdinger, immer mit irgendeinem Projekt beschäftigt, wo der Heimerdinger die Strippen zog.«

»Aber nichts Illegales, oder?«

»Nein, also sagen wir mal, nichts Strafbares. Aber wie sieht es aus, wenn Heimerdinger das Geld ausgegangen ist? Er braucht neues und erinnert sich, wie er früher zu seinem Geld kam. Und jetzt steht ihm der Vegesack im Weg, mittlerweile der Platzhirsch bei Glücksspiel und Rotlicht. Und kassiert vermutlich am Wasen ab.«

»Das ist so eine krasse Vermutung, dass dort abkassiert wird. Die ganzen Schausteller und der Rest sind unter direkter Aufsicht vom Finanzamt.«

»Aber alles wird in bar gezahlt, da zählt keine elektronische Kasse ständig mit.«

Bolz blickte wie abwesend zum Fenster auf die Theodor-Heuss-Straße hinunter, hörte seinem Assistenten aber genau zu.

»Und noch was gibt es«, begann Gromer nachzulegen.

»Ach?«

»Es hat eine Hochzeit gegeben.«

»Nein, auf dem Wasen?«

»Fast«, begann Gromer triumphierend zu erzählen. »Da heiratet die Tochter des ältesten Schaustellerbetriebs in Stuttgart den Sohn des größten Betriebs auf der Wies'n in München.«

»Jetzt bin ich auf die Verbindung zu unserem Fall aber richtig gespannt«, gab sich Bolz neugierig.

»Aber Chef, das ist nun nicht mehr schwierig. Wenn man in Stuttgart abkassiert und kann auf diesem Weg auf zusätzliche Einnahmen aus München zugreifen – das regt die einschlägige Fantasie an. Ich stelle mir also vor, der Heimerdinger braucht Geld und möchte, wie einstmals, möglichst schnell an möglichst viel davon kommen. Er sucht die Gelegenheit und stellt fest, dass der Vegesack inzwischen überall die Hand drauf hat. Und Vegesack ist nicht kompromissbereit, weil er glaubt, dass King Stucki, wie sich Heimerdinger gern nennen ließ, inzwischen als ›König Ohneland‹ gilt.«

»An dem, was Sie da gerade konstruieren, Gromer, könnte was dran sein. An den Zusammenhang mit der Schaustellerhochzeit glaube ich nicht.«

»Dann knöpfen wir uns jetzt den Heimerdinger vor«, konstatierte Gromer unternehmungslustig.

»Das machen wir natürlich nicht«, beschied Bolz. »Das machen wir erst, wenn wir wissen, dass wir ihn kriegen.«

21. KAPITEL

Palm setzte sich auf die Couch und erkundigte sich bei Inge nach dem Fernsehprogramm.

»Keine Ahnung«, vernahm er aus der Küche. »Wahrscheinlich kommt irgendwo Fußball.«

Dies kam heute aber nicht. Eigentlich ein Grund mehr, um die Zeit für eine Rückmeldung an Bolz zu nutzen und zugleich den letzten Stand der polizeilichen Erkenntnisse zu erfragen. Nach seinem anders als geplant verlaufenen Recherchetermin plagte Palm das schlechte Gewissen, und die abendliche heimische Präsenz sollte dies zumindest ansatzweise wettmachen. Als sich Inge zu ihm aufs Sofa setzte, hatte sie bereits ein Buch in der Hand. Palm rückte nah an sie heran, legte ihr den Arm über die Schultern und sagte: »Wie wär's denn mal ohne Buch und ohne Fernsehen?« In diesem Moment schoss ihm der naheliegende Gedanke durch den Kopf, dass er seine Frau mit diesem kuscheligen Annäherungsversuch auf die Idee bringen könnte, er habe etwas ausgefressen.

Inge artikulierte ein lang gezogenes »Hm«, um zu fragen: »Soll ich dir die neuesten Schoten meiner missratenen Söhne erzählen?«

»Missraten – sag nicht so was. In diesem Alter macht man nun mal die dümmsten Dinge.«

»Weil man sie dann angeblich später nicht mehr macht. Da bin ich mir aber nicht so sicher.«

»Wie meinst du das?«, wurde Palm nervös.

»Dass sie später zur Vernunft kämen, ist die Entschuldigung für alles, was die einem jetzt zumuten. Ich bin mir nicht sicher, ob sich das automatisch bessert. Und wenn sie daraus lernen, dass sie einfach immer davonkommen, und gerade so weitermachen?«

»Das wird nicht passieren«, gab sich Palm sicher. »Sie haben eine Welt um sich herum, die sie bald spüren lässt, was geht und was eben nicht.«

»Um es nicht so spannend zu machen: In Björns Zimmer habe ich heute ein kleines Plastiktütchen mit hanfartigem Zeugs gefunden. Er bemüht sich nicht mal, es zu verstecken.«

»Und was hast du damit gemacht?«

»Na was wohl? Nein, nicht geraucht, sondern im Klo runter gespült.«

»Das ist bares Geld«, merkte Palm lakonisch an.

»Ja, und Falk …«

»Was ist mit ihm?«

»Unser Kleiner beschwert sich über den Trainingsstress. Ich weiß nicht, ob er die Energie hat, weiterzumachen«, sagte Inge verständnisvoll. »Jeden Tag Training und diese Zwangsdisziplin – das wär' mir in dem Alter auch zu viel gewesen.«

»Anders geht es in dem Metier aber nicht. Entweder er will bei den Turnieren dabei sein und möglichst ins Endspiel, oder er trainiert halt zwei, drei Mal in der Woche und spielt in seiner Mannschaft.«

»Das weiß er alles selbst – und macht eben dran rum. Sprich doch mal mit ihm. Er braucht einen Gesprächspartner dafür – und die Mutter kann das nicht sein«, zeigte Inge Einsicht in die Psyche ihres pubertierenden Jüngeren.

»Du meinst, jetzt sofort?«

»Ja, er ist oben.«

Ganz ohne Berechnung oder Gewissensantrieb beugte sich Palm zu Inge und küsste sie innig, bevor er sich in Richtung Treppe erhob, um zu Falk hochzugehen.

»Man könnte meinen, du hättest heute noch was vor«, kommentierte Inge die Zuwendung ihres Mannes. Palm ließ diese indirekte Frage unbeantwortet und ging die Treppe hoch.

Eine gute Stunde später verließ Palm Falks Zimmer, ohne erhebend viel gesagt zu haben. Wichtiger als alle guten Ratschläge schien ihm in diesem Fall das Zuhören gewesen zu sein. Inge, die die Tür gehört hatte, war inzwischen ebenfalls nach oben gegangen und winkte Palm gleich ins Schlafzimmer herein. »Was hat er gesagt?«

»Er wird weiter das zusätzliche Einzeltraining machen. Er will das und er ist ehrgeizig. Das sind Gedankenspiele, gelegentliche Zweifel, die jedem kommen, der so ein Programm durchzieht. Er muss jemanden haben, bei dem er seinen Kopf ausleeren kann.«

»Das hast du gut gemacht, mein JJ«, lobte ihn Inge und zog ihn vollends ins Schlafzimmer. »Du willst nicht runter, oder? Vielleicht sollten wir uns wirklich mal wieder ohne Buch und Fernseher einander widmen. Bevor wir's verlernen.«

Dieses eindeutige Angebot konnte Palm unmöglich ablehnen, selbst wenn dies nach seiner nachmittäglichen Recherche nicht das Erste war, worauf er heute gekommen wäre.

22. KAPITEL

Auf dem Weg in die Redaktion wählte Palm Bolz an.

»Ich hatte Ihren Anruf eigentlich gestern Abend erwartet«, sagte Bolz mit einem gewissen Vorwurf in der Stimme. »Aber Sie geben mir jetzt sicher einen lückenlosen Bericht von Ihrer Recherche bei Linda, also deren, sagen wir mal, Mitarbeiterinnen.«

Palm zuckte zusammen. Er konnte Bolz unmöglich sagen, dass seine Recherche gänzlich anders verlaufen war, als geplant.

»Ich fürchte, richtig Verwertbares habe ich nicht mitgebracht.«

»Also keine Namen oder wenigstens Hinweise, wer dort, wie heißt das, verkehrt?«

»Nichts, was zu mehr als Spekulationen führen würde.«

»Wir haben also nichts, was einen mutmaßlichen Skandal bewirken würde, möglich ist aber alles.«

»Genauso ist es«, bestätigte Palm. »Sieht aus wie eine Sackgasse.«

»Das weiß man nicht«, blieb Bolz ganz der coole Ermittler. »Aber wissen Sie, unsere Kollegen vom Staatsschutz werden wir jetzt nicht mehr los. Die Geschichte mit dieser Ökologisch Nationalen Front lässt für die das ganze Spielfeld offen. Mit denen müssen wir weiterhin geschirren.«

»Geschirren?«, bat Palm um Aufklärung über diese ihm neue Vokabel.

»Ja, geschirren. Man merkt, dass Sie nicht aus der Landwirtschaft kommen. Man legt Pferden ein Geschirr an, heißt auf Hochdeutsch Zaumzeug. Das kann man gemeinsam anlegen und kommt dabei miteinander zurecht oder eben nicht. Aber jetzt erzählen Sie mal etwas ausführlicher von Ihrer Recherche. Was für ein Geschirr trug denn die Dame von Linda?«

»Ich glaube, ich weiß, was Sie meinen. Eigentlich gar keines.«

»Wie? Sie trug gar nichts? Oder haben Sie etwa gesagt, dass sie in Bürokleidung antreten soll?«

»Nein, das nicht …«, wand sich Palm ungeschickt, ohne eine wirkliche Antwort zu geben.

»Ich sag' Ihnen mal was, Palm, Sie haben auf eine Art recherchiert, wie wir es nicht geplant hatten. Da kann nichts Verwertbares rauskommen.«

Über so viel Direktheit war Palm sehr erstaunt, zugleich aber nicht in der Lage zu widersprechen, sodass Bolz einfach weiter bohrte: »War es denn wenigstens auf andere Art ergiebig, also ich meine angenehm?«

»Oh, Bolz«, wurde Palm geständig »verraten Sie mich nicht. Ich hatte mich da nicht ganz unter Kontrolle, fürchte ich.«

»Hab ich mir gedacht.«

»Ziehen Sie daraus jetzt bitte keine falschen Schlüsse.«

»Falsche Schlüsse? Halten Sie mich bloß nicht für einen Moralapostel, nur weil ich aus einem katholischen Dorf ›vo dr Alb ra‹ komm. Dort geht es genauso zu wie überall auf der Welt, also der Geist ist willig und das Fleisch ist schwach, und noch öfter umgekehrt. Dort ist einem Menschliches so wenig fremd wie hier in diesem Weltdorf Stuttgart.«

»Sie sind es, der mich dorthin geschickt hat, Bolz. Der wahre Verantwortliche sind also Sie.«

»So ein Unfug! Wenn ich für etwas verantwortlich bin, dann für das Vergnügen, das Sie hoffentlich hatten. Kommen Sie mir bloß nicht mit der Opfertour. Sie haben das bestimmt genossen.«

»Ich habe nichts anderes gesagt. Also – ich habe gar nichts gesagt.«

»Auch das stimmt. Der Gentleman genießt und schweigt. Jetzt fühlen Sie sich aber um Himmels willen nicht gelobt oder gar geadelt. Sie sind halt auch nur ein Mann. Und eines haben wir dabei gelernt: So ermittelt man nicht.« Dabei hätte es Palm gerne bewenden lassen wollen. Bolz indes spann die Sache weiter.

»Das heißt nicht, dass es umsonst gewesen sein muss.«

»Umsonst war es eh nicht«, warf Palm ein.

»Jaja, ich weiß schon. Ihre Haushaltskasse wird das verwinden. Die Frage ist, wie kann uns das weiterbringen? Allein der Kontakt mit Linda.«

»Wenn sie je was weiß, wird sie schweigen wie ein Grab«, mutmaßte Palm.

»Das kommt darauf an. Sie hat eine Reputation zu verlieren, wenn man sie in den Sumpf dieser elenden Auseinandersetzung in der Stuttgarter Szene mit hineinziehen würde. Wenn sie also etwas loswerden kann, was ihre Distanz dazu belegt.«

»Distanz dazu? Ich versteh' gar nichts. Was könnte das nützen?«

»Ich vermute«, ließ Bolz seine Stimme wie ein verständnisvoller Lehrer klingen, »von den Hintergründen der Auseinandersetzung der letzten Tage hat Linda keine Ahnung. Wovon sie aber wissen wird, sind die alten Verhältnisse in Stuttgart, also zwischen dem toten Hansi und Heimerdinger.«

»Heimerdinger?«

»Ja, erklär ich Ihnen. Der spielt eventuell die Hauptrolle in dem tödlichen Spiel. Das ist eine reine Vermutung, aber eine sehr angesagte. Wir fragen uns, wer tritt hier so rabiat auf und räumt den derzeitigen Platzhirsch der Szene aus dem Weg? Dafür kommen von den uns bekannten Gesichtern nicht viele infrage. Der Tote gestern Nachmittag in Cannstatt hat definitiv für den Heimerdinger gearbeitet. Da gibt es in jedem Fall eine Verbindung und einen Grund zur Konfrontation.«

»Okay, Bolz, wann schaffen wir daran weiter? Ich bin jetzt an der Ausfahrt in Möhringen und gleich in der Redaktion.«

»Weiß nicht, ob ich heute Abend Zeit habe und ich habe keinen rechten Plan, was Sie dabei tun können. Aber vergessen Sie nicht, wenn Sie was schreiben – das ist ein Kriminalfall, kein politisches Abenteuer.«

»Das muss sich erst erweisen. Wenn hier tatsächlich politische Spinner mit am Werk sind und Knarzmann zu dem Termin im Hofbräuzelt geht, steht uns ein ganz heißer Samstag bevor. Sozusagen die Wasenhölle!«

»Also im Dichten sind Sie ganz gut. Bei Ihren Ermittlungsmethoden müssen wir noch nachbessern.«

23. KAPITEL

Palm hatte Schlehenmeyer versprochen, über die spezifisch stuttgarterische Befindlichkeit in diesem plötzlichen Aufwallen von Bandenkrieg und politischer Morddrohung zu schreiben. Dazu war das Rathaus als Zentrale der Stuttgarter Bürgerschaft eine erste Anlaufstelle. Für Herrlein, für die Rathaus-Kommunikation von weit her geholt, hatte die schwäbische Großstadt lange Zeit wie ein anderer Stern ausgesehen. Eine schuldenfreie Kommune, keine beachtenswerten »No-go«-Areas, wenig Kriminalität, funktionierender Bürgersinn, zugleich aber Keimzelle der deutschen Wutbürger, denen es in der Summe um einiges zu gut ging, um zu erkennen, auf welcher Insel der Seligen sie in dieser insgesamt friedlichen Metropole lebten. Diese Insel hatte in den vergangenen drei Tagen durch die Morde und bekannt gewordenen Morddrohungen gegen den Landesvater ihr Bewusstsein verändert. In gewisser Weise stand Herrlein seit Tagen unter Schock, und Palm wollte sich diese anhaltende Schockstarre zunutze machen.

Am Anmeldekiosk hinter dem Rathauseingang hatte sich eine kleine Menschentraube gebildet. So umging Palm die Anmeldung, den Weg zu Herrleins Büro kannte er gut. Nach einem kurzen Klopfen an die Tür betrat er das Zimmer des Stadtsprechers, ohne ein »Herein« abgewartet zu haben.

»Mann, Egon, tust du überhaupt ein Auge zu?«

»Wenn ich in den Spiegel guck – dann habe ich die letzten paar Nächte nicht so richtig durchgeschlafen.«

»Was macht ihr denn jetzt nach dieser Drohung von diesen Ökofaschisten? Für die richtigen Ökologen ist das doch die schwerste Kost, oder?«

»Woher weißt du denn das schon wieder? Aber das bin ich gewohnt. Indiskretion, wohin man blickt. Und ich dachte immer, hier in Stuttgart sei einfach alles besser.«

»Bis auf den Feinstaub«, merkte Palm mit ökologischer Wachsamkeit an.

»Irgendwo hat alles sein Gutes. Nach dem Feinstaub hat in den letzten Tagen keiner mehr gefragt.«

»Mal im Ernst: Gibt es diese durchgeknallten Umweltschützer, die sich an einem ›Verräter‹ Knarzmann rächen wollen? Klingt eher nach Trittbrettfahrern.«

»Frag mich was Leichteres. Hab von den Brüdern noch nie was gehört.«

»Mit denen würden wir dem Zentrum aber immer näher rücken. Du weißt ja, im Inferno schmoren die Verräter im neunten Kreis der Hölle, also im Zentrum.«

»Das Gute daran wäre, dass wir dort nah am Ausgang aus der Hölle wären.«

»Ob das so gut ist? Hinter dem Ausgang aus der Hölle beginnt das Fegefeuer«, warnte Palm.

»Man leidet dort aber keine Höllenqualen, sondern die Seele wird gereinigt.«

»Aber wie? Schon wegen der geringsten der Todsünden muss man durch eine Flammenwand.«

»Was ist denn das, die geringste der Todsünden?«

»Unser Dante meint, das sei die Wollust.«

»Vor der Bestrafung dafür hast du wohl die meiste Angst«, spottete Herrlein über Palm.

»Nein, nein, ich sehe, was die anderen ertragen müssen. Du wirst viel schlimmer gequält. Mir wird es vielleicht heiß, du aber sitzt in einer Kloake. Pfui Teufel!«

»Presse- und PR-Leute hatte Dante nicht vorgesehen.«

»Hat er, also Schmeichler und Heuchler, man könnte auch Lügner dazuzählen.«

»Jetzt bringst du dich aber selbst in die größte Klemme: Als schlimmste Todsünde gilt nämlich der Hochmut. Ob du so aus der Hölle überhaupt je wieder rauskommst?«

»Wir beide schon«, gab sich Palm optimistisch, »wir sind nur Besucher, und du bist mein Inferno-Führer. Geleite mich also ein wenig weiter durch die Stuttgarter Hölle. Was erleben wir am Samstag auf dem Wasen?«

»Wenn der Knarzmann die Tassen im Schrank lässt und zu Hause bleibt, erleben wir vermutlich gar nichts. Wenn er allerdings den Helden spielen will … niemand weiß es.«

»Und anschließend Heulen und Zähneklappern – und ein Staatsbegräbnis. Zu dem käm' wahrscheinlich sogar die Kanzlerin nach Stuttgart, um zu sagen: ›Das war eine ganz abscheuliche Tat. Aber der Rechtsstaat lässt sich nicht einschüchtern‹.«

»Und den Nachruf hast du schon geschrieben?«, fragte Herrlein pietätlos.

»Nein, das machen die von der Politik. Und fürs Lokale unser Schlehe. In Nachrufen ist er richtig gut. Was plant ihr denn jetzt für den Samstag? Geht der OB zu dem Jubiläums-Event auf den Wasen?«

»Muss er ja! Selbst, wenn der MP absagt.«

»Den OB hat keiner bedroht.«

»Aber stellvertretend für den MP will der sich nicht erschießen lassen«, bat Herrlein Palm um Verständnis.

»Warum glaubt man von vorneherein, es würde ein Schusswaffenanschlag? Vielleicht explodiert eine Bombe?«

»Das würde ich ausschließen«, war sich Herrlein sicher. »Die Kontrollen sind so streng. Das ist wie am Flughafen, in und um das Zelt, auf dem gesamten Wasen wird jeder Quadratzentimeter überprüft.«

»Also kann gar nichts passieren, wenn ich dich höre.«

»Eigentlich nicht. Das ist das Dilemma. Keiner kann sich alle Eventualitäten ausdenken. Vielleicht schicken diese Öko-Nazis, oder wie die heißen, dem Knarzmann eine Drohne ins Zelt.«

»Ich seh' schon, wir sind tatsächlich auf dem Weg ins Zentrum, in den neunten Kreis. Ich schreib' das morgen in der Vorschau auf den Samstag: ›Landesvater lädt in die Wasenhölle ein‹.«

24. KAPITEL

Striebels Dienstzimmer war wieder in einen ordentlichen ministrablen Zustand gebracht, also intensiv aufgeräumt worden, sogar die Unterschriftenmappen waren frisch befüllt, zu einem guten Teil mit neuen Ausdrucken der durch den ministeriellen Wutausbruch verdorbenen Schriftstücke. Die waren aber momentan von geringem Interesse. Der Minister hatte Angsterer kurzfristig einbestellt, um mit ihm zu einem Briefing des MP zu dessen Amtssitz zu fahren.

»Sie werden das überzeugend, geradezu zwingend vortragen. Es kann da keine Alternative geben, wenn Sie fertig sind. Vor allem, wo wir jetzt ein zweites Drohschreiben dieser Ökofaschisten erhalten haben. Die sind zu allem fähig, diese Wahnsinnigen.«

»Gestern waren Sie von deren Existenz noch nicht ganz überzeugt.«

»Gut, ein zweiter Drohbrief, ebenso wie der erste ohne Bezug zum Wasen … Sie haben recht, der MP wird uns fragen: Gibt es diese Gruppe überhaupt? Haben Sie dazu etwas?«

»Nicht direkt, aber wir haben einen Hinweis, dass es schon vor Jahren mal Flugblätter gab mit dem Absender ›Öko-Front‹. Eventuell haben die sich weiterentwickelt, zumindest namenstechnisch.«

»Wo war das?«, war Striebel plötzlich ohne jede Ironie interessiert.

»Nicht weit weg, im Schwäbischen Wald.«

»Im *was*? Wo genau?«

»Das war irgendwo zwischen Welzheim und Gaildorf, aber es wurde nie ein Urheber ermittelt. Man hatte damals Freunde von unserem seligen Remstal-Rebellen …«

»Oh Gott, dem alten Palmer …«

»… ja, genau vom dem, im Visier. Vielleicht wurden sie deshalb nicht ermittelt. Der genoss so viel Sympathie, gerade bei vielen Leuten auf dem Land, vielleicht sogar bei den Behörden.«

»So prickelnd hört sich das nicht an«, gab sich Striebel enttäuscht über diese Auskunft, »aber der Wasenauftritt am Samstag ist dann erledigt.«

»Keine Frage, das bekommen wir hin«, unterstützte Angsterer die Absicht des Innenministers, der sich indes über die rhetorische Überzeugungskraft seines Staatsschutz-Abteilungsleiters keine Illusionen machte. Sollte es nicht gelingen, den MP von seinem Starrsinn abzuhalten, würde die Lage unbeherrschbar. Die kriminalpolizeilichen Ermittlungen schienen, was die beiden Morde anging, gut voranzukommen. Für die Gefährdung von der politischen Seite her gab dies allerdings keine Entwarnung. Eine Garantie, dass die Morddrohungen gegen den MP als amateurhaftes Trittbrettfahren einzuschätzen waren, gab es nicht. Angsterers Staatsschützer und die Leute vom Verfassungsschutz des Landes hielten die Existenz einer ökofaschistischen Gruppe mit Gewaltbereitschaft für durchaus plausibel. Konkrete Personen, die dazugehörten, konnte man nicht benennen. In Frankreich, so hieß es, habe man Gruppen mit ähnlicher Mentalität und Motiven gesichtet, dort seien die Voraussetzungen durch den sozialen Abstieg der gesamten auf Landwirtschaft ausgerichteten Provinz ganz anders. Hier im südwestdeutschen Raum finde so etwas nicht statt. Die dahinterstehende Mentalität gäbe es hier aber auch. Insgesamt hörten sich die Erkenntnisse der staatlichen Aufpasser eher nach Sozialanalyse als nach Polizeibericht an. Aber, so meinte Striebel, der MP habe für dieses Denken eine sensible Wahrnehmung.

Für die kurze Fahrt von der Willy-Brandt- zur Richard-Wagner-Straße nahm der Fahrer gleich einen Schleichweg, um die inzwischen rund ein Dutzend verwirrenden Fahrspuren an der großen Kreuzung vor dem Wagenburg-Tunnel gar nicht erst überqueren zu müssen. So fuhr man einen Zickzack-Kurs: zunächst ein paar Hundert Meter Landhausstraße, Kehre am Kreisverkehr in die Kernerstraße, an der Jugendherberge vorbei bis zur Haußmann- und schließlich Gerokstraße, immer weiter hoch, bis man hinter Höhe Bubenbad schließlich in die Richard-Wagner-Straße einbiegen konnte. Umständlich, aber in einem Bruchteil der Zeit zu absolvieren, die der Weg über die großen Stadtstraßen gebraucht hätte.

Die Ankündigung der Ministerlimousine per Funk genügte, um das Tor vor der Villa Eisenstein aufgehen zu lassen und direkt vor dem Haupteingang aussteigen zu können. Striebel, sein Assistent Billinger und Angsterer wurden in den Gobelin-Saal hochgeschickt. Ein Zeichen dafür, dass der MP sie nicht alleine empfangen würde. Der Tisch dort bot Platz für rund ein Dutzend Gesprächsteilnehmer. Das Trio aus dem Innenministerium war zunächst alleine in dem Raum, und jeder fragte sich, wer außer dem MP alles erscheinen würde. Da sie alle aufgeregt waren, setzte sich keiner an den großen Tisch. Jeder stand in einer anderen Ecke des Raumes und schaute sich mehr oder minder interessiert die Motive auf den Wandteppichen an. In die um sich greifende Stille öffnete sich die schwere Holztür, und nicht der MP, sondern sein Assistent Schiller trat ein.

»Wenn die Herren schon mal Platz nehmen möchten. Der MP wird in wenigen Minuten hier sein. Er bespricht sich gerade mit Herrn van der Loogt.« Der niederländische Name Loogt wurde wie Lucht ausgesprochen. In Regierungskreisen hieß dieser persönliche Berater des MP »der Lucht«. Gegen den Rat des Luchts tat der MP wenig, auf seinen Rat hin aber vieles, was andere nicht unbedingt auf Anhieb verstanden. Nach Bekanntgabe dieser Nachricht verschwand Schiller aus dem Gobelin-Saal, als ob er sich in der Gesellschaft der drei Gäste nicht besonders wohl fühlte.

»Oh je, der Lucht«, seufzte Striebel.

»Sie meinen«, ergänzte Billinger, »es besteht die Gefahr, dass wir nicht diskutieren werden, sondern uns etwas verkündet wird.«

»Malen Sie's nicht an die Wand«, mahnte der Innenminister.

Angsterer beteiligte sich an dem Gespräch nicht, sondern ging im Geiste seinen Lagebericht, seine daraus erwachsenden Argumente und Empfehlungen durch. Kein vernünftiger Mensch könne sich dieser Logik entziehen. Die Lage müsse deeskaliert werden. Ein Festhalten des MP an seinem Wasentermin wäre das krasse Gegenteil, würde die Lage ins Unbeherrschbare verschärfen. Ein solches Verhalten wäre fast eine Verletzung seines Amtseids. Ob er so weit gehen sollte, dies zu artikulieren? Besser nicht, da hatte Striebel ihn bereits gewarnt. Wenn Knarzmann das Gefühl bekäme, man wolle ihn zwingen, wäre das kontraproduktiv. Da würde der MP trotzig wie ein Vierjähriger. Irgendwie würde er das aber hinkriegen, war Angsterer überzeugt.

Nach weiteren quälenden drei bis vier Minuten ging die Tür erneut auf, der MP trat ein, hinter ihm Schiller, van der Loogt und der Landwirtschaftsminister. Mit Letzterem hatte keiner gerechnet. Jeder begrüßte jeden höflich und mit Handschlag, gerade so, als sähe man sich zum ersten Mal.

»Bitte setzen Sie sich«, sagte Knarzmann und platzierte sich selbst an der der Tür gegenüberliegenden Stirnseite des Tisches. Bei Besprechungen war diese Seite zumeist unbesetzt, weil Präsentationen an die dahinterliegende Wand projiziert wurden. Knarzmann nahm sich daher einen Stuhl von einer langen Tischseite, wobei ihm Schiller sofort zu Hilfe kam.

»Geht schon«, raunte Knarzmann und wartete, bis sich alle gesetzt hatten.

»Wir haben die Lage im kleinen Kreis in allen Aspekten ausgeleuchtet«, berichtete der MP. Hier schwante Striebel bereits Fürchterliches: Vermutlich war man im »kleinen Kreis« gleich zu einer Entscheidung gekommen …

»Wir haben wirklich alle Fakten und Argumente bedacht und diskutiert …«

»Dazu wollten wir noch einiges vortragen«, rief Striebel dazwischen.

»Halt, Roland, lass mich erst zu Ende führen, was ich sagen möchte. Wir haben also alles erörtert und abgewogen, und sind zu dem Schluss gekommen, dass wir diesen hinterhältigen und empörenden Drohungen keinen Millimeter nachgeben dürfen.«

Das saß. Alle drei Gäste aus dem Innenministerium wollten nach einer längeren Schrecksekunde zu einer Replik ansetzen. Keiner kam aber über die erste Silbe seiner Wortmeldung hinaus und starrte die jeweils anderen beiden an, die ebenfalls etwas von sich geben wollten. Die daraus entstehenden zwei Sekunden Stille im Raum nutzte der überraschend mit am Tisch sitzende Landwirtschaftsminister, um zu sagen: »In meinem Ministerium habe ich natürlich weder professionelle Aufklärer noch Ermittler mit Polizeikompetenz. Dass wir aber irgendwo auf dem Land so eine radikale gewaltbereite Gruppe hätten, halten meine Leute und ich für unwahrscheinlich bis ausgeschlossen. In den Verbänden, mit denen wir zu tun haben, hätte man die längst gesichtet.«

»Es muss sie nicht unbedingt schon lange geben. Das kann eine vollkommen neue Entwicklung sein«, gab Angsterer zu bedenken. »Es könnte sein, dass eine Gruppe dies als eine Initiationstat plant. Die Tat als Einstieg in eine neue Bewegung versteht. Sie wissen das vermutlich nicht, aber es gab vor Jahren mal Flugblätter einer Gruppe, die nannte sich Öko-Front, da im Schwäbischen Wald, direkt vor unserer Haustür.«

Der MP verdrehte die Augen und richtete seinen Blick an die Decke, Striebel winkte ab. Das war genau die Detailebene, auf die man sich bei dieser Diskussion nicht begeben durfte. Darüber wusste man nichts, alles war Spekulation – und würde daher von Knarzmann überhaupt nicht ernst genommen.

»Sehen Sie«, sagte Knarzmann »wenn wir ehrlich sind: Wir wissen gar nichts. Auf dieser Basis die Planung für einen so einmaligen Jubiläumsevent umwerfen – also das machen wir nicht.«

Den Rest konnte man sich sparen, vor allem Angsterer und sein Innenminister konnten sich dies sparen. Angsterers erneuten Ansatz, seine Punkte loszuwerden, quittierte Striebel mit einem deutlichen Kopfschütteln. Damit war es aber nicht genug, da Striebel, bereits im Aufstehen vom Tisch begriffen, eine Anweisung auf Lager hatte: »Also Siegfried, wir werden das durchziehen. Dr. Angsterer wird dir morgen eine Übersicht über alle Sicherheitsmaßnahmen vortragen, insbesondere Vorsichtsmaßnahmen, die dich und das Staatsministerium betreffen. Am besten, ihr macht gleich eine Zeit aus.« Angsterer stand da wie vom Donner gerührt und vergaß fast, sich von den Gastgebern zu verabschieden, bevor er Striebel und Billinger die Treppe hinunter Richtung Ausgang folgte.

»Ich hatte nicht einmal Gelegenheit, auf die Gefahren einer Massenpanik hinzuweisen. Wenn auf diesem Gelände eine riesige Anzahl von Menschen einfach losrennt, nicht auszudenken. Das zweite Schreiben dieser Ökologisch Nationalen Front hat keiner erwähnt. Zumindest das hätten wir ihm sagen müssen«, klagte Angsterer auf dem Rücksitz des großen Audi vor sich hin.

»Weiß er doch«, konterte Striebel. »Haben wir ihm heute Morgen bereits eingescannt. Wenn Sie nicht an die Existenz einer solchen Gruppe glauben, können Sie von denen jeden Tag zwei weitere Nachrichten erhalten und sagen ›Fake‹, was soll's.«

»Vielleicht spielt wenigstens das Wetter mit und es schüttet wie aus Eimern. Sonst haben wir am Samstag über 100.000 Leute auf dem Wasen. Diese Massen!« Nach einer Weile bedrückender Stille im Wagen kam Angsterer eine Idee: »Wenn natürlich bekannt würde, dass es inzwischen von einer politischen Gruppierung für den Samstag eine Morddrohung gegen den MP gäbe, würde vielleicht kaum einer hingehen. Alle hätten Schiss, dass ihnen was zustoßen könnte.«

Striebel hatte sich ohnehin längst innerlich dazu entschieden, den von ihm wenig geschätzten Abteilungsleiter bei der nächsten Gelegenheit loszuwerden. Diese Äußerung riet ihm dazu, langsam, aber sicher Klarheit zu schaffen.

»Jetzt passen Sie mal auf, Angsterer«, begann der Innenminister mit auffällig leiser Stimme, »von dieser Geschichte erfährt niemand, gar, gar niemand. Das wissen nur wir und der MP.«

»… und der Schiller und der Lucht und der Landwirtschaftsminister«, fügte Angsterer hinzu.

»Und was die davon halten, haben Sie gerade gehört. Von dort wird also nichts verbreitet. Ich sage Ihnen, davon erfährt niemand etwas. Sonst müssen Sie Ihren Schreibtischsessel in irgendein anderes Stockwerk oder ganz anderes Amt verfrachten. Haben wir uns verstanden?«

»Ganz klar«, zog Angsterer beflissen den Schwanz ein und schwieg für die restlichen Minuten der kurzen Fahrt.

25. KAPITEL

»Wo ist denn der Gromer?«, rief Bolz zwei, drei Mal durch den Büroflur, bis er aus einem der Zimmer mit offenstehender Tür eine Antwort erhielt.

»Der hat heute frei.«

»Wie bitte? Wir stecken mitten in den Ermittlungen von zwei Mordfällen.«

»Der hat heute Abend einen Junggesellenabschied«, wurde ihm beschieden.

»Was? Der Gromer heiratet? Ich fall' aus allen Wolken!«

»Nein, nicht Gromer. Er ist Gast beim Junggesellenabschied eines Freundes.«

»Und darauf muss man sich den ganzen Tag vorbereiten?« Bolz hatte bereits sein iPhone aus seiner Jackentasche gezogen und drückte die Kurzwahltaste für Gromers Apparat.

Die Antwort kam prompt: »Hallo Chef, zu Diensten.«

»Papperlapapp, zu Diensten … Sie können während solcher Ermittlungen nicht einfach blaumachen?«

»Blaumachen sowieso nicht, ich bin bei der Arbeit.«

»So? Ich höre hier was von einem Polterabend, oder wie heißt das heute?«

»Vergessen Sie das, ich bin doch nicht doof. Musste mir was ausdenken. Wenn ich im Präsidium sage, ich geh ins Archiv, um alte, nicht eingescannte Unterlagen anzusehen, fragt jeder nach. Wir wollen diskret bleiben.«

»So diskret, dass ich davon nichts erfahren darf?«

»Also, ich sitze hier zwischen 25 bis 30 Jahre alten Aktendeckeln. Altes Zeug über Herrn Heimerdinger und Frau Gratian. Alles, was man davon verwerten kann, ist die Gewissheit, dass sie über den Heimerdinger aus der damaligen Zeit viel, wenn nicht alles weiß. Sie hat eine inzwischen erwachsene Tochter, deren Vater Heimerdinger sein soll. Ob uns das für unsere Fälle heute hilft? Großes Fragezeichen.«

Linda, Heimerdinger und die Aktenlage vor 25 bis 30 Jahren – Bolz kam unwillkürlich in den Sinn, dass die damals aktiven Gestalten der Halbwelt längst in irgendeiner Art von Ruhestand sein müssten. Nun tauchten sie wieder auf als wären sie alterslos. Und was war mit ihm selbst? Diesen Schlenker im Hirn konnte sich der Hauptkommissar bei diesem Gedanken nicht verkneifen. Gehörte er besser aufs Altenteil? Öfters hatte man ihn schon nach eventuellen Enkeln gefragt. Tatsächlich war der erste auch unterwegs. Da seine ältere Tochter dem Vorbild der Mutter entsprechend den Lehrerberuf ergriffen hatte, tat das kommende Kind der weiteren Berufsplanung keinen Abbruch, und Zeit war es aus seiner Sicht mit 33 Lebensjahren ohnehin. Während die jüngere, auch bereits in der zweiten Hälfte der Zwanziger angelangt, dies weit von sich schob. Sie hatte vor wenigen Jahren in Ravensburg einen Master, wie das heute hieß, in Mediendesign – der Himmel wusste, was das sein sollte – erworben und arbeitete bei einer Internetagentur in Stuttgart. Dem kommenden Status als Großvater sah Bolz mit Freude und Gelassenheit entgegen, eine Aufgabe oder gar Berufung konnte er dabei nicht erkennen. Seine Frau Annemarie sah dies ein wenig anders, aber nur ein wenig, wollte sie mit ihm nach einem möglichst bald anbrechenden Ruhestand doch durch die weite Welt reisen. Eine allzu große Bindung an die täglichen Familienaufgaben der nachfolgenden Generation war bei ihr instinktive Neigung, keineswegs aber Leidenschaft. In einem künftigen Leben als Globetrotter konnte Bolz indes so wenig Perspektive erkennen wie in der Berufung zum Vollzeit-Opa. Warum also viel über Rückzug nachdenken? Und die Kunden, beziehungsweise Sorgenkinder von damals schienen entweder immer noch oder erneut aktiv zu sein.

»Kurz gesagt«, nahm Bolz die Erkenntnisse von Gromers Aktenstudium auf, »Sie konstruieren einen Zusammenhang von damals mit heute. Dann lösen wir das mal auf.«

Eine halbe Stunde später saßen Gromer und Bolz bereits im Auto auf dem Weg nach Sillenbuch.

»Was machen wir, wenn niemand zu Hause ist, oder sie uns einfach vor der Tür stehen lässt?«, war Gromer skeptisch über den spontanen Ausflug Richtung Fernsehturm.

»Die lässt uns nicht einfach vor der Tür stehen. Das macht sich in der Wohngegend nicht gut. Das ist nicht der anonyme Teil von Stuttgart. Hier beobachten sich die Nachbarn.«

Nachdem der Fernsehturm passiert war, gab Bolz seinem Assistenten am Steuer die Richtung vor. »Auf Höhe der U-Bahn-Haltestelle Silberwald biegen wir gleich links ins Wohngebiet ab. Immer weiter auf der Straße, bis es bergauf geht, wo die Grundstücke größer sind.«

Alsbald bogen sie in die Zielstraße ein.

»Das können sich nicht viele leisten«, bewertete Gromer die Qualität der Wohngegend. »Tja«, vermerkte Bolz auf trockene Art, »hätten wir halt was Gescheites gelernt.«

Mit einem Schmunzeln um die Mundwinkel stiegen die beiden aus, und Bolz betätigte die Klingel. Das Tor zum Grundstück stand zwischen zwei großen Steinpfosten mit Granitauflagen. Darauf saßen zwei kleine steinerne Löwen. Die Überwachungskamera rechts davon war Bolz sofort ins Auge gefallen, und er stellte sich so in deren Fokus, dass man ihn von drinnen gleich sehen konnte.

»Ja, bitte?«

»Grüß Gott, Frau Gratian, wir sind die Herren Gromer und Bolz von der Kripo Stuttgart. Können wir kurz reinkommen?« Gromer hielt zur Identifikation seinen Ausweis in die Kamera.

»Wenn's denn sein muss.« Der Öffner summte, und das Polizistenduo näherte sich gemessenen Schrittes der Haustür. Mit Bolz' Schritt auf die Türschwelle ertönte ein weiteres Summen, und die Haustür sprang auf. Da niemand an der Tür wartete, betraten Gromer und Bolz das Haus ohne weiteres Warten und standen in einer kreisrunden Empfangsdiele. Das von dort aus einsehbare Interieur war durchweg mit schwarzem Granit und Edelstahl durchgestylt. Die Gastgeberin erschien, einen Gang entlang kommend, in einem darauf offensichtlich abgestimmten schwarzen Cocktail-Kleid. Bolz stellte seinen Assistenten und sich selbst höflich vor. Gratian blickte angesichts der Besucher überraschend freundlich drein und bat die Herren, auf selbstverständlich schwarzen Ledersesseln in einer kleinen Sitzecke Platz zu nehmen, die Teil eines größeren Wohnzimmers war. Linda ließ sich geradezu undamenhaft in einen der Sessel fallen.

»So, und was führt Sie zu mir? Meine Anzeige gegen den Vegesack? Aber der ist tot.«

»Der ist tot, ja. Damit hat sich die Anzeige erledigt«, konstatierte Bolz. »Aber Sie haben die weiteren Ereignisse der letzten Tage mitbekommen.« Bolz machte eine Pause, da er Fragen, was sie denn damit zu tun habe, und Ähnliches erwartete. Aber Linda schwieg und schaute ihn weiterhin erwartungsvoll an. Mit ihren Mitte 50 sah Linda erstaunlich jung geblieben und attraktiv aus. Die langen blonden Haare wirkten unblondiert, natürlich, kein Weiß, kein Grau zu entdecken. Die Kontur des Kleides ließ eine schlanke Figur mit deutlichen weiblichen Rundungen an den dafür wesentlichen Abschnitten vermuten. Abgesehen von einer grazilen Kette um den Hals und einem mit Brillanten besetzten Ring an der linken Hand war kein übertriebener Schmuck zu entdecken. Und ob Linda überhaupt geschminkt war, hätte keiner der Besucher auf Anhieb sagen können. Sie wirkte auf sehr angenehme Art normal.

Bolz' Sprechpause geriet so lang, dass Linda die Augen weiter aufriss und dabei die Brauen nach oben schob, als ob sie fragen wollte, ob das schon alles sei. Gromer fiel die Sprechpause nicht weiter auf, da sein Blick etwas länger auf Lindas fast gänzlich geschlossenem Dekolleté ruhte.

»Sie kannten den Herrn Vegesack aus früheren Zeiten.«

»Nicht direkt«, beeilte sich Linda, dies zu relativieren.

»Das ist uns bekannt. Aber Sie kannten ihn über Herrn Heimerdinger.«

»Um Himmels willen, das ist eine Ewigkeit her.«

»Ja, aber die alten Beziehungen spielten bei den Ereignissen der letzten Tage vermutlich eine Rolle.«

Linda kommentierte dies gar nicht. Sie zog die Augenbrauen hoch und blickte Bolz fragend an.

»Mal anders herum gefragt: Gibt es aus jener Zeit von vor mehr als 20 Jahren, als Herr Vegesack und Herr Heimerdinger, sagen wir mal, im Wettbewerb miteinander standen, so etwas wie eine offene Rechnung zwischen den beiden?«

»Keine Ahnung. Von den Dingen, die Sie wahrscheinlich meinen, hatte ich damals keine Ahnung.«

»Aber Sie hatten eine Beziehung mit Herrn Heimerdinger.«

»Ja und? Dadurch war ich nicht automatisch in irgendwelche Geschäfte oder ähnliche Geschichten verwickelt.«

»Das, verehrte Frau Gratian, habe ich auch nicht gesagt«, versuchte Bolz, die Atmosphäre zu entschärfen. »Man muss nicht gleich verwickelt sein, um mitzubekommen, was um einen herum vorgeht.«

Linda atmete tief ein und prustend wieder aus.

»Lassen Sie mich direkter fragen: Irgendwann in dieser grauen Vorzeit stieg Heimerdinger aus dem Prostitutionsgeschäft aus, und anschließend war das Hansis Terrain. Hatte Heimerdinger deshalb das Gefühl, dass Hansi ihm etwas schuldig war?«

»Also das sind Themen, von denen weiß ich gar nichts.«

»Halt mal«, warf Bolz ein, »so gar nichts kann nicht stimmen. Sie betreiben eine Agentur, die damit zu tun hat.«

»Womit?«, fragte Linda mit plötzlicher Schärfe im Ton nach.

»Mit Prostitution.«

»Das ist jetzt nicht Ihr Ernst! Ich führe eine Escortagentur mit sämtlichen notwendigen gesetzlichen Voraussetzungen. Das soll was sein? Prostitution? Da verwechseln Sie was!«

»Lassen Sie uns nicht darüber streiten, ob das Escortgeschäft zur Prostitution gehört oder nicht. Das ist gar nicht unser Thema.«

»Sie haben damit angefangen!«, richtete Linda Ihren Zeigefinger auf Bolz.

»Also noch mal. Könnte es sein, dass Herr Heimerdinger glaubte, von Herrn Vegesack etwas bekommen zu müssen, selbst wenn er erst nach sehr langer Zeit darauf zurückkam?«

»Warum fragen Sie ihn nicht selbst? Seine Adresse dürfte Ihnen bekannt sein.«

»Jetzt raten Sie mal. Weil er ganz sicher der Letzte wäre, der diese Frage beantworten würde.«

»Herr Heimerdinger ist kein schlechter Mensch. Und wenn Sie meinen, dass er dem Vegesack vielleicht mal bei irgendetwas geholfen hat, das kann sein.«

»Es kommt mir so vor«, offenbarte Bolz seine Interpretation von Lindas Worten »als ob Sie dabei an ganz Konkretes dächten.«

»Ja, sehr konkret. Vegesack hatte einen jüngeren Bruder, der hatte Familie und lebte hier in Stuttgart. Er starb durch einen Unfall, glaube ich. Vegesack hatte für die Versorgung seiner Schwägerin plus Familie kein Geld. Heimerdinger ist ihm bei irgendetwas geschäftlich entgegengekommen. Was, weiß ich nicht, keine Ahnung. Und das, obwohl die sonst nicht ein Herz und eine Seele waren.«

Während dieser Erzählung Gratians über den Wohltäter Heimerdinger nickte Gromer wissend zu Bolz, sodass Bolz annahm, dass man nun genug gehört habe.

»Ja, Frau Gratian, vielen Dank, dass Sie Ihre Zeit für uns geopfert haben. Und was ich Sie noch fragen wollte: Wie geht es Ihrer Agentur? Läuft sie gut?«

»Läuft. Viel Umtrieb und öfters mal ein Wechsel. Wissen Sie, da fängt eine an und stellt nach drei Wochen fest, dass sie gar keine Zeit dafür hat, dass sie sich's anders vorgestellt hat und so weiter. Oder eine ist so unvorsichtig, dass jemand sie auf der Website identifiziert und in ihrem Freundeskreis outet. Ärger hier und Ärger da, aber sonst alles okay. Freundliche und gepflegte Gäste, zuverlässige Damen. Sie sehen das an dem Telefon.« Linda zeigte auf ihr stumm gestelltes iPhone auf dem Tisch, dessen Display ständig aufleuchtete, um eingehende Anrufe oder Nachrichten zu melden.

»Tja, da steigt das Bruttosozialprodukt. Übrigens, wenn wir gerade so miteinander sprechen, kennen Sie Ihre Kunden, ah Gäste, oder bleiben die anonym?«

»Wo denken Sie hin? Hier herrscht Diskretion. Ich sehe Telefonnummern. Und ob die Leute wirklich so heißen, wie sie sich nennen, was weiß ich? Aber erst kürzlich hatte ich eine ähnliche Frage von einem Journalisten, dem konnte ich genauso wenig erzählen.«

»Also Journalisten sollten Sie gar nichts erzählen, Frau Gratian. Wir von der Polizei sind ebenso diskret wie Sie. Wenn wir etwas erfahren, kommt das höchstens in die Akten, wird nur verwertet, wenn es ein Staatsanwalt oder Richter braucht. Was ein Journalist damit macht? Da reicht unsere Fantasie nicht.« Damit verabschiedeten sich Bolz und Gromer und verließen das vornehme Wohngebiet in Richtung Innenstadt.

»So, was kam Ihnen plötzlich so bekannt vor, als die Gratian erzählt hat?«, fragte Bolz seinen Assistenten, der ihm wenige Minuten zuvor erkenntnisreich zugenickt hatte.

»Die Geschichte mit dem Vegesack-Bruder. Es gab in der Szene Auseinandersetzungen. Habe ich in den alten Akten gesehen. Der jüngere Vegesack starb nach einer Auseinandersetzung, mutmaßlich mit Heimerdingers Schergen. War sicher nicht beabsichtigt, aber so kam es eben. Es ging um die Kontrolle über irgendeinen Puff in der Innenstadt, und das Etablissement blieb danach unter Hansis Kontrolle. Also nach allem, was wir wissen. Vielleicht war das Heimerdingers Entschädigung an Vegesack.«

»Würde jedenfalls zusammenpassen. Wir halten fest: Heimerdinger benötigt nach x Jahren Geld beziehungsweise eine verlässliche Einnahmequelle. Die will er von Vegesack haben, nach dem Motto: Hab damals – aus welchen Gründen auch immer – dir geholfen. Jetzt brauch ich Hilfe. Vegesack weigert sich. Das eskaliert, und schließlich wird es dem alten Heimerdinger zu blöd und er lässt ihn um die Fruchtsäule wickeln.«

»Dann wird es jetzt aber ernst für Heimerdinger. Ich glaube nicht, dass der viele Bataillone in der Stadt hat. Für eine Einzelaktion reichte das vielleicht. Aber gegen Vegesacks Nachlassverwalter zieht er den Kürzeren. Da würde ich glatt meine Dienstwaffe verwetten. Eigentlich müssten wir ihn in Schutzhaft nehmen«, beurteilte Gromer die Lage.

»Na, das würde er vermutlich nicht zu schätzen wissen. Da hätten wir eine ganz andere Aufgabe vor uns.«

26. KAPITEL

Beim Verlassen des Rathauses war Palm nach spätsommerlichem Lustwandeln zumute. Eigentlich war schon Herbst, aber Sonnenschein und entsprechend angenehme Temperaturen erhielten der Stadt das sommerliche Flair, an das sich Stuttgart die letzten Wochen mit Leidenschaft gewöhnt hatte. Der Wochenmarkt vor dem Rathaus verlieh der Stadt, die im allgemeinen Bewusstsein außerhalb des Ländles als Zentrum der deutschen Fertigungsindustrie galt, geradezu ländliche Gelassenheit. Obst- und Gemüsestände wurden von den Marktbesuchern ebenso umlagert wie die Fleisch- und Fischverkaufswagen, manche Stände boten sogar Wein an, nicht nur zum Verkauf, sondern auch zur Verkostung, als wolle man das vor 14 Tagen geschlossene Weindorf informell verlängern. Als Palm an einem der Stände länger als ein normaler touristischer Spaziergänger stehen blieb, um sich interessiert ein paar flott gestaltete Flaschenetiketten anzusehen, wurde er prompt zu einer Probe eingeladen.

»Ich wollte mir das Etikett genauer ansehen. Schönes Design.«

»Aber doa wisset Se no lang net, ob der au schmeckt.« Der Standbesitzer hielt Palm ein kleines halb gefülltes Glas mit Rotwein hin.

»Des isch an Lemberger mit ma Merlot – und des Ganze aus em Remstal«, beschrieb der Wengerter seinen Tropfen.

»Merlot aus dem Remstal?«, wiederholte Palm das Angebot in fragendem Ton und nahm nach Bouquet-Probe mit ins Glas gesteckter Nase einen Schluck.

»Ond?«, fragte der Anbieter.

»Kann man trinken«, gab Palm anerkennend zurück. Was anderenorts als allenfalls mäßige Wertschätzung wahrgenommen worden wäre, ging in Stuttgart bereits als Kompliment durch.

»Ha, des koasch saga«, bekräftigte der Wengerter Palms Urteil und streckte ihm eine Flasche hin. »Für zwölf Euro die ganz Flasch. So an Tropfa kriagsch net zom Aldi-Preis, isch jo klar, od'r?«

»Klar«, wiederholte Palm und versuchte, sich mit einer Notlüge loszureißen, »aber ich muss jetzt zu einem Geschäftstermin rüber in die Markthalle.«

»Markthalle?«, fragte der Weinhändler abschätzig, »do gibt's bloß an Haufa Kruscht.« Letzteres war im deutschen Südwesten der Sammelbegriff für alles, was man entweder nicht brauchen konnte oder dem landläufigen Qualitätsempfinden nicht gerecht wurde. Trotz seiner Ankündigung, Richtung Markthalle aufbrechen zu wollen, wandte sich Palm von dem Weinstand Richtung Schillerplatz ab und ging weg.

Die Verbindungsgasse vom Markt- zum Schillerplatz hatte er noch nicht passiert, da klingelte sein Telefon in der Lederjacke. Am anderen Ende meldete sich ein vollkommen aufgelöster und atemloser Schlehenmeyer.

»Wo treiben Sie sich rum, JJ?«, und ohne die Antwort abzuwarten, »Sie rufen bitte sofort den Häfele an …«

»Den Häfele?«

»Unseren Mann für Bodensee und Oberland.«

»Und was soll …«, aber Schlehe ließ ihn nicht zu Wort

kommen. »Da zwischen Saulgau und Biberach, weiß den Ortsnamen nicht, wo halt unser MP herkommt, hat man heute Morgen einen Brandsatz in seinen Garten geworfen.«

»Wie bitte? Da sind ja jetzt die ganzen Radieschen und Rabatten im Eimer.«

»JJ, ich verwarne Sie, Sie pietätlose Giftspritze. Das war ein Anschlag! Sie kümmern sich jetzt darum, wie das alles zusammenpasst: Morde in Cannstatt, Morddrohung gegen den MP, Anschlag auf seinen Garten oder Haus, was weiß ich. Was soll in dieser Stadt noch alles passieren?«

»Ich komme gerade von einer Recherche im Rathaus …«

»Vergessen Sie doch das Rathaus, JJ. Dort sitzen Leute, die am Weltgeschehen gar nicht teilnehmen. Nach diesen Putzaktivisten und Feinstaubverwaltern kräht dieser Tage kein Hahn. Mit diesem Anschlag sind wir in den Mittelpunkt der deutschen Politik geraten. Gerade uns vom Lokalen wird man fragen: Was ist los in dieser Stadt, in diesem Land? Finden Sie's raus, JJ! Schicken Sie mir bis um drei eine Art Kurz-Feature, ein Stimmungsbild aus der Stadt, wir brauchen das für die Online-Ausgabe. Und vergessen Sie den Häfele nicht.« Dies war das Ende von Schlehes Durchsage. Mit dem angenehm erdigen Geschmack der kleinen Weinprobe von vor drei Minuten in Mund und Rachen fühlte sich Palm mit der umfassenden Recherche-Aufgabe des Lokalchefs Schlehenmeyer urplötzlich existenziell in eine diffuse Welt geworfen. Dieses Gefühl hatte er letztmals verspürt, als er während seines Studiums versuchte, den Heideggerschen Zusammenhang zwischen Sein und Zeit nachzuvollziehen. Ähnlich schwierig herzustellen fand er inzwischen den Zusammenhang zwischen den Szenemorden in Cannstatt und den Morddrohungen gegen den MP. Der gerade von Schlehe berichtete Anschlag auf Knarzmanns Garten in dessen Heimatort brachte noch mehr Verwirrung ins Spiel, oder wie Schlehe sagen würde, in die Sachlage. Im Sinne seiner Dialoge mit Herrlein über die in Stuttgart zu besichtigenden Höllenkreise war er einen guten Schritt weiter und der neuerliche Akt die nächste Eskalation in dieser Falle irdischer Qualen, deren Zeuge Palm hier mittelbar wurde. Jetzt also Häfele. Den Tagblatt-Mann fürs Oberland kannte Palm bestens aus dessen Volontärszeiten. Ein fleißiger Rechercheur mit einer starken Vorliebe für die Lokal- und Landespolitik, und nicht zuletzt die administrativen Details dahinter. Die Redaktionsleitung wusste dies zu schätzen und fand den für ihn vermutlich richtigen Platz am Bodensee. Ein schönes Umfeld, aus Palms Sicht aber mit dem Pferdefuß der gesamten Abdeckung des oberschwäbischen Raums zwischen Alb und Schweizer Grenze. Irgendwo auf seinem iPhone lagerte sogar Häfeles Telefonnumer.

»Hallo Norbert, hier JJ….Ja, so kommen wir auch mal wieder zusammen. Der Schlehe hetzt mich dir auf den Hals, die Granaten im Garten des Landesvaters…«

»Unglaublich, was hier los ist«, berichtete Häfele, »das ganze Dorf will an Knarzmanns Haus vorbeipilgern. Die Polizei hat das Sträßle aber gleich abgesperrt. Manche klettern auf Bäume, um was zusehen. Zu sehen ist aber gar nichts. Ich hab' trotzdem ein Bild gemacht und in die Redaktion schickt.«

»Und was sieht man darauf?« fragte Palm sogleich nach.

»Ja, wie gesagt, nichts. Also man sieht den Garten, aber nicht viel davon. Von der Straße aus ist nur ein kleiner Teil davon einsehbar. Das Bild müsst ihr aber unbedingt bringen!«

»Tja, wenn man aber nichts sieht…«

»Das wäre unfair. Endlich passiert hier mal was!«

»Ich versteh' schon«, gab sich Palm kompromissbereit, »du bist sonst nur mit Einweihungen neuer Kreisverkehrsanlagen dabei.«

»Und nicht mal das, mein lieber JJ. Neulich hatte ich einen Gemeinderatsbeschluss im Blatt, fünf Kilometer weit weg von hier einen Kreisverkehr zu bauen. Da standen die alle dort im Halbkreis, wo das Ding irgendwann gebaut wird.«

»Nobby, ich versteh' dich gut. Aber das ist eine hoch politische Angelegenheit. Die Polizei hält für wahrscheinlich, dass es sich eventuell um Trittbrettfahrer handelt.«

»Ach, hast du mit denen schon gesprochen?«

»Nein. Die Trittbrettfahrer-Hypothese wird generell für möglich gehalten. Mit ausführlicher Berichterstattung würde man denen einen Gefallen tun und neue provozieren. Kurz gesagt, ich weiß nicht, wieviel Platz für die Geschichte übrigbleibt.«

»Vielleicht war das ein Molotow-Cocktail, das da in den Garten flog«, gab Häfele zu bedenken. »Das klingt bereits sehr politisch.«

»Gut. Hast du irgendeine Idee, wer das Ding geworfen haben könnte?«

»Natürlich nicht.«

»War bei dem Wurf jemand im Haus oder gar im Garten?«

»Soviel ich weiß, niemand. Der MP ist in Stuttgart und Isolde ist laufend irgendwo auf Landesmutter-Tour.«

»Okay Nobby, das reicht jetzt erst mal. Wenn sich was Neues ergibt, ruf mich bitte gleich an.«

Nach dem wenig ergiebigen Telefonat mit Häfele setzte Palm seinen Stadtspaziergang mit einem Anruf bei Bolz fort. Vielleicht wüsste der etwas zum Molotowcocktail, oder was es auch immer war, in Knarzmanns Garten.

»Mein Gott, Palm, was wollen Sie jetzt? Wahrscheinlich kennen Sie nicht die letzte Neuigkeit …«

»Ich glaube, ich kenne sie. Deshalb rufe ich an. Was machen Sie jetzt und die anderen Polizeiabteilungen?«

»Hier ist die Hölle los. Was glauben Sie? Unsere Ermittlungen wegen der Szenemorde interessieren ungefähr so sehr, wie wenn auf dem Wochenmarkt einer einen Salatkopf geklaut hätte. Zusammenhänge mit der Drohung von der Fruchtsäule vom Dienstagmorgen – als ob es das nie gegeben hätte.«

»Was heißt das für Sie?«

»Ich bin praktisch mit dem Gromer allein unterwegs. Alles, was Polizei heißt und eine Dienstwaffe hat, wird vom Staatsschutz dirigiert. Die wollen die ganze Stadt und vor allem den Wasen zu einem Hochsicherheitstrakt umgestalten, also zu einem mit rund 100.000 Besuchern, Gaffern und Touristen mittendrin.«

»Was für einen Reim macht man sich auf den Molotowcocktail?«

»Molotowcocktail? Man sollte dem Ding nicht zu viel Ehre antun. So etwas war das nicht, das war ein ganz primitiver Knallkörper, nicht mal ein richtiger Brandsatz.«

»Aber mit derselben Wirkung?«

»Nicht ganz. Als die Feuerwehr ankam, hat nichts mehr gebrannt oder auch nur geglüht.«

»Also eine Drohung, die selbst keinen großen Schaden anrichten konnte?«

»Könnte sein«, bejahte Bolz zögerlich, »oder wieder die Trittbrettfahrertheorie.«

»Auf dem Trittbrett wird es langsam eng. Lässt sich das aufrechterhalten?«

»Das ist gar nicht die Frage. Jetzt muss einfach reagiert werden, um zu zeigen, dass man alles für die Sicherheit, vor allem des MP, tut.«

»Und der Auftritt am Samstag?«

»Findet vermutlich statt. Was anderes hat keiner gehört.«

»Wie kann ich unter diesen Umständen die Story mit den Ökofaschisten unter dem Deckel halten. Das wäre fahrlässig.«

»Überlegen Sie gut, woher Sie das wissen. Von mir jedenfalls nicht.«

»Wir Journalisten«, brachte Palm in Erinnerung, »haben ein gesetzlich geschütztes Zeugnisverweigerungsrecht. Also keine Angst.«

27. KAPITEL

Den von Schlehenmeyer gesetzten Ablieferungszeitpunkt für das Stimmungsbild aus der Stadt hatte Palm beiläufig wahrgenommen. Als er nun mehr oder weniger ziellos zurück Richtung Marktplatz schlenderte, dröhnte aus einem der Geschäfte Musik auf die Straße. Palm erkannte das Stück sofort und blieb stehen, um es besser hören zu können. »Smoke on the water« von Deep Purple, ein Gassenhauer aus den 70er-Jahren, die vertonte Story des Casinobrandes in Montreux, tönte aus scheppernden Lautsprecherboxen. Palm wurde augenblicklich bewusst, dass eine Katastrophe auch Unterhaltungswert haben konnte. Wenn er den Gesprächen der Menschen in den letzten Tagen in Stuttgart zuhörte, die Reaktionen beobachtete, die nicht nachlassende Flut von Menschen auf dem Volksfest sah, trotz wiederholtem Mord, trotz der publizierten Morddrohung gegen den Landesvater – dann war dies nichts anderes als der Beweis für die Gier nach Sensation, und zwar um jeden Preis. Es liefen bereits Wetten in der Stadt, ob der MP die Woche überleben würde oder eben nicht.

Palm drehte um und ging zurück an Schillerplatz und Altem Schloss vorbei, überquerte die Straße zum Neuen Schloss. Während Fußballweltmeisterschaften versammelten sich hier mehr als 100.000 Menschen, um das zu praktizieren, was man per Verbiegen einer englischen Wendung als »public viewing« eingedeutscht hatte. Palm stellte sich vor, wie viele Zuschauer wohl kämen, wenn als Programmpunkt eines öffentlichen Party-Abends das Abbrennen des Neuen Schlosses auf dem Programm stünde. Vermutlich würde die eventgeile Gesellschaft eher einen Sturm auf das begrenzte Karten-Kontingent entfachen als einen Proteststurm gegen Kultur-Frevel und Vernichtung öffentlichen Eigentums. Palm ließ sich das Szenario einige Male durch den Kopf gehen und die Kurve, die er zu den aktuellen Ereignissen bekommen musste. Dann diktierte er den Text in seine Sprachaufzeichnungs-App:

»Überschrift: Public Burning – Stuttgart im Fieber der Nero Classics

Fließtext: Für den Höhepunkt des diesjährigen Kulturherbstes hatten die Eventplaner das richtige Gespür. Die lang angekündigte Abfackelung des Neuen Schlosses unter dem Titel ›Nero Classics‹ hat die Karten auf der Haupttribüne selbst zu Premiumpreisen weggehen lassen wie Champagner in den Formel1-VIP-Lounges am Hockenheimring. Nachdem sich nun der Oberbürgermeister persönlich bereit erklärt hat, unmittelbar nach Einbruch der Dunkelheit die Lunte an das mit Brandbeschleuniger bespritze Gemäuer zu legen, haben sich internationale Medien angesagt, um das Spektakel rund um den Globus zu übertragen. Es wird mit höheren Einschaltquoten als beim Eurovision Song Contest gerechnet – und alle Entertainmentprofis sind sich einig: Stuttgart wird weltweit zwölf Punkte aus allen zugeschalteten Ländern erhalten. Die Organisatoren haben den Titel ›Nero Classics‹ markenrechtlich schützen lassen und werden von Bewerbungen anderer Städte als zukünftige Austragungsorte geradezu überrannt. Um 20.30 Uhr Ortszeit schreitet nun der Oberbürgermeister mit einer brennenden Fackel in würdig gemessenem Schritt auf den mit Holzplanken verbarrikadierten Haupteingang des Neuen Schlosses zu und hört von vielen ihn im wahrsten Sinne des Wortes anfeuernden Zuschauern die Aufforderung: »Jetzt zend'n endlich oa, den Schubba!«

Absatz So, liebe Leserinnen und Leser, Sie halten das vermutlich für eine übertriebene Persiflage der Stimmung, die wir dieser Tage im altehrwürdigen Stuttgart erleben. Wirklich übertrieben? Bei den furchtbaren wirklichen Meldungen der letzten Tage ging es aber keineswegs nur um Feuer. Es geht um Mord und Morddrohung. Wer Augen und vor allem Ohren aufsperrt, spürt plötzlich, wie die gesamte Bürgerschaft in den Spekulationen, was uns noch erwartet, lebt, regelrecht auflebt und fiebert. Das Fieber ist aber keineswegs ein Schreckensfieber, ein Drang, sich von dem Unheil abzuwenden. Nein, im Gegenteil: Man wendet sich ihm zu, der Schrecken wird zu einer Alltagsbereicherung. Die inzwischen hinzugekommene skurrile Drohung einer angeblichen Ökologisch Nationalen Front, man werde den ›Verräter‹ Knarzmann erledigen, hat das Erwartungsfieber weiter gesteigert … und Sie würden wirklich keine Karte für einen Platz auf einer dafür aufgebauten Tribüne erwerben wollen, um weit vorne zu sitzen, womöglich in der ersten Reihe? Unsere Sensoren des public viewing liegen gleich neben denen für public burning, vielleicht sogar public killing – oder ist das nur unsere Fantasie und der Wasen bleibt am Samstag leer?«

Drei Mal hintereinander hörte Palm den Text ab und fragte sich, ob er damit die Tagblattleser und vor allem seinen Chef Schlehe nicht überfordere. Dann entschloss er sich und drückte beherzt auf »Senden«. Für die paar Notizen, die er sich fürs Diktieren gemacht hatte und für den Textaufbau im Kopf, hatte Palm zwei Espressi gebraucht. Nach Versenden des Textes war die Luft raus, und Palm orderte an seinem Tisch vor dem Künstlerbund ein Pils. Als die Kellnerin ihm das Glas gerade auf den Tisch stellte, surrte – er hatte nichts anderes erwartet – sein iPhone, und Schlehe meldete sich. Palm war aufs Schlimmste gefasst.

»Bravo, JJ, kann ich nur sagen, bravo! Damit treffen wir akkurat ins Schwarze!«

Palm war dabei, sich zu entspannen.

»Eines wollte ich Sie aber fragen, JJ: diese Ökologisch Nationale Front? Habe ich das bisher überlesen, haben Sie das erfunden oder ist das was Neues in der Geschichte?«

»In der Tat neu, die letzte Entwicklung bezüglich Morddrohung gegen den MP.«

»Himmel! Das müssen wir morgen im Blatt haben und erklären. Ich weiß, Sie haben heute keinen Redaktionsdienst. Aber kommen Sie jetzt bitte gleich in die Redaktion. Das brauchen wir morgen im Aufmacher. Bis gleich.«

Ich hätte es wissen müssen, dachte sich Palm. Natürlich, das musste berichtet und erklärt werden. Damit war sein Abend gerettet. Palm zahlte, ging durch die Unterführung unter der Konrad-Adenauer-Straße rüber ins Parkhaus an der Staatsgalerie und fuhr hoch nach Möhringen in die Redaktion.

28. KAPITEL

Palm betrat das Haus mit einer gewissen Vorahnung auf leisen Sohlen. Nachdem er in der Diele die Jacke abgelegt und die Schuhe ausgezogen hatte, wagte er einen Blick ins Wohnzimmer. Wie erwartet war Inge über einem ihrer Schmöker auf der Couch eingeschlafen. Damit war der Rest des Abends eigentlich vorgezeichnet: ein Tannenzäpfle aus dem Kühlschrank, die Tagesthemen und ab in den Nachtschlaf. Mitten in die ersten Meldungen aus aller Welt kam Inge in die Fernsehecke.

»Ja jetzt guten Abend. Eine kurze WhatsApp, dass du später kommst, hätte genügt.«

»Tut mir leid, aber das war recht hektisch heute. Ich musste den Aufmacher für das Blatt morgen mit ein paar neuen Fakten unterfüttern.«

»Soso. Und? Wer wird auf dem Wasen dieses Jahr noch alles erschossen oder erschlagen?«

»Ach Schatz, sei nicht so sarkastisch. Hoffen wir mal, alles bleibt friedlich.«

»Bist du für ein paar familiäre Themen ansprechbar?«

»Warum nicht?«, konnte sich Palm mit deutlich müder Stimme abringen.

»Ich bin so was von frustriert, sag ich dir.«

»Björn oder Falk? Was ist passiert?«

»Björn. Ich muss dir das oben in seinem Zimmer zeigen. Er ist weg, vermutlich lang. Kannst die Nachrichten ruhig zu Ende gucken. Und das war in der Post.«

Palm nahm den Umschlag und wusste Bescheid. Ein Schreiben der Stadt Waiblingen. Damit war schon fast alles gesagt. Auf der B29 war Palm neulich nach Korb bei Waiblingen gefahren, um bei seinem privaten Weinlieferanten ein paar Kisten seiner so geschätzten Piemonteser Barbera und Barolo abzuholen. Man kannte sich aus Studienzeiten und erzählte sich bei diesen Gelegenheiten Neues aus Beruf und Familie. Offensichtlich hatte er es zu eilig gehabt. Eine stationäre Blitzer-Säule, die er eigentlich gut kannte, hatte ihn erfasst. Zehn Stundenkilometer zu viel, das machte 20 Euro.

Nach wenigen Minuten schaltete Palm den Fernseher aus. Der jüngste Status der lokalen Aufregung hatte es nicht in die bundesweiten Fernsehnachrichten geschafft. Ob aus Vorsicht vor weiteren »Nachahmern« oder weil man es nicht für genügend wichtig hielt, konnte Palm nicht sagen. Er nahm seine Flasche in die Hand und ging die Treppe zum Zimmer seines älteren Stiefsohns hoch.

Inge saß dort vor einem hochgefahrenen Notebook, dessen Schirm großflächig rosa leuchtete.

»Das ist Björns Notebook«, stellte Palm erschrocken fest. »Wie hast du das angekriegt? Hat er kein Passwort?«

»Natürlich hat er eins, aber das kenn ich.«

»Das geht doch nicht. Er ist kein Kind mehr, er wird demnächst 18.«

»Jetzt schauen wir uns das erst mal an.«

»Was ist das?«

»Das ist eine Internetplattform, die heißt«, Inge zeigte auf die linke obere Ecke des Bildschirms »›BLF. Sofort‹ – BLF steht für Blasen, Lecken, Ficken.«

Palm schien von Inges Erklärung unbeeindruckt, sodass sie einfach damit fortfuhr, ihre Empörung zu artikulieren.

»Das scheint dich nicht sonderlich zu irritieren.«

Palm richtete seinen Blick an die Decke, um Inge zu signalisieren, dass es der falsche Zeitpunkt war, um ihn moralisch zu ermahnen.

»Und wie bist du, also du als Björn, in diese Plattform hineingekommen?«

»Das ist vollkommen egal, jetzt geht es um etwas anderes!«

»Und worum geht es?«, gab Palm den coolen, distanzierten Beobachter. Wohl wissend, dass er seine Frau im Moment damit vollends an die Decke brachte.

»Ich kann dir vorlesen, worum es geht. Björn schreibt: ›Du sitzt auf der Couch und hältst die Knie weit auseinander. Ich knie vor dir und blicke auf deine geschlossene Muschi. Meine Zunge gleitet auf deinem Schlitz auf und ab …‹«

»Der Junge hat Fantasie. Wenn er das auf 400 Seiten ausdehnt, bekommt er vielleicht eines Tages den Literaturnobelpreis.«

Inge wollte ihrem Ehemann nicht zuhören. »… die ›Nasse Maus‹ schreibt …«

»Nasse Maus?«

»Das ist seine Chat-Partnerin. Man registriert sich dort nicht mit seinem richtigen Namen. Sie nennt sich ›Nasse Maus‹.

»Und wie heißt Björn?«

»Björn heißt dort ›Super-Max‹. Also die nasse Maus schreibt: ›… nicht aufhören, nicht aufhören, mach weiter, das macht mich richtig heiß!‹, Björn schreibt: ›Dann öffne ich deine Muschi, inzwischen ist es eine richtig nasse Fotze. Ich lecke bis zu deinem Möseneingang, massiere deine Muschi mit der ganzen Hand und schiebe dir einen Finger in …« Inge las nicht weiter. »Willst du mehr hören?«

»Das ist alles virtuell. Wir können ihm nicht verbieten, dass er sich online austobt. Das ist das Alter!«, versuchte Palm, für seinen Stiefsohn Verständnis bei dessen Mutter zu wecken.

»Wir müssen ihm helfen, aus diesem Sumpf rauszukommen.«

»Sumpf? Was glaubst du, was so einem 18-Jährigen durch den Kopf geht? Was heißt durch den Kopf, damit hat es weniger zu tun. Das sind die Hormone. Die spielen in diesem Alter halt verrückt.«

»Du hast dafür sehr bereitwillig Verständnis, weil das zu deiner Zeit die große Mode war. Daran denkst du heute noch in Nostalgie-Anfällen: Sex and drugs and rock'n'roll! Wohin soll das denn führen?«

»Da bist du schwer auf dem Holzweg, meine Liebe«, wehrte sich Palm. »Es geht hier nicht um mich. Björn ist in einem Alter, da trieft das Testosteron von der Wand, verstehst du?«

»Ich weiß, was du meinst, aber ich verstehe es nicht. Wenn er seinen Kopf bei solchen Dingen hat, wie soll er da lernen und sein Abi machen?«

»Glaub' es oder glaub' es nicht, das hat miteinander gar nichts zu tun. Du gehst jetzt da raus, fährst das Notebook runter, und wir werden ihm gegenüber darüber kein Wort verlieren.«

»Das ist nicht dein Ernst. Wir sollen so tun, als ginge uns das nichts an?«

»Inge, das geht uns nichts an! Das ist sein, sagen wir mal, intimes Hobby. Es ist schlimm genug, dass du in seine persönliche Sphäre eindringst. Ihn mit dem moralischen

Zeigefinger darauf anzusprechen und bloßzustellen, *das* wäre die Katastrophe.«

»Das ist typisch männlich. Man hält bei diesen abgründigen Neigungen einfach zusammen.«

»Abgründig? Männlich? Mit wem chattet er denn da? Das sind Frauen, wenn du das richtig vorgelesen hast.«

»Ja, und was für welche!«

»Jetzt hör bitte mit diesem spießigen Getue auf. Ob Männer oder Frauen, alle haben ihre geheimen Wünsche und Sehnsüchte – und hier werden sie virtuell ausgelebt. Da gibt es für mich überhaupt kein Werturteil zu fällen.«

Während Palms nüchternem Statement hatte Inge sich aus der Plattform ausgeloggt, das Notebook heruntergefahren und wortlos das Zimmer verlassen.

29. KAPITEL

Billinger stürmte, was sonst nicht seine Art war, nach einem nur flüchtigen Anklopfen in das Dienstzimmer des Ministers.

»Entschuldigen Sie, aber haben Sie das mitbekommen? Der MP hat seinen Bodyguards gesagt, dass Isolde am Samstag nicht mitkäme.«

»Aha«, vermeldete Striebel seine Kenntnisnahme. »Und worin sehen wir nun die politische Tragweite?«

»Aber das ist doch offensichtlich. Er nimmt die Drohungen inzwischen ernst und will seine Frau nicht in Gefahr bringen.«

»Das ist Ihre Interpretation, Billinger. Haben Sie mit jemandem darüber gesprochen? Sieht das noch jemand so wie Sie?«

»Ja klar, wenn Sie mich fragen, ist das die allgemeine Deutung im Staatsministerium und bei der Polizei.«

»Es ist jetzt Donnerstagabend, Billinger. Und wir planen alle für Samstag. Wenn Sie mal sehen, wie sich die Ereignisse in den letzten zwei, drei Tagen überschlagen, sollten wir uns daran jetzt nicht weiter aufhängen. Meine Position ist nach wie vor: Es gibt hier eine haltlose Drohung, dann Trittbrettfahrer und inzwischen jede Menge öffentliche Aufregung. Wir können nur gewinnen, wenn wir Ruhe in die Sache bringen.«

»Ruhe? Schon jetzt wird jeder, der aufs Volksfest will, so kontrolliert wie bei der Besichtigung des Kanzleramts während eines Staatsbesuchs. Am Samstag wird die Schraube weiter angezogen. Die Kontrollen beginnen bereits auf den Parkplätzen und beim Verlassen der öffentlichen Verkehrsmittel an den Wasen-Haltestellen.«

»Was soll überhaupt passieren, Billinger? Inzwischen denke ich, der MP hat recht. Wir ziehen das einfach durch.«

»Vermutlich entsteht jetzt in der Villa Eisenstein Unruhe. Auf der Onlineseite vom Tagblatt gibt es schon einen Hinweis auf die Drohung der Ökologisch Nationalen Front gegen den MP.«

»Wie bitte?«, schrie Striebel plötzlich los. »Heute Vormittag – Sie waren dabei – habe ich dem Angsterer gesagt, was mit ihm passiert, wenn das ausgeplaudert wird. Ist der denn total meschugge?«

»Das hat nicht der Angsterer ausgeplaudert. Das wussten schon heute Morgen so viele, das musste öffentlich werden. Die gesamte Entourage vom MP wusste Bescheid, hier im Haus wussten es einige, das Rathaus weiß es und bei der Polizei praktisch alle. Das konnte Angsterer gar nicht verhindern.«

»Was heißt denn ›bei der Polizei praktisch alle‹? Ich dachte, nur die Staatsschutzleute von Angsterer seien damit befasst?«

»Ja, aber die verschiedenen Polizeiabteilungen reden miteinander, die müssen sich koordinieren.«

»Das hat er mir schon vor zwei Tagen gesagt, dass das eine Katastrophe gibt, wenn mehrere Abteilungen parallel arbeiten. Immerhin damit hatte er recht.«

»Wie soll das anders gehen? Soll die Kripo in diesen Mordfällen vorläufig nicht weiter ermitteln? Der Beginn dieses Desasters war der Mord auf dem Wasen mit der Ankündigung, dass es auch den MP treffen würde.«

»Das weiß ich alles. Und genauso sind wir alle von einem Ablenkungsmanöver ausgegangen.«

»Und dabei geblieben, trotz allem, was inzwischen passiert ist. Vielleicht sollten Sie mit dem MP sprechen, warum seine Isolde am Samstag nicht mitkommen wird. Wir müssen wissen, wie er denkt. Sieht er die Angelegenheit inzwischen anders?«

Für irgendwas ist so ein persönlicher Referent doch gut, dachte Striebel. Das war in der Tat ein trefflicher Grund, um ihn sofort anzurufen, den MP. Wenn Knarzmann die Drohung nun ernst nehmen sollte, hätte das auf die gesamte Strategie enorme Auswirkungen. Außerdem musste er dem MP klarmachen, dass solche Informationen sofort an ihn gehen müssten. Dass er dies von seinem persönlichen Referenten erfuhr, war in sich eine Missachtung seiner Funktion und Person. Jetzt gab es endlich einen Grund, Siegfried mal so richtig die Meinung zu geigen. Und dies, so glaubte Striebel, müsse ganz formal erfolgen. Er drückte auf einen Knopf seiner Sprechanlage: »Verbinden Sie mich sofort mit dem MP.«

Überraschend schnell hatte die Büroleiterin des Innenministers Knarzmann in der Leitung. Striebel hatte sich entschlossen, voll auf Angriff zu schalten.

»Hallo, Siegfried, ich höre hier fast zufällig von Neuigkeiten, die ich längst von dir hätte erfahren müssen.«

»Wie? Klär mich auf. Ich weiß nicht, wovon du sprichst.« Die Stimme des MP wirkte auf Striebel auch jetzt wieder wie ein Tonikum. Nur mit Mühe konnte er den fordernden, fast aggressiven Ton in seiner Stimme aufrechterhalten.

»Ich spreche von der Absage von Isolde. Angeblich hast du sie für Samstag auf dem Wasen abgemeldet.«

»Das stimmt so nicht. Sie wird nicht im Hofbräuzelt sein, weil sie einen Paralleltermin bei den Landfrauen wahrnimmt. Sie ist also dort, aber in einem anderen Zelt.«

»Das ist ja noch schlimmer!«, entfuhr es dem Innenminister in ehrlicher Aufregung. »Dann müssen unsere Leute für ein weiteres Zelt dieselben Sicherheitsprozeduren organisieren wie für deines. Woher sollen wir so viele Polizisten nehmen?«

»Das frag' dich mal im Ernst. Deine politischen Freunde haben den Apparat seit Jahren ausgedünnt, öffentlich aber ständig die Sicherheits-Arie geschmettert. Und wie stehen wir jetzt da?«, ging völlig unerwartet der MP in die Offensive. »Mit diesen Organisationsnöten musst du jetzt eben fertig werden. Bei wem du dich dafür bedanken kannst, weißt du sicher. Also bei mir nicht!«

Striebel verschlug es die Sprache. Statt seiner sprach nun der MP selbst Klartext, und dies vollkommen unerwartet.

»Was ist denn los? Du redest wie im Wahlkampf.«

»Wie rede ich? Das hat nichts mit Wahlkampf zu tun, das ist die traurige Wahrheit.«

»Lass uns mal zurück zum Thema kommen. Rundum glaubt man, du wolltest Isolde nicht in deinem Zelt haben, weil du die Drohungen inzwischen für real hältst.«

»Wenn wir die Drohungen nicht ernst nähmen, könnten wir uns das ganze Sicherheits-Trara sparen. Natürlich nehme ich das ernst. Du nicht?«

»Ich …«, antwortete Striebel verdattert, »ich glaube nach wie vor, dass wir es mit einer Pseudo-Drohung und Trittbrettfahrern zu tun haben. Oder gibt es neue Erkenntnisse zur Ökologisch Nationalen Front?«

»Bei mir keine. Aber für Erkenntnisse sind deine Leute zuständig«, wurde der MP regelrecht unangenehm.

»Es hätte sein können, dass irgendeiner in deiner Partei von so etwas schon mal gehört hat.«

»Erstens glaube ich das nicht, und zweitens haben wir dazu keine Umfrage gestartet. Also da gibt es nichts. Aber eigentlich sollte die Geschichte unter dem Deckel bleiben. Jetzt liest man das im Internet. Da ist einiges schief gelaufen.«

»Aber nicht bei uns. Wie das nach draußen gelangte, ist mir ein Rätsel.«

»Mir nicht. Wenn so viele Bescheid wissen, gibt es keine Geheimhaltung mehr. Damit das nicht zur Hysterie wird, müssen wir uns so normal wie möglich benehmen. Alles nimmt seinen geweißten Gang. Und Gott befohlen.«

30. KAPITEL

»Unsere Freunde von Angsterers Truppe sind jetzt auf dem internationalen Trip«, kommentierte Gromer den Stand der Dinge.

»International, Interpol? Wovon sprechen Sie?«, fragte Bolz.

»Nicht ganz so dramatisch. Aber man hat in Paris und Straßburg um Amtshilfe gebeten. Nachforschungen zur Ökologisch Nationalen Front. Da gibt es in Frankreich was Ähnliches.«

»Was Ähnliches? Das heißt vielleicht so ähnlich, Front National. Ein unangenehmes Pack ist das vermutlich. Aber mit Terror und Anschlägen haben die, soviel ich weiß, nichts zu tun, und mit Ökologie schon gar nichts.«

»In gewisser Weise ein Zeichen der Ratlosigkeit.«

»Und wir, wie ratlos sind wir?«

»Wäre es nicht Zeit, sich jetzt mal den Heimerdinger vorzuknöpfen?«, schlug Gromer vor.

»Nein, ganz bestimmt nicht. Es wäre allerdings Zeit, ihn zu beobachten.«

»Wollten Sie nicht Frau Dr. Klingler bitten, sein Telefon abhören zu dürfen?«

»Ja, wollte ich, habe ich angefragt. Keine Chance, wir haben nichts, aber auch gar nichts gegen ihn in der Hand.«

»Außer einer Streichholzschachtel«, warf Gromer dem verständnislos dreinblickenden Bolz zu. »Diese Streichholzschachtel«, Gromer hielt ihm eine Streichholzschachtel in einem Plastiksäckchen vors Gesicht, »fand sich in der Jacke des toten Schweizers. Aufschrift: ›*Eden – lässt Deine Träume wahr werden*‹.«

»Na, da schau her«, rief Bolz plötzlich gut gelaunt durchs Zimmer, »der Herr war vor seinem Abgang im ›Eden‹. Fragen wir den ›Eden‹-Chef, was er dort wollte. Müssen wir was mit auf den Weg nehmen?«

»Hab ich dabei«, war Gromer schon abreisebereit.

Im Auto hob Gromer an, seinen Wissensvorsprung mit Bolz zu teilen. »Der Schweizer war im ›Eden‹ nicht wegen einschlägiger Interessen. Laut Pathologie kein Geschlechtsverkehr vor seinem Abgang, Entschuldigung Ableben. Dass er im Eden erschossen wurde, ist unwahrscheinlich. Zu dem aufgebrochenen Smart waren es vom ›Eden‹ rund 300 Meter. Die hat ihn am hellen Tag keiner durch Cannstatt geschleppt. Falls ihn die Freunde vom ›Eden‹ erschossen haben, ging er mit denen zusammen dort raus und in Richtung des späteren Fundorts. Warum? Vielleicht finden wir es raus.«

»Wie kam er zum ›Eden‹, wissen wir das?«

»Vermutlich mit dem Taxi. Auto ist auf ihn keines zugelassen. Wahrscheinlich hat ihm sein Chef Heimerdinger bei Bedarf immer eines zur Verfügung gestellt.«

»Ich glaube was anderes«, spekulierte Bolz. »Er wollte von den ›Eden‹-Leuten etwas, die gehen nicht darauf ein und bedrohen ihn. Er flüchtet, man geht ihm hinterher und kriegt ihn. Denken Sie an den Hinterhof, aus dem der Smart rausgeschoben wurde. Dort wollte er sich verstecken. Wird aber gefunden, erschossen, in den Smart gepackt und auf der Straße ausgestellt.«

»Der Geschäftsführer von dem Schuppen heißt Hastiger, Horst Hastiger. Dünne, kleine Erscheinung. Früher

Wirt in Untertürkheim mit Fremden- oder sagen wir besser Stundenzimmern. Irgendwann Aufstieg zum Bordellchef in Cannstatt. Mutmaßlicher Eigentümer ist, also war, und dies nicht offiziell, unser toter Hansi. Bild von dem toten Schweizer habe ich dabei«, fasste Gromer die Informationen zusammen.

»Wir machen das ganz frontal«, legte Bolz die Strategie fest. »Grüß Gott, und so weiter, Bild zeigen. Warum haben Sie den umgebracht?«

Der Eingang des »Eden« war mit einer imposanten Stahltür verschlossen, darüber eine Videokamera wachend. Auf das Klingeln meldete sich alsbald eine Stimme aus der Sprechanlage: »Freitags öffnet unser Club um 15 Uhr. Bitte kommen Sie heute Nachmittag wieder.«

»Wir wollen aber jetzt rein«, brummte Bolz in den Apparat und hielt seinen Polizei-Ausweis in die Kamera.

Nach einer kurzen Wartepause waren Schlüsselgeräusche zu vernehmen, und in der nach außen öffnenden Tür erschien nicht etwa die Dame, der die Stimme mit der freundlichen Ansage gehörte, sondern ein Hüne, die Statur der des toten Rüdy nicht unähnlich.

»Ja bitte, Sie wünschen?«

»Wir wünschen den Chef zu sprechen, Herrn Hastiger«, antwortete Bolz mit fester, tiefer Stimme.

»Ob der im Haus ist? Muss ich erst mal nachsehen.«

»Ich gebe Ihnen einen kostenfreien Rat für ihn mit: Sagen Sie ihm, es sei das Beste für ihn, wenn er jetzt da sei. Sonst stellen wir den Laden auf den Kopf oder lassen ihn einfach sofort schließen. Richtig doof, jetzt zur besten Wasenzeit, oder?«, wurde Bolz massiv.

Die Ansprache erfüllte fürs Erste ihren Zweck insoweit, als der Gorilla Bolz und Gromer nach innen bat und ihnen zum Warten auf den Chef die plüschigen Sessel in der Bar anbot. Die Gäste setzten sich allerdings nicht, sondern stellten sich vor einer Ecke des Raumes auf, von der aus sie Eingang und Treppe, auf der Hastigers Erscheinen zu erwarten war, gut im Blick hatten. Nach einigen Minuten kam der im Vergleich zum hünenhaften Türöffner geradezu schmächtige Bordellchef die Treppe herunter.

»Sie sind Herr Hastiger? Bolz und Gromer von der Kriminalpolizei.«

»Und was verschafft mir …« Bolz unterbrach ihn sofort und wies Gromer mit einem kurzen Nicken an, Hastiger das Bild von Rüdy vor die Nase zu halten.

»Warum haben Sie den erschossen«, fragte ihn Bolz mit lauter Stimme.

»Was? Ich … erschossen? Ich soll den erschossen haben? Was soll denn das?«

»Das fragen wir Sie! Sie kennen den Mann!«

»Nein, wer soll das sein?«

»Wir wissen, dass der hier war, am Dienstag, also vor drei Tagen. Wir wissen, dass er sich aus der Schale dort an der Bar eine dieser neckischen Streichholzschachteln rausgenommen hat, mit Ihnen herumgestritten hat und wenige Minuten später tot war.«

»Nein, nein, so geht das nicht. Das ist alles frei erfunden, eine ungeheuerliche Anschuldigung. Ich rufe meinen Rechtsanwalt an.«

»Hoffentlich ist das ein Strafverteidiger! Den werden Sie jetzt brauchen. Und noch was: Verlassen Sie am besten das Haus nicht. Wir tun Ihnen vorläufig nichts, aber es könnte sein, dass Ihnen dort draußen ein anderer was tun möchte. Passen Sie auf sich auf.«

Damit war Bolz zusammen mit seinem Assistenten schon wieder draußen und im Auto.

»Dass er auf sich aufpassen soll? Haben Sie das einfach so erfunden oder glauben Sie wirklich, dass er gefährdet ist?«

»Ja, das glaube ich. Also nicht jeden Moment, aber hier ist eine Art Szenekrieg im Gang. Und der Schweizer war bestimmt nicht in eigener Sache hier. Der hatte einen Auftraggeber.«

»Heimerdinger!«, rief Gromer triumphierend.

»Vielleicht, vielleicht. Aber irgendetwas stimmt an dieser vermuteten Geschichte ›Vegesack gegen Heimerdinger‹ nicht. Wenn der Heimerdinger den Vegesack so einfach um die Fruchtsäule wickeln lassen kann, schickt er doch keinen Emissär zu Hansis Hofschranzen. Wenn er so mächtig ist, fegt er die einfach weg – oder die nehmen von sich aus Reißaus. Außerdem pusten Hastiger und seine Leute nicht den Unterhändler eines mächtigen Szene-Granden um. Das wäre das eigene Todesurteil. Hier ist etwas anderes im Gang. Das müssen wir rausfinden.«

Gromer schwieg und ärgerte sich ein wenig darüber, dass er so bereitwillig der erstbesten Spur gefolgt war. Ganz abschreiben konnte er seinen Verdacht gegen den alten King Stucki aber nicht.

»Ich kann Ihnen folgen. Aber Sie sagen selbst, dass der Schweizer nicht in eigener Sache unterwegs war. Er ist ein Mann von Heimerdinger. Und warum schickt der den dorthin? Da muss es eine Verbindung geben.«

»Die gibt es, aber wir kennen sie nicht. Noch nicht.«

31. KAPITEL

Palm war mit seinen bisherigen Recherche-Ergebnissen unzufrieden und dachte über einen Schritt nach, den er mit seinem Freund Bolz abstimmen wollte, bevor er zu tief in ein potenzielles Wespennest hineingriff. Er wählte Bolz an, für den er inzwischen eine Kurzwahltaste belegt hatte.

»Ich gebe zu, mein letzter Versuch, hilfreich zu den Ermittlungen beizutragen, war kein großer Knaller.«

»Ja, wie man's nimmt«, flachste Bolz, »an Erfahrung haben Sie in jedem Fall gewonnen.«

»Na«, wiegelte Palm ab, »ich werde nachhaken.«

»Sagten Sie nicht, das ginge ins Geld?«

»Nein, nicht so. Ich werde mit der Chefin Linda direkt sprechen.«

»Mein lieber Palm, da kommen Sie recht spät daher. Gromer und ich haben sie gestern besucht. Besonders redselig ist sie nicht, wenn es um Heimerdinger oder Vegesack geht. Sie ist eigentlich gar nicht redselig.«

»Ich würde das anders herum angehen. So, dass sie fürchten muss, ihr Laden könnte ins Gerede, besser gesagt in die Zeitung kommen. Das wäre für ihr Geschäft so tödlich wie die Herausgabe von Kundendaten. Würden Sie Mädels über eine Agentur buchen, die im Zusammenhang mit einem Mordfall in der Zeitung steht?«

»Ich? Ich würde gar nicht buchen«, rief Bolz, »aber Sie haben recht. Nur, hören Sie mal, Palm, warum soll sie mit Ihnen ein solches Gespräch führen?«

»Genau aus dem Grund. Sehen Sie, Bolz, wir kennen und schätzen uns inzwischen. Also ich jedenfalls Sie. Aber warum weihen Sie mich in alles Mögliche ein und lassen mich mit ermitteln, wenn ich das mal so sagen darf? Genau, damit etwas nicht oder nicht zu früh in der Zeitung steht oder gar nicht dort hineinkommt. Das kapiert auch Linda, glauben Sie's mir.«

»Dann würde ich mal sagen: Glückauf! Aber lassen Sie sich nicht wieder ablenken.«

»Nein, die Gratian selbst ist – wie sagt man in der Branche – nicht buchbar.«

»Jetzt schauen Sie sich das Weibsbild erst mal an. Die ist über 50, könnte einen aber auf Gedanken bringen. Und was wollen Sie eigentlich herausfinden? Wenn schon, bitte eine Story, die mir hilft.«

»Es geht um die Frage der alten Verbindungen und wie weit die heute noch reichen. Wir haben das bisher zu einseitig betrachtet, nämlich als Informationen darüber, was damals war, um daraus etwas für heute ableiten zu können.«

»So, und wonach graben Sie?«

»Ich grabe nicht, ich versuche, etwas anzustoßen.«

»Jetzt machen Sie mich aber arg neugierig«, wurde Bolz ironisch.

»Hoffentlich! Vielleicht kann man sie dazu bringen, dass sie beispielsweise Heimerdinger zu einer Aktion veranlasst. So könnten wir sehen, ob und wie er mit drin steckt.«

»Und was könnte das sein? Sprechen Sie nicht in Rätseln. Heute ist Freitag, und die Zeit läuft uns davon.«

»Das dauert mir zu lange. Ich schau jetzt, was ich erreichen kann, und melde mich.« Damit machte es in der Leitung »Klick«.

Bolz wurde unruhig.

»Wissen Sie was, Gromer? Wir stellen vor der Behausung von dem Heimerdinger einen Posten hin. Wir müssen sehen, wer da rein und raus geht. Aber nicht irgendeine Schlafmütze und nicht sechs Stunden am Stück. Der muss alle zwei Stunden abgelöst werden.«

»Ach, Sie sind's«, sagte Linda mit freundlicher Stimme, »wie war Ihr Date mit Veronika? Wollen Sie sie wieder buchen?«

»Nein, Frau Gratian, ich möchte mit Ihnen sprechen.«

»Worum geht es denn?«

»Es geht um die Morde der letzten Tage in Stuttgart.«

»Das wird immer absurder. Gestern hat mich dazu die Polizei besucht, jetzt kommt schon die Presse. Ich habe damit, wie Sie sich denken können, nichts zu tun und habe dazu nichts zu sagen.«

»Sehen Sie, wenn wir nicht miteinander sprechen, kann ich nur das schreiben, was ich bisher weiß.«

»Dass ich nicht lache, was wissen Sie denn?«

»Dass Sie, wenn auch vor langer Zeit, Kontakte zu einem der Mordopfer und zu einem der potenziellen Täter hatten.«

»Das ist ja die Höhe, Verleumdung oder Rufmord. Dafür kommen Sie dran.«

»Da komme ich nicht dran, weil das alles stimmt.«

Linda verstummte für ein paar Sekunden.

»Klar, für Ihr Geschäft wäre das nicht so sehr förderlich, keine Frage. Als Journalist kann man darauf allerdings nicht immer Rücksicht nehmen.«

»Was soll der Sinn einer solchen Erwähnung sein? Reine Geschäftsschädigung? Dann sind Sie doch dran!«

»Reden wir mal vernünftig miteinander. Lassen Sie uns

ein kurzes Treffen ausmachen. Ich habe ein paar Fragen, und vielleicht löst sich alles in Luft auf.«

Damit war bei Linda der Groschen gefallen, und sie vereinbarte mit Palm einen spontanen Termin im »Zeppelinos« direkt gegenüber dem Hauptbahnhof. Dort fanden sich immer ein paar Ecken, in denen man abseits des sonstigen Publikums für sich sein und sprechen konnte, ohne dass die Gefahr ungebetener Zuhörer drohte. Als Erkennungszeichen vereinbarte Palm eine eigenwillige Baseball-Kappe, die Björn gehörte und zufällig in seinem Auto herumlag.

Linda erschien pünktlich um elf im »Zeppelinos« und identifizierte Palm auf Anhieb.

»Darf ich mich zu Ihnen setzen?«

Palm zeigte sich von seiner Gentlemanseite, stand auf, nahm die Baseball-Kappe ab, reichte Linda die Hand und stellte sich mit ganzem Namen und einem artigen »Freut mich« vor, was in diesem Fall der Wahrheit entsprach. Als er sie fragen wollte, an welcher Seite des Tisches sie Platz nehmen wollte, hatte sie sich schon hingesetzt.

»Wie lange haben Sie Zeit?«, fragte Palm.

»Sie sprachen von einem kurzen Termin. Wenn ich so um halb zwölf weg könnte, würde das passen.«

»So lange brauchen wir wahrscheinlich nicht«, gab Palm Entwarnung.

»Na, schießen Sie mal los!«

»Sehen Sie, entgegen unserem Ruf sind wir Schreiber nicht so rücksichtslos, wie man es uns nachsagt. Ich würde also nichts veröffentlichen, was jemanden in Gefahr brächte.«

Linda blickte ihn irritiert an.

»Was ich damit meine: Wenn es stimmt, dass es sich bei den beiden Morden diese Woche um die Begleichung alter Rechnungen handelt, könnte es sein, dass jemand Heimerdinger treffen möchte, indem er Sie schlägt.«

»Das ist vollkommen abwegig und könnte ihm außerdem völlig egal sein.«

»Abwegig glaube ich schon mal nicht. Sehen Sie, der zweite Tote, das war ein alter Vertrauter von Heimerdinger. Sie und Ihre Tochter sind ebenso alte Vertraute. Es könnte also sein, dass Sie gefährdet sind.«

»Und meine Tochter? Auf was für Ideen kommen Sie?«

»Das Einzige, was ich meine: Erkundigen Sie sich, was da los ist. Dann können Sie sich, falls Gefahr bestehen sollte, schützen. Sonst nicht.«

»Und warum sagen Sie mir das – und nicht die Polizei?«

»Sagten Sie nicht, die waren schon bei Ihnen?«

»Ja, die hatten aber andere Fragen.«

»Die sagen Ihnen unter Umständen nicht alles, was sie wissen und vermuten.«

Linda knubbelte unschlüssig an ihrem Porsche-Schlüssel herum.

»Dazu kann ich nur einen fragen.«

Palm nickte zustimmend.

»Glauben Sie bloß nicht, das fiele mir leicht.«

»Ich verstehe schon, aber es geht um viel.«

Palm war noch nicht an seinem Auto angekommen und am Apparat war sein informeller Ermittlungs-Chef.

»Wie war Ihr Date mit Linda? Hat's gefunkt?«

»Woher wissen Sie, dass das Date schon vorbei ist?«

»Wusste ich nicht, aber wär's noch im Gang, hätte ich Sie ermahnt, bei der Sache zu bleiben.«

»Nicht nötig, das Thema war zu ernst. Stellen Sie fest, ob sie mit Heimerdinger Kontakt aufnimmt und was sie danach tut.«

»Sein Telefon dürfen wir nicht abhören, aber vielleicht besucht sie ihn.«

»Ich hab ihr den Gedanken vermittelt, dass sie und ihre Tochter in Gefahr sein könnten, falls jemand mit Heimerdinger final abrechnen möchte. Wenn er irgendwie mitverwickelt ist, sie aber schützen möchte, wird sie bestimmt für einige Tage, wenn nicht länger, aus Stuttgart verschwinden.«

»Oje«, rief Bolz, »dann müssen wir die auch beobachten. Wir bräuchten ohne diese Extra-Aufgabe schon eine Menge Leute mehr. Aber muss schon sagen, Palm, manchmal zeigen Sie richtig Talent.«

»Die Polizei sucht Leute. Soll ich mich bewerben?«

»Altersgrenze längst überschritten, mein Guter. Sie bleiben Amateur.«

32. KAPITEL

Nach den erschütternden Ereignissen der Woche und den damit einhergehenden unheilvollen Mutmaßungen für das Wochenende machte sich auf den Straßen und in den Cafés der Stadt ein bleiernes Verharren breit. Eine Mischung aus Fassungslosigkeit und Fatalismus prägte die Gespräche der Menschen. Artikuliert und ständig wiederholt wurde dabei die Forderung an die Politik und die Medien, endlich zu sagen, was passieren würde. In einer eigenartigen Zuschreibung von Allwissenheit und Steuerungsmacht gerieten Politiker und Medienleute immer wieder in die Situation, beteuern zu müssen, dass sie über ähnlich wenig Faktenwissen und Hellsichtigkeit verfügten wie alle anderen auch, und keineswegs in einer privilegierten Lage waren. Die allgemeine Erwartung indes, dass sie in einer solchen Sicherheitskrise über den umfassenden Überblick und beliebige Gestaltungsmöglichkeiten verfügten, hatten sie sich mit ihrem jahraus, jahrein praktizierten Allwissenheits- und Allmachtsgehabe selbst aufgebaut. Die Wahrheit sah natürlich anders aus. Kaum irgendwo war die Ratlosigkeit größer als im Zentrum der Landesregierung.

»Eigentlich ist das ein starkes Stück«, zeigte sich Knarzmann einigermaßen entrüstet. »Über die IHK-Veranstaltung gestern Abend steht kaum irgendwo etwas, über meine Rede findet sich überhaupt nichts.«

Van der Loogt schien darüber nicht sonderlich überrascht: »Im Moment interessiert nur eines: Was passiert morgen auf dem Wasen?«

»Das weiß hienieden keiner«, gab sich der MP fatalistisch. »Es kommt, wie es kommt. Und wenn du mich fragst, passiert gar nichts. Diese Ganovenmorde sind schrecklich. Aber von dort droht uns gar nichts.«

Loogt war sich nicht ganz im Klaren darüber, ob der MP mit »uns« den Pluralis Majestatis benutzte oder ob er tatsächlich mehr Individuen als sich selbst meinte, beispielsweise die ganze Landesregierung. Mit Recht durfte der Berater des Ministerpräsidenten vermuten, dass einige Jahre der nahezu kritiklosen Huldigung sämtlicher Medien, ja der ganzen Öffentlichkeit, persönlichkeitsverändernde Wirkung hatte. Und dies selbst bei Menschen mit unerschütterlicher Bodenhaftung. Irritiert hatte Loogt zudem die Bereitschaft des MP, zumindest in den ganz kleinen internen Zirkeln, ernsthaft über die Existenz einer angeblichen Ökologisch Nationalen Front nachzudenken. Der MP hatte ein Gespür für politische Neigungen mancher Kreise, selbst wenn diese abseitig und abgründig waren. Er wusste, dass es solche Phänomene gab. Und jetzt drohte man, ihn öffentlich wegen angeblichen Verrats einer einst gemeinsamen Sache hinzurichten. Je extremer eine politische Neigung daher kam, desto schlimmer war das, was man dort als Verrat betrachtete. Eingeschworen sein auf eine bestimmte Weltsicht hatte immer parareligiöse Züge, das wusste er. Daher schien dem MP die Existenz einer solchen abseitigen Truppe nicht so einfach von der Hand zu weisen zu sein. Anlässlich der Drohung gegen ihn musste er unwillkürlich an die einstige Entführung und Ermordung des damaligen Arbeitgeberpräsidenten durch die RAF denken. Während seiner Gefangennahme, die er zu einem großen Teil im Wandschrank eines Hochhauses in der Nähe von Köln verbringen musste, ließen ihn die Terroristen gelegentlich heraus. Ihm wurde erklärt, dass er sich im »Volksgefängnis« befände und nun verhört würde. Die Tonbandaufzeichnungen davon verrieten später eine so peinlich naive und verzerrte Weltsicht der Täter, dass dies sogar ihren Sympathisanten in der ultralinken Szene peinlich war. Warum sollten solche Geister ausgestorben sein? Loogt sah dem MP an, was ihm durch den Kopf ging.

»Lass uns mal ganz unvoreingenommen überlegen …«

»… was meinst du mit unvoreingenommen?«, fragte Knarzmann.

»Ich meine, dass wir uns das, was wir tun, nicht von der Staatsraison oder ähnlichen Vorstellungen diktieren lassen. Wir fragen ganz praktisch: Was ist jetzt das Vernünftigste, was Risiko, Aufwand, Aufhebens …«

»Du meinst, wir sollen das einfach absagen«, unterbrach ihn Knarzmann. »Ich kenne alles, was du dazu an Vernünftigem sagen könntest …«

»… aber?«

»Ich sage das nicht ab. Ein Helmut Schmidt oder ein Willy Brandt wäre da hingegangen.«

»Seit wann sind das deine Vorbilder? Schmidt, der war doch eher …«

»Ach Willem, das sind die Schlachten von vorgestern. Ich orientiere mich nur an deren Verständnis von Verantwortung.«

Eine Millisekunde ging van der Loogt durch den Kopf, dass der MP sich in der Rolle eines Märtyrers durchaus gefallen könnte. Im Inneren Knarzmanns schlummerte ein fast archaisches katholisches Verständnis der Imitatio Christi, den Weg des persönlichen Opfers zu gehen. Dagegen war kein Kraut gewachsen.

»Was kann überhaupt passieren? Jeder Kieselstein auf dem Wasen ist mindestens dreimal umgedreht worden, die Besucher werden untersucht wie die Passagiere am Flughafen in Echterdingen, Taschen werden gefilzt. Was denn noch? Das ist mir schon alles viel zu viel!«

»Und wenn du selbst die Verantwortung für die Sicherheit dieses Spektakels und der Tausenden von Leuten tragen würdest?«

»Ich weiß, ich würde es genauso machen.«

»Nimm diesen Bölleranschlag auf deinen Garten zu Hause nicht auf die leichte Schulter.«

»Das waren eher Witzbolde als Terroristen«, wiegelte Knarzmann ab.

»Dazu will uns Striebel selbst unterrichten. Er müsste eigentlich schon da sein.«

»Warum weiß ich davon nichts?«, fragte der MP missmutig.

»Weil im Moment so viel gleichzeitig passiert, dass wir uns über den Tagesablauf nicht alle fünf Minuten neu briefen können«, gab Loogt patzig zurück.

Im selben Moment erschien Schiller in der Tür.

»Der Innenminister ist mit Billinger und Angsterer schon auf der Treppe hier hoch.«

Ohne großes Begrüßungszeremoniell setzten sich alle an den Besprechungstisch.

»Dr. Angsterer geht mit uns jetzt die gesamte Ablaufplanung durch«, leitete Striebel ein. Anzumerken war ihm und seinen Begleitern, dass sie die gesamte schwierige Sicherheitsplanung dem MP wie eine Art Vorwurf vorhielten.

»Bevor wir in den Sekundentakt des Ablaufs eintauchen – kannst du uns deine Sicht der Gesamtlage schildern?«, mahnte der MP als Erstes einen Überblick an.

Der Innenminister holte tief Luft und setzte sich betont aufrecht an den Tisch.

»Wir haben es auf dem momentanen Stand der Erkenntnisse mit zwei Vorgängen zu tun. Einmal einer Art Ganovenkrieg. Da streiten sich zwei Parteien um die Vorherrschaft in der Rotlicht- und Glücksspielszene.«

»Wisst ihr, wer das ist?«, fragte der MP dazwischen.

»Teilweise zumindest. Aber das ist das eine, und ob das mit dem zweiten Vorgang etwas zu tun hat, wissen wir nicht. Das ist die Drohung dieser Ökologisch Nationalen Front, dich aus dem Weg zu räumen.«

»Und gibt es die wirklich?«, wollte Loogt wissen.

»Ich persönlich glaube das nicht«, antwortete Striebel.

»Ist das Ihre Überzeugung oder der Erkenntnisstand?«, ließ Loogt nicht locker.

»Da man von Erkenntnisstand nicht sprechen kann, muss ich meine Überzeugung wiedergeben. Unsere Behörden haben über eine solche Organisation keinerlei Erkenntnisse. Unsere französischen Kollegen halten die Existenz einer solche Organisation für möglich.«

»Französischen Kollegen?«, fragte der MP.

»Wir arbeiten in solchen Fällen natürlich über die Grenzen hinweg zusammen«, stieg Angsterer in das Gespräch mit ein. »Wir haben in Paris und Straßburg angefragt. Man hat dort Material über regionale Vereinigungen des Front National. Einige davon haben Kontakte hier in den Südwesten. Es gab persönliche Treffen. Alle irgendwo auf dem Land, man habe sich dort über ökologische Themen unterhalten, hieß es von französischer Seite. Das mit den ›ökologischen Themen‹ kann natürlich eine Tarnung von rechtslastigen Gruppen sein. Daraus resultiert keine Erkenntnis über eine Organisation.«

Striebel schien mit der Erklärung seines Abteilungsleiters zufrieden zu sein, Loogt eher nicht.

»Wenn es persönliche Kontakte gab, muss es Namen und Adressen für die weiteren Ermittlungen geben.«

»Auf der französischen Seite schon, auf deutscher nicht. Die französischen Behörden kümmern sich um diejenigen, die ihnen Sorgen machen, nicht um unsere Problemfälle.«

»Welche Möglichkeiten gibt es, dass die Beteiligten auf französischer Seite dazu etwas sagen?«, hakte Loogt nach.

»Keine. Dort nachzufragen sei sinnlos, hören wir. Es gebe nichts, weshalb man dort aktiv werden könnte.« Mit dieser knappen Erklärung Angsterers war das Thema der rätselhaften Organisation beendet, zumal der MP ein zustimmendes »So wird's wohl sein« vernehmen ließ.

Der nachfolgende Vortrag Angsterers über den Ablauf des Samstagnachmittags ermüdete den MP sichtlich. Bis Angsterer eine protokollarische Neuigkeit von sich gab.

»Eine besondere Sicherheitsstufe haben wir auf der Mercedesstraße noch für die Anfahrt von der Seite des Museums vorgesehen. Da wollte ursprünglich Ihr Ehrengast, Herr Ministerpräsident, also Seine Königliche Hoheit, der Herzog herfahren.«

»Was heißt, wollte? Kommt der nicht? Davon weiß ich gar nichts!«, entfuhr es Knarzmann empört.

»Vielleicht ist das gestern untergegangen«, versuchte Loogt zu erklären. »Er selbst kann aus gesundheitlichen Gründen nicht kommen. Für ihn nimmt einer seiner Söhne teil, also der Domänen-Chef.«

»Ah ja«, war Knarzmann erleichtert.

Um eventuellen Hintergedanken über die Absage des Chefs des Hauses Württemberg entgegenzutreten, schickte Striebel gleich hinterher: »SKH hat keineswegs wegen einer eventuellen Gefährdung abgesagt. Sonst würde er nicht seinen Sohn als Vertretung schicken.«

»Ihre Diktion, was SKH anbetrifft, finde ich übertrieben. Ich dachte immer, der Ständestaat sei abgeschafft«, meinte Loogt, einflechten zu müssen.

»Lasst dieses Geplänkel«, mahnte der MP wie ein disziplinierender Lehrer, »wir sitzen hier schon lang genug.«

Da Angsterer in der Tat alles bis ins Detail geschildert hatte, nahm Striebel dies als Zeichen zum Aufbruch und wollte von seinem Platz aufstehen. Der MP indes bedeutete seinen Gästen, noch sitzen zu bleiben.

»Das sieht so aus, als hättet ihr für den Wasen den letzten Polizisten mobilisiert. Habt ihr überhaupt Leute für anderes übrig, also was sonst so passiert? Ihr könnt nicht nur den Wasen absichern. Was ist mit dem Ganovenkrieg?«

»Dort arbeiten wir sicher an der Grenze, also nach unten betrachtet. Aber wir kriegen das hin«, gab sich Striebel selbstbewusst und fügte im Ton notarieller Sachlichkeit hinzu. »Wir sehen uns morgen Nachmittag im Zelt.«

»Und feiern 200 Jahre Wasen!«, rief Knarzmann euphorisch aus.

33. KAPITEL

»Solche Eigenmächtigkeiten kann ich überhaupt nicht leiden«, rief Bolz in sein Telefon.

»War nicht so geplant«, versuchte Gromer sich herauszureden. »Sie waren in der Besprechung mit dem Kurzen und es musste sofort jemand raus nach Feuerbach. Vielleicht hätte man von den Angreifern einen erwischen können, dachte ich mir.«

»Angreifer? Das klingt wie ein Frontbericht.«

»So ähnlich sieht es hier auch aus. Der Eingang der ›Mühle‹ hat x Einschüsse. Dass nur der Türsteher was abgekriegt hat, ist ein Wunder.«

»Jetzt erzählen Sie mal der Reihe nach.«

»Der Anruf kam vor rund 45 Minuten. Schießerei an der ›Mühle‹ in Feuerbach, eines der mutmaßlichen Laufhäuser von unserem toten Hansi. Zwei Einsatzwagen waren schon unterwegs. Da bin ich hinterher, ohne Ihnen gleich …«

»Jajaja, weiß ich alles, aber was ist passiert?«, rief Bolz ungeduldig dazwischen.

»Im Telegrammstil …«

»Natürlich im Telegrammstil, also?«

»Zwei Männer, jetzt flüchtig, haben versucht, sich zur ›Mühle‹ Zutritt zu verschaffen. Der Türsteher hat nicht geöffnet. Da haben sie die Tür aufgeschossen und hinterher auf den Türsteher gefeuert. Vermutlich zweimal glatt durch den Oberschenkel. Hat dabei noch Glück …«

»Ja, weiter, weiter!«

»Nach dem ersten Schuss hat ein Anwohner sofort die Polizei angerufen, sodass ein Streifenwagen in der Nähe unmittelbar danach mit Sirene hierher fuhr. Als die Angreifer die Sirene hörten, sind sie sofort auf und davon. So muss es jedenfalls gewesen sein. Jemand hat einen alten Range Rover davonsausen sehen.«

»Kennzeichen?«

»Hat er nicht gesehen.«

»Sprechen Sie mit den Leuten in der ›Mühle‹ und kommen dann sofort zurück«, wies Bolz seinen Assistenten im Befehlston an.

Als Gromer ins Präsidium kam, hatte er Schwierigkeiten, seine Gedanken klar zu ordnen. Er konnte Bolz unmöglich einen Bericht daherstottern. Jetzt war eine klare Struktur gefragt. Wenn er es sich schon erlaubte, alleine an einen Tatort zu fahren, musste er wenigstens Handfestes zurückbringen. Eigentlich hatte er alles zusammen, aber jetzt war er sich nicht mehr sicher, wo er anfangen sollte. So betrat er das Büro und beschloss, einfach zu warten, bis Bolz ihm eine Frage stellte, und sagte »Hallo«.

»Also Sie zuerst«, sagte Bolz aufmunternd.

»Wie, ich zuerst?«

»Ich habe auch was zu erzählen, aber jetzt fangen Sie erst mal an.«

»Wie schon gesagt, während Ihrer Besprechung mit …«

»Das hatten wir schon alles. Was sagen die Herren und Damen in der ›Mühle‹?«

»Der einzige dort beschäftigte Herr konnte gar nichts sagen. Das ist der Türsteher, der wird demnächst im Katharinenhospital operiert. Die Damen machen durchweg einen Eindruck wie unter Schock und sind froh, mit dem Schrecken davon gekommen zu sein. Vernünftige Äußerungen zum Hergang sowieso nicht, die haben die Schüsse gehört und um ihr Leben gefürchtet. Bei den wenigen anwesenden Gästen, also Männern, genau das Gleiche. Wir mussten von allen die Personalien aufnehmen, war denen natürlich hochnotpeinlich.«

»Ist das alles?«

»Fast. Eines der Mädels – ich habe hier die Personalien – sagte glatt: ›Das war bestimmt der Drecksack vom Eden‹.«

»Bei dem waren wir erst heute Morgen. Da fügt sich was zusammen, wie es aussieht.«

»Und was sind Ihre Neuigkeiten?«, wollte Gromer nun Bolz berichten lassen.

»Ich sagte gerade, da fügt sich was zusammen. Nur wie? Frau Gratian hat tatsächlich Herrn Heimerdinger besucht, eine gute Viertelstunde lang.«

»Und wo ist sie jetzt? Was sagt sie?«

»Sie ist von Heimerdinger schnurstracks nach Hause gefahren, und dort kam kurz später auch ihre Tochter an. Mehr weiß ich nicht.«

»Wir müssen mit ihr reden«, insistierte Gromer.

»Die wird uns gerade auf die Nase binden, was Heimerdinger ihr gesagt hat. Wir müssen sehen, was sie jetzt tut. Um vier bekomm ich die nächste Meldung, was los ist. Das heißt, wenn was los sein sollte, natürlich schon vorher.«

»Vier? Aber das war's doch gerade!«, wunderte sich Gromer.

Bolz blickte ihn streng an und griff zu seinem Telefon.

Am anderen Ende meldete sich ein nicht sonderlich aufgeregter Kollege.

»Was ist los? Viere ist vorbei.«

»Ich hab mich nicht gemeldet, weil es nichts gibt. Frau Gratian ist schon seit über einer Stunde im Haus, die Tochter kam kurz danach. Ich bin jetzt auf dem Heimweg.«

»Wie, Sie sind auf dem Heimweg?«

»Ja, Sie sagten, sehen, was passiert, und bis vier.«

»Bericht um vier, aber nicht Feierabend um vier. Was soll denn das?«

»Ich kann noch mal zurückfahren. Ich bin erst vor wenigen Minuten weg.«

»Tun Sie das und melden Sie sich!«, wies ihn Bolz zurecht und warf sein iPhone zornig auf den Schreibtisch. »Ist nicht die Möglichkeit! Man könnt' grad auf d'r Sau naus!«

Bolz setzte sich und bat Gromer, für beide einen Kaffee zu holen. Man müsse jetzt mal überlegen.

»Sehen Sie, was sich für mich zusammenfügt. Das ›Eden‹ und die ›Mühle‹ sind, das heißt waren die Goldgruben von dem Vegesack. Seine Geschäftsführer dort lieferten bei Vegesack das Geld ab und waren sicher der Überzeugung, dass sie das selber gut brauchen könnten. Darüber ist mit dem Vegesack natürlich gar nicht zu reden. Also beschließen sie, ihn aus dem Weg zu räumen. Und um uns auf den Gedanken zu bringen, da sei ein Streit zwischen zwei verfeindeten Banden im Gang. Daher die Sache mit der Fruchtsäule.«

»Und dem Zettel!«, ergänzte Gromer.

»Könnte sein, werden wir rausfinden.«

Als Bolz den ersten Schluck aus dem Styropor-Becher nehmen wollte, klingelte sein iPhone. Bolz stellte den Becher sofort wieder ab, um mit der flachen Hand auf den Tisch zu schlagen, sodass der Becher mit dem heißen Inhalt bedenklich wackelte. Gromer griff danach und stabilisierte ihn, sodass die Gefahr einer formidablen Sauerei auf dem Schreibtisch sowie die Gefahr, sich zu verbrühen, gebannt waren.

Das Telefonat beendete Bolz mit den Worten »Nein, Sie können jetzt heimfahren, und ein schönes Wochenende.«

»Ich kann gar nicht so viel saufen, wie ich kotzen möchte. Da kommt dieser Vorzeige-Ordnungshüter an seinen Einsatzort, also das Haus von Linda zurück – und siehe da: Ihr Auto, das vorher vor der Tür stand, ist weg!«

»Was machen wir da?«, wollte Gromer wissen.

»Ein dummes Gesicht! Was denn sonst!«, schrie Bolz.

»Aber …«

»Was aber?«

»Jetzt könnten wir Ihre Geheimwaffe einsetzen, Chef, den Schreiberling. Wenn sich der jetzt bei ihr meldet, würde sie dem zumindest andeutungsweise sagen, was los ist. Der hat sie doch auf die Idee gebracht, mit Heimerdinger zu sprechen.«

Bolz starrte Gromer an und griff zum Telefon.

»Ja, mein lieber Palm, wo sind Sie denn.«

»Ich bin zu Hause. Ich dachte, ich verabschiede mich vorbeugend von meiner Familie, wenn wir morgen Abend alle tot sind.«

»Irgendetwas wird mal passieren, da bin ich mir ganz sicher, was Ihnen Ihren unerträglichen Sarkasmus austreibt. Vielleicht können Sie heute noch rausfinden, was Sie morgen in der Zeitung haben wollen. Also: Frau Gratian war bei Heimerdinger und ist jetzt vermutlich samt Tochter von zu Hause weggefahren.«

»Ist ja der Hammer!«, freute sich Palm, »wir haben etwas bewirkt.«

»Also bringen Sie es zu Ende und finden raus, was die Dame erfahren hat. Uns sagt sie ja nicht so viel. Die hat ihr Telefon sicher dabei. Rufen Sie an, ich warte.«

»Ich hab nur die Nummer der Agentur.«

»Die Telefonnummer ist die Agentur. Haben Sie das nicht bemerkt? Die Unternehmensadresse ist quasi ihr Telefon.«

»Gut, ich versuch's.«

Palm hatte die Nummer der Agentur gelöscht. Zwar fürchtete er nicht, dass Inge etwa sein iPhone durchsuchen würde. Was für einen Namen oder Adresse sollte er eingeben? Würde er je angewählt, würde das Display aufleuchten. So musste er zunächst auf die Agenturwebsite und wählte von dort aus Lindas Nummer.

»Hallo, hier ist die Agentur, was können wir für Sie tun?«, ertönte eine ihm unbekannte Frauenstimme.

»Ich möchte gerne Frau Gratian sprechen?«

»Frau Gratian ist nicht zu sprechen.«

»Wo ist sie, äh …«, Palm geriet ins Stottern, »wann ist sie denn wieder zu sprechen?«

»Das kann ich Ihnen nicht genau sagen.«

»Warum, ist sie verreist?«

»Ja, sie ist verreist, auf jeden Fall über das Wochenende oder länger. Aber ich kann Ihnen sicher auch weiterhelfen, wenn Sie einen Buchungswunsch haben oder Sie dafür eine Beratung wünschen.«

»Ich wollte Frau Gratian …«

»Frau Gratian ist nicht buchbar …«

»Das weiß ich, ich meinte, ich wollte Frau Gratian sprechen, verstehen Sie?«

»Im Moment kann ich Ihnen damit nicht weiterhelfen.«

»Können Sie mir eine Nummer geben, unter der ich sie erreichen kann?«, versuchte Palm, sich am Unmöglichen abzuarbeiten.

»Nein.«

»Vielen Dank.«

Bolz versuchte, Palm über die Dürftigkeit seines Recherche-Ergebnisses zu trösten.

»So was löst man in kleinen Schritten, mein Lieber. Was Sie da sagen, ist für uns sehr wichtig. Eigentlich wissen wir nun, was wir wissen wollten. Es gibt einen Grund, warum sich Frau Gratian samt Tochter so unsicher in Stuttgart fühlt, dass sie verreisen. Nach Ihrer Theorie steckt somit Heimerdinger in der Auseinandersetzung mit drin.«

»Nach Ihrer Theorie nicht?«

»Muss wohl so sein. Nur passt das nicht zusammen.«

»Dann hören Sie endlich sein Telefon ab.«

»Das dürfen wir nicht. Aber er telefoniert sowieso nicht. Er befürchtet und hat allen Grund anzunehmen, dass ihn die Steuerfahndung abhört. Soviel ich weiß, tun die das nicht. So dubios seine Anlagen und Einkünfte sein mögen, in letzter Zeit scheinen sie nicht bemerkenswert gewesen zu sein. Die Steuerleute sagen, dass er befürchte, abgehört zu werden, und sich schon so geäußert habe. Deshalb gehen bei ihm, also heute beispielsweise vor und nach Linda, komische Typen ein und aus. Wir vermuten, der macht alles nur mündlich, von Angesicht zu Angesicht.«

»Da fällt mir aber was ein. Der Heimerdinger ist sicherlich nicht blöder, als es der Vegesack war. Außerdem weiß er garantiert von Linda, dass Vegesack ihre Telefondaten für Erpressungszwecke haben wollte. Das weckt bei dem sicher dieselben Begehrlichkeiten. Vor allem, wenn er Geld braucht.«

»Das hat jetzt keine Priorität, Palm. Wir widmen uns dem Wichtigen und Dringlichen.«

»Im Radio hab' ich übrigens von der Schießerei in Feuerbach gehört. Hat das mit unserem Szenekrieg zu tun.«

»Ganz bestimmt. Aber wie gesagt, wir müssen sehen, wie das zusammenpasst.«

»Und wo sind Sie morgen Mittag?«

»Darf ich Ihnen nicht sagen, das fällt unter das Dienstgeheimnis.«

»Vermutlich begegnen wir uns. Nie war etwas spannender als der Bericht vom Wasen morgen.«

34. KAPITEL

Wie sollte er das erklären? Große Unsicherheit, schlimme Erwartungen, geradezu Hysterie in der ganzen Stadt, was würde morgen passieren? Zugleich erwartete man einen Besucheransturm für den Jubiläumstag auf dem Wasen. Wenn je eine Katstrophe einträte, wollten wenigstens alle dabei sein. So schien es. Zumindest die Wichtigen im Lande kämen bestimmt: der Regierungs-Chef, sein Vorgänger im Amt, ein Sprössling seiner einstmaligen königlichen Vorgänger, der Oberbürgermeister, der Bischof, schließlich eine sonst das Stadion füllende Bänkelsängerin aus der schwäbischen Provinz, die dem Publikum musikalisch einheizen sollte. Und er, der Journalist, musste erst recht hin. Einer musste über dies alles berichten. Natürlich taten dies viele andere auch, zumal nach der Vorgeschichte der laufenden Woche. Und das »Tagblatt«, die lokale Mediengröße, musste zuallererst dorthin. Und sein Chef Schlehenmeyer hatte sich angemeldet, wollte der doch mit all den Großen des Landes ein Wort wechseln und daraus einen launigen Kasten über die Jubiläumsstimmung schreiben.

Wie sollte er das Inge erklären? Nicht zuletzt aus seiner eigenen Berichterstattung sowie seinen Erzählungen und Andeutungen in den letzten Tagen schloss Inge, dass er sich mit einer Teilnahme auf dem Wasen in große Gefahr bringe.

»Wir haben nachher nichts davon, wenn es heißt, du

musstest aufgrund deiner beruflichen Pflichten dorthin und hättest die vorbildlich wahrgenommen.«

»Wenn dort je Gefahr besteht, dann für andere, aber nicht für mich«, versuchte Palm, seine Frau zu beruhigen.

»Es gibt überall Kollateralschäden, wie das heute heißt. Mein toter Ehemann als Kollateralschaden und dazu ein Beileidsschreiben vom Ministerpräsidenten. Denk auch mal an uns!«, flehte Inge ihn an.

»Wenn dort wirklich was passiert, kann er vermutlich nicht mehr kondolieren.«

»Davon wird nichts besser. Mein Großer braucht jetzt einen Mann im Haus. Du siehst, dass er auf mich überhaupt nicht mehr hört. Nimmt seine Mutter nicht ernst. Hält mich für eine hysterische und pathologisch ängstliche Frau. Wenn du mit ihm sprichst, das hilft.«

»Du hast ihn wegen dieser Sex-Plattform aber nicht angesprochen, oder?«

»Nein, hab ich nicht. Aber wahrscheinlich schreibt er sich mit diesen Weibern dort immer noch diesen Schmuddelkram.«

»Sei nicht so gouvernantenhaft. Was soll das sein, Schmuddelkram? Das ist das, was alle tun, er fasst es in Worte. Eigentlich gar nicht doof. Er lernt sich auszudrücken.«

Während Palms Erklärungsversuch für Björns Verhalten hatte sich Inge abgewandt und in der Küche ein Glas Wasser geholt.

»Das ist hoffnungslos. Du hast eine andere Sicht auf diese Dinge.«

»Ja, das habe ich. Aber du hattest auch mal eine andere.«

»Wie bitte? Ich glaube, wir sprechen nicht vom Gleichen.«

»Das tun wir. Ich meine damit, dass du früher einen entspannteren Umgang mit diesem Thema hattest.«

»Au Mann, wir sind nicht 18 oder 28.«

»Aber Björn ist 18, also so gut wie 18.«

»Übrigens fragt der sich genauso, warum du morgen unbedingt zu diesem Pow-Wow hingehen musst. Und Falk! Vor ein paar Tagen hat er sich bei dir ausgeheult und das Gefühl bekommen, du verstehst ihn. Zu dem Turnier morgen in Heilbronn gehe ich alleine hin, JJ? Fehlanzeige!«

»Jetzt lassen wir mal die Tassen im Schrank. Falk empfindet es geradeso oft als Druck, nicht als Unterstützung, wenn wir beide dabei sind und zusehen. Und was hier passiert, ist kein Pow-Wow, sondern ein äußerst bedeutender Anlass für das ganze Land.«

»Du sprichst so salbungsvoll wie der Ministerpräsident persönlich. Das passt gar nicht zu dir.«

»Ist jetzt auch wurscht. Manchmal muss einfach, was muss. Außerdem muss ich jetzt im Rathaus anrufen. Vielleicht planen die irgendetwas Neues oder anders für morgen.«

»Da scheint vieles wichtiger zu sein als die Familie.«

»Inge, das ist mein Beruf. Da gibt es keinen Grund, beleidigt zu sein.« Palms Frau hatte sich ohnehin schon aus dem Zimmer begeben, sodass er für seine Schlussrecherche vor dem großen Ereignis freie Bahn hatte.

»Egon, wie ist die Lage?«, begann Palm das Gespräch.

»Das weißt du doch: hoffnungslos, aber keineswegs ernst«, flachste Pressesprecher Herrlein zurück.

»Die Schießerei an der ›Mühle‹ in Feuerbach war vermutlich der letzte Akt unseres Höllenrundgangs.«

»Wenn du damit recht hast, begeben wir uns jetzt ins Purgatorio, also ins Fegefeuer, und zum Schluss droht dir die Flammenwand.«

»Mir ist schon ganz heiß, und dann die sieben ›P‹ mit dem Schwert auf die Stirn. Was ist da besser als in der Hölle?«

»Möchtest du etwa dort bleiben? Du musst nach oben schauen, da wird es im Purgatorio immer heller«, wusste Herrlein von dem Danteschen Läuterungsberg zu berichten. »Mit deiner Strafe, oder besser Läuterung musst du, wie gesagt, bis oben warten. Die Wollüstigen werden erst auf der obersten Terrasse geläutert.«

»Und du gleich nach dem Einstieg. Auf der ersten Terrasse kommen die Stolzen dran und müssen mächtige Felsbrocken schleppen, sodass sie sich nicht aufrichten können.«

»Das kann ich schon hier kaum bei dem, was man mir alles zum Schleppen hinlegt.«

»Dann bist du schon in Übung«, kommentierte dies Palm.

»Was gibt es denn morgen zu tragen?«

»Für jeden sein Päckle, heißt es.«

»Das heißt, der OB kommt ins Zelt, du kommst ins Zelt.«

»Genau – und alle lauschen wir den Worten des Landesvaters zum 200. Volksfest, so er denn bis zum Ende sprechen kann.«

»Das hoffen wir doch, oder?«, wollte sich Palm vergewissern, wie hoch Herrlein das Risiko einstufte.

»Natürlich«, bestätigte der Rathaus-Sprecher, »da passiert gar nichts. Zur Sicherheit dürfen wir allerdings nur bleifreien Gerstensaft trinken.«

»Bio-Bier?«

»Ja, mit Gerste, Malz, Hefe und Wasser. Streng nach Reinheitsgebot.«

»Hat der OB seine Fraktion wegen der Bio-Bier- und Sojawurst-Initiative wenigstens mal ordentlich abgebürstet?«

»Das hat er. Man hat außerdem festgestellt, dass die Hälfte längst umgesetzt ist, also siehe Reinheitsgebot. So ist jedes Bier hier Bio-Bier. Das hatten einige seiner Freunde in der Fraktion übersehen. Also auf Deutsch: Das Thema ist tot.«

»Gut, und morgen Bio-Bier, also in bleifreier Version, und Bio-Wurst vom richtigen Schwein, nicht von einem Soja-Schwein.«

»Ganz genau!«

»Eines wüsste ich gern«, kam Palm auf das Thema der letzten Tage zu sprechen, »wie verdaut das Stadtmarketing diese Entwicklung unseres Fleckens zur Ganovenmetropole? Müsst ihr euch da was einfallen lassen?«

»Ich denke schon. Überleg mal: Keiner braucht mehr ins amerikanische Chicago oder mexikanische Tijuana. Jetzt gibt's das alles direkt vor der Tür. Wir rechnen mit einem dramatischen Anstieg der Städtetouristen im kommenden Jahr. Und wenn jetzt morgen auf dem Wasen noch etwas passiert, so richtig was passiert, müssen wir im kommenden Jahr erweitern. Da integrieren wir die Mercedes-Arena in das Volksfestareal. Überleg' mal, da gehen 60.000 Leute rein, wenn man den Rasen dazu nimmt, 100.000. Dann überflügeln wir endgültig die Wies'n in München«, war Herrlein in seiner Fantasie nicht zu bremsen.

»Das ist dein nächster Karriereschritt: Du wirst der

Tourismus-Manager der Stadt mit Provision für jeden zusätzlichen Besucher. Das feiern wir gleich morgen.«

»Das machen wir. Jetzt steht aber ein Termin mit dem OB und weiteren Honoratioren an. Wir gehen den gesamten Tag und Wasenbesuch morgen durch. Nichts wird dem Zufall überlassen. Und ein kleiner Tipp für dich: Irgendetwas plant die Polizei, also außer den Sicherheitsmaßnahmen für den MP. Die kriegen morgen Verstärkung aus Bayern. Da sind ein paar Hundertschaften unterwegs. Es ist noch was anderes im Busch, man rechnet mit der Fortsetzung des Szenekriegs. Mehr kann dir sicher dein Freund bei der Kripo sagen.«

Für diesen in der Tat nützlichen Hinweis bedankte sich Palm geradezu überschwänglich, und man verblieb so, dass am Ende des kommenden Wasentages das Fegefeuer enden und die Himmelspforte erreicht sein würde.

35. KAPITEL

Striebel schreckte vom Besprechungstisch seines Dienstzimmers auf und war mit zwei schnellen Schritten am Fenster.

»Da sind schon wieder Streifenwagen mit Sirenen unterwegs. Hört denn das nicht mehr auf?«

»Es kann sich um einen Verkehrsunfall handeln, Herr Minister«, gab Angsterer zu bedenken.

»Herrgott, ich weiß selbst, dass ich Minister bin. Sagen Sie einfach Herr Striebel zu mir!«

»Gerne, Herr Striebel«, macht Angsterer postwendend in devotem Ton Männchen.

»Ja, was? Rufen Sie jemanden an und fragen Sie, was da los ist. Wenn wir nach der Schießerei heute Mittag jetzt einen weiteren Mord haben, lass ich den Wasen morgen schließen.«

»Selbst wenn«, flocht Billinger ein, »das muss mit dem Wasen gar nichts zu tun haben. Das würde niemand verstehen.«

»Soso. So sitzen wir hier als Verein der großen Verharmloser, und da draußen knallt es ständig. Die Menschen erwarten, dass wir etwas tun.«

»Nicht irgendetwas, aber etwas Vernünftiges!«, gab Billinger den coolen Rationalisten.

Angsterer hatte inzwischen das Zimmer verlassen, um sich nach der Ursache des Sirenengeheuls zu erkundigen.

»Bin mal gespannt, wie lange der Angsterer braucht,

um herauszufinden, was da los ist. Der hat seinen Apparat überhaupt nicht im Griff. Wenn das Theater vorbei ist, ziehe ich Konsequenzen. Dann kann der irgendwo ein Amt für öffentliche Ordnung leiten. Und auf Sie, Billinger, warten unter Umständen höhere Aufgaben, hm, da schauen wir mal«, tat der Innenminister seinem persönlichen Referenten neue Perspektiven auf.

Angsterer kam ohne anzuklopfen ins Zimmer des Ministers zurück.

»Das kann nicht wahr sein«, rief er aus, »Sie werden es nicht glauben, Sie werden es nicht glauben!«

»Ja was denn«, forderte Striebel den Abteilungsleiter auf, endlich zu verraten, was geschehen sei.

»Man hat, ja man hat …«, stotterte Angsterer.

»Was hat man denn?«, schrie Striebel ihn an.

»Man hat im Katharinenhospital den Verletzten der Schießerei von heute Mittag erschossen. Er war gerade frisch operiert.«

Striebel ließ sich in seinen Schreibtischsessel fallen und atmete deutlich hörbar ein und aus.

»Dafür kann der Staatsschutz aber gar nichts. Das war eine reine Polizeiangelegenheit«, versuchte Angsterer sofort, die Verantwortung von sich zu schieben.

»Das kann jetzt aber nicht wahr sein«, stammelte der Innenminister, »Billinger, ich muss sofort mit dem MP sprechen.«

»Ich hab vorher mit der Villa Eisenstein telefoniert. Der MP ist auf dem Weg nach Hause. Der kommt erst morgen Vormittag zurück nach Stuttgart.«

»Egal, wo er sich aufhält, dort wird es ein Telefon geben! Nehmen Sie meines und drücken Sie auf die Zwei.«

»Zwei?«

»Ja, die Zwei. Auf der Eins ist meine Frau gespeichert, Herrgott.«

Nach mehrmaligem Klingeln meldete sich Schiller.

»Hallo, Herr Schiller, hier Billinger …«

»Geben Sie das Ding her«, rief Striebel.

»Ich muss sofort mit Siegfried sprechen, geben Sie ihm das Telefon.«

Ohne jedes weitere Wort von Schiller war der MP in der Leitung.

»Guten Abend, Roland. Wir sind auf dem Weg nach Hause. Mit Herrn Schiller gehe ich gerade noch mal den Text für den Wasen morgen durch.«

»Was ich dir dringend sagen wollte: Der Verletzte von der Schießerei in Feuerbach heute Mittag ist jetzt tot. Man hat ihn im Katharinenhospital ermordet.«

In der Leitung blieb es nach Striebels Information vollkommen still.

»Siegfried, bist du noch da?«

»Natürlich bin ich noch da. Das ist ja entsetzlich. Hat man den nicht bewacht?«

»Nein, das hat man nicht, oder?«, blickte Striebel fragend auf Angsterer.

»Hat man nicht«, sagte Angsterer. »Die Polizei ging davon aus, dass es sich bei ihm um den Türsteher handelte, der zufällig verletzt wurde und nicht das eigentliche Ziel des Anschlags war. Man versucht jetzt natürlich herauszufinden, wer er wirklich war.«

»Konntest du das hören, Siegfried?«

»Ja. Das ist eine weitere Episode dieses Ganovenkriegs. Hat mit uns nichts zu tun. Ist das richtig?«

»So würde ich das auch einschätzen«, gab Striebel bestätigend zurück.

»So schlimm das ist – es bleibt alles bei unserer Planung, richtig?«

»Ja, das ist richtig.«

»Wir sehen uns morgen, Roland. Kümmer' dich mal um die Polizei, ob die das wirklich im Griff hat.«

Der Innenminister war über die nüchterne Art des MP, mit der jüngsten Schreckensnachricht umzugehen, sichtlich konsterniert. Alles, was blieb, war ein Arbeitsauftrag an ihn: »Kümmer' dich mal um die Polizei!« Wahrscheinlich hatte der MP gemeint, dass dies »bis morgen« erledigt sein sollte.

36. KAPITEL

Die Staatsanwältin war daheim, um es sich für den Feierabend nach einer solch schrecklichen Woche gemütlich zu machen. Der Kühler für den Weißwein stand an diesem warmen Frühherbstabend auf der Terrasse der Penthousewohnung ganz in der Nähe des Frauenkopfs, ihre Freundin Clara war bereits auf dem Weg. Es sollte ein eventuell letzter Abend des Jahres im Freien werden, der drinnen gebührend kuschelig fortgesetzt würde. Clara hatte gerade die Wohnungstür aufgeschlossen und sie hatten sich zarte Küsschen auf die Wangen gegeben.

»Das reicht vielleicht für eine Stunde draußen, dann wird's kühl.«

»Danach wird's hier drinnen umso heißer«, versprach die Staatsanwältin. »Nach dieser Horrorwoche brauch' ich einen Ausgleich.«

Frauen gab es in der Stuttgarter Staatsanwaltschaft schon lange, eine bekennende Lesbe war aber fast eine Revolution. Klingler hatte ihre sexuelle Orientierung alsbald nach ihrer Berufung innerhalb der Justiz öffentlich gemacht, um einem langatmigen Versteckspiel vorzubeugen. Da die gemütliche Witterung nicht für den ganzen Abend halten würde, schritt Clara sofort zur Tat, öffnete den Sauvignon Blanc von der Loire mit erkennbarer Routine und goss die Gläser voll. Die beiden stießen an: »Auf einen schönen Abend.«

»Wie lange hatten wir keinen gemeinsamen Abend mehr?«

»Bestimmt seit über drei Wochen«, erinnerte sich Clara, »das war kurz vor Schulbeginn.« Clara arbeitete als Lehrerin und unterteilte das Jahr in Unterrichts- und Ferienzeiten.

»So lange halten wir es ohne einander aus. Ist schon wie bei einem alten Ehepaar«, analysierte Klingler die Beziehung.

»Nein, nein, dafür ist das Wiedersehen viel zu schön«, hielt Clara dagegen und zog ihre Freundin von deren Stuhl zu ihrem herüber, um zu dem ersten lang anhaltenden Kuss des Abends anzusetzen.

Klingler hatte ihr iPhone auf den Tisch gelegt.

»Muss das heute Abend sein?«, bekundete Clara ihre Skepsis gegenüber dem ständigen Begleiter.

»Geht nicht anders. Du liest ja Zeitung und weißt, was los ist. Ist nur für alle Fälle und stumm gestellt.«

Wenige Sekunden später begann das Display des Geräts, mehrfach grell aufzuleuchten. »Alle Fälle« schienen eingetreten zu sein. Klingler hielt den Apparat ans Ohr und schreckte sofort von ihrem Stuhl auf.

»Wie das passieren konnte? Ich weiß davon gar nichts …«, sagte Klingler, um nach einer Weile weiteren Zuhörens hinzuzufügen: »Selbstverständlich kümmere ich mich sofort darum … und ich gebe Bescheid.«

Klingler setzte sich wieder.

Clara starrte frustriert in den Himmel. »Das war's dann mit unserer Wiedersehensfeier, vermute ich.«

»Sieht so aus.«

»Was ist passiert?«

»Du hast das vielleicht im Radio gehört. Schießerei vor einem Puff in Feuerbach, ein Verletzter kam ins Krankenhaus. Jetzt hat man ihn dort im Bett erschossen.«

»Schrecklich.« Clara erschauderte. »Und was musst du jetzt tun?«

»Ich muss meine Leute erst mal zusammenstauchen und Nachtarbeit verordnen. Die haben dieses Opfer nach der Schießerei nicht bewachen lassen, hielten ihn für einen Türsteher, der zufällig verletzt wurde. Wir dürfen jetzt herausfinden, wer er wirklich war, und finden hoffentlich bald die Täter.«

»Wer war das am Telefon?«

»Mein Vorgesetzter im Justizministerium. Ist jetzt vollkommen auf Krawall gebürstet. Warum haben wir den nicht richtig identifizieren können? Also den Angeschossenen, und merken nicht, dass er das Ziel des Anschlags war? Lass mich mal kurz telefonieren.«

Clara schüttete das ganze Glas Weißwein hinunter in der Erwartung, dass nüchtern bleiben nicht weiterhelfen würde.

»Ach ja, inzwischen wissen Sie, wer der Tote war«, sagte Klingler zu Bolz in betont pampigem Ton. »Wer er war, haben wir schon heute Mittag herausgefunden. Was wir nicht wussten: Seit wenigen Monaten war er im Imperium des am Dienstag erdrosselten Johannes Vegesack, sagen wir mal, der Abteilungsleiter des Glücksspielreferats. Also nicht der Leiter des ›Mühlenpuffs‹. Der war zum Zeitpunkt des Anschlags nicht im Haus. Grätinger, also das Opfer in der Klinik, stand neben anderen auf der Abschussliste der Widersacher. Und jetzt war er zur falschen Zeit am falschen Ort.«

»Ich habe Sie alle auf Kooperation eingeschworen, und dann das. Da muss man sich austauschen, und zwar sofort.«

»Wir kooperieren alle prima miteinander. Bisher gingen wir davon aus, dass es um die Kontrolle über die Laufhäuser geht, haben also sofort nach dem Anschlag Kurzritters Leute konsultiert. Bei der Sitte hatten die den Grätinger nirgendwo auf dem Schirm, keiner hatte das. Und Gromer wurde vor Ort mitgeteilt, der Verletzte sei der Türsteher. Wahrscheinlich war er das dort früher mal.«

»Waren Sie selbst nicht am Tatort?« Diese latent quälende Frage hatte Bolz schon die ganze Zeit erwartet.

»Nein, ich war in einer Besprechung mit Kurzritter, aus der man mich aus Zeitgründen – es musste alles sehr schnell gehen – nicht herausgeholt hat.«

Immerhin ließ die Staatsanwältin dies unkommentiert, fragte aber weiter.

»Und woher stammt die Erkenntnis über die Funktion des Opfers in Vegesacks Glücksspielreich?«

»Das haben wir erst jetzt nach Recherche in der Datei, die von unserer Nachbarabteilung gefüttert und gewartet wird, erfahren. Da hat man bei den jüngsten Razzien in einem Spielcasinoladen Grätinger erstmals als einen der Bosse auf den Radarschirm bekommen. Das lag nicht vor, als der Gromer heute Mittag im Computer nachgeforscht hat. Da gibt es Updatezyklen. Vielleicht sind die zu lang.«

»Ich höre es, der Fehler liegt wie immer im System. Schuld ist keiner. Was wollen Sie jetzt unternehmen?«

»Ich habe nach einer Befragung, die ich heute Morgen durchgeführt habe, und den restlichen Ereignissen des Tages eine Theorie und die will ich überprüfen.«

»Können Sie mir mehr davon verraten?«

»Ja gerne, aber in Stichworten. Der Szenekrieg herrscht nicht zwischen verschiedenen Organisationen, sondern innerhalb einer, und zwar der des toten Vegesack. Die zweite Ebene will an die Geldtöpfe und beseitigt den Kopf, also Vegesack. Jetzt können sie sich nicht auf die Erbanteile einigen und bringen sich gegenseitig um.«

»Und was ist mit diesem Exhibitionismus der ersten beiden Opfer in Cannstatt? Was sollte das?«

»Das waren Ablenkungsmanöver. Es sollte aussehen wie ein Krieg zwischen Vegesacks Horde und einer anderen.«

»Das passt aber nicht zu dem toten Schweizer. Der, sagten Sie, gehörte woanders hin.«

»Das, Frau Dr. Klingler, ist korrekt. Da mischt mit Motiven, die noch nicht nachvollziehbar sind, ein anderer mit. Wir wissen auch, wer. An den Rest machen wir uns jetzt.«

»Tun Sie das. Und wenn es Neuigkeiten gibt, rufen Sie mich bitte sofort an, egal, wie spät oder früh es ist.«

Für das Telefongespräch war Klingler in die Küche gegangen.

Auf dem Rückweg zur Terrasse blieb sie an der Türschwelle stehen und sah Clara nicht mehr am Tisch sitzen. Ihr spontaner Anfall von Traurigkeit hielt nur eine Schrecksekunde lang. Clara umfasste sie von hinten mit ihren Händen an beiden Brüsten und begann, sie gefühlvoll zu massieren.

»Jetzt werfen wir den Apparat weg und tun, was wir seit vier Wochen tun wollen. Du legst dich auf die Couch und lässt mich machen.«

Alleine schon, um sie nicht zum Wegwerfen des Telefons kommen zu lassen, befolgte Klingler willig die Anweisungen ihrer Freundin.

37. KAPITEL

Obwohl Inge über die Freitagabendaktivitäten ihres Ehemannes keineswegs amused war, versorgte sie den heimarbeitenden Redakteur mit dem Nötigsten und stellte ein gut gekühltes Tannenzäpfle neben sein Notebook.

»Du bist ein Goldstück, danke!« Er nahm einen kräftigen Schluck.

»Hast du alles zusammen?«

»Denk schon, vielleicht muss ich noch mal einen anrufen, aber sonst …«, machte Palm seiner Frau Hoffnungen auf einen freitäglichen Feierabend, als das iPhone losklingelte. Inge nahm das Telefon vom Tisch, blickte aufs Display und reichte ihrem Mann das Gerät.

»Kann nichts Dramatisches sein. Schlehe.«

»Einen schönen guten Abend, Herr Ressortleiter, gleich sind wir soweit.«

»Hallo JJ, das glaub' ich eher nicht.«

»Warum?«

»Das können Sie nicht wissen, so weit draußen in Fellbach. Es gab einen weiteren Mord. Der Typ, den man in dem Feuerbacher Puff angeschossen hat, wurde jetzt in seinem Krankenbett erledigt. Ich habe das zufällig mitbekommen, weil ich in die Stadt runter gefahren bin. Da rasten Polizeiautos mit Sirene herum. Wir haben gleich direkt bei der Polizei nachgefragt. Ist inzwischen bestätigt.«

»Das heißt …«

»Genau, das heißt, wir brauchen für morgen mehr Stoff, also in der Online-Ausgabe, so schnell wie möglich. Können Sie Ihren Intimus bei der Kripo anzapfen?«

»Der hat jetzt mit Sicherheit was anders zu tun.«

»JJ, wir brauchen das. Versuchen Sie, was geht. Und geben Sie Bescheid. Bin gespannt wie ein Flitzebogen, was da los ist. Und vor allem: Was wird morgen los sein? Wir sehen uns.«

Inge hatte das Telefonat mitgehört und wandte sich in Richtung Treppe nach oben.

»Ich werde nie mehr einen Journalisten heiraten.«

»Zwei auf einmal wären auch zu viel«, rief Palm ihr hinterher.

Ein Versuch, jetzt Bolz zu kontaktieren, wäre geradeso Erfolg versprechend, wie mit einem Zufallscode den Zugang zu Fort Knox zu knacken. Soviel war Palm klar. Ebenso klar war, dass der Showdown in der Szene längst im Gange war. Bevor er aber völlig ahnungslos irgendwo in die Speichen griff, lohnte es sich eventuell, seinen Hauptkommissar anzurufen. Palm griff zum Telefon.

»So, sind Sie schon im Bild?«, fragte ihn Bolz.

»Stör ich Sie gerade am Tatort?«

»Huch, wie rücksichtsvoll Sie heute sind. Ich bin natürlich nicht am Tatort. Dort gibt es nichts mehr zu tun.«

»Feierabend machen Sie aber nicht.«

»Sie Witzbold! Feierabend? Diese Nacht wird es in sich haben.«

»Es steht Größeres an?«

»Ich weiß nicht, wie, aber wir müssen bis morgen das ganze Pack eingesammelt haben. Auf jeden Fall den Hastiger und den Radmann.«

»Radmann?«

»Das ist der Chef von dem ›Mühlenpuff‹, also das Gegenstück von Hastiger im ›Eden‹. Daneben gibt es Glücksspielritter, die um sich schießen oder eben erschossen werden. Einer davon war das Opfer im Katharinenhospital.«

»Und wir dachten immer an Heimerdinger, den alten King Stucki.«

»Der spielt irgendwie mit. Heute Nachmittag war nicht nur Linda bei ihm, das wissen Sie ja. Er bekam Besuch von einem Abgesandten von Hastiger. Einem Bediensteten im ›Eden‹, so was wie ein Edel-Türsteher.«

»Und wie passt das zusammen?«

»Das finde ich heute Nacht nicht mehr heraus. Ich hab' kaum Leute, um die Chefs von ›Eden‹ und ›Mühle‹ aufzuspüren und dingfest zu machen. Wenn das überhaupt geht. Fürs Erste reicht es wahrscheinlich, wenn wir die Köpfe kriegen. Aber solange nichts bewiesen ist, kann ich die 24 Stunden wegschließen. In dieser Zeit müssten wir den Rest zusammenkriegen.«

»Warum nur 24 Stunden?«

»Länger kann ich ohne Haftbefehl keinen festhalten.«

»Kann Ihnen da nicht Ihre adrette junge Staatsanwältin helfen?«

»Die Staatsanwältin? Vermutlich stöhnt die jetzt schon.«

»Warum das?«

»Die hat Besuch von ihrer Freundin. Wie nennt man das heute? Genau: Thank God It's Friday.«

»Woher wissen Sie das?«

»Wir arbeiten jetzt, so wie Frau Dr. Klingler dies wollte, Hand in Hand mit dem Staatsschutz. Was glauben Sie, was die alles wissen? Da bin ich platt. Praktisch alles, bis auf das, was wir gerade brauchen.«

»Eine herzliche Zusammenarbeit. Kann ich Ihnen irgendwie helfen?«, bot Palm seine Dienste an.

»Helfen? Als ob nicht schon alles schwierig genug wäre! Lassen Sie mal. Höchstens ein Interview mit King Stucki. Für den hab' ich momentan gar keine Kapazität frei. Ein Interview, exklusiv fürs ›Tagblatt‹. Uns sagt der sicher nichts.«

»Okay, ich fahr einfach hin.«

»Jetzt kommen Sie mal auf den Boden, Palm. Da könnten Sie vorher gleich Ihren eigenen Nachruf verfassen.«

»So stünde wenigstens nichts Falsches drin.«

»Das war ein Spaß. Ich muss jetzt Schluss machen, hier brennt es, wie Sie sich denken können.« Damit klickte es in der Leitung.

Ein Interview mit King Stucki – ein Gedanke, vielleicht als Spaß vorgebracht, durchwühlte Palms Gehirnzellen. X verschiedene Theorien hatte er sich schon zurechtkonstruiert, was dessen Rollen in dem grausamen Spiel waren. Ein Stuttgarter Pate namens Heimerdinger – so plausibel das angesichts der Ereignisse der Woche wäre, es konnte nicht ganz stimmen. Zu lange war der ehemalige Platzhirsch nach allem, was man wissen konnte, nicht in der Szene aktiv. Zu welchem Zweck sollte er aus dem Hintergrund die Strippen ziehen? Und mit wem? Der einzige bekannte Mann fürs Grobe, der bei ihm im Sold stand, war Rüdy. Inzwischen war der Schweizer tot. Sollte es weitere potenzielle Schergen Heimerdingers geben, sie wären nicht bekannt. Allerdings: Linda hatte sich nach dem Besuch bei ihm auf- und davongemacht. Er hatte noch andere Besucher, hatte Bolz erwähnt. Wer waren die?

»Sie haben Glück, Palm, eigentlich sollte ich das gleich wegdrücken. Wir bereiten hier den großen Rattenfang vor, ich kann jetzt nicht …«

»Das weiß ich, ganz schnell: Komische Typen, sagten Sie, hätten heute Nachmittag Heimerdinger besucht. Konnten Sie die identifizieren?«

»Einen, hab' ich gesagt.«

»Und?«

»Namen hab ich vergessen. Irgendein Mitarbeiter von Hastigers Puff, dem ›Eden‹.«

»Das ist erstaunlich. Verhandeln die über irgendwas?«, wunderte sich Palm.

»Also so viel war klar: Den Schweizer haben sie einfach umgebracht, um zu zeigen, dass man mit ihnen nicht Hampelmann spielen kann. Jetzt werden sie von Heimerdinger ernst genommen. Das war's jetzt aber auch. Gehen Sie ins Bett!«

Bolz, das verstand Palm, musste nun Aktion zeigen und am besten irgendein Ergebnis in der Nacht erreichen. Hastiger oder Radmann oder am besten beide verhaften, selbst wenn er sie damit nur für 24 Stunden aus dem Verkehr ziehen konnte.

Er aber konnte dieses einzigartige Stuttgarter Ganovenstück in aller Ruhe vor seinem geistigen Auge Revue passieren lassen.

Die zweite Reihe in Vegesacks Imperium rebelliert, bringt den Chef um und stellt ihn aus. Es soll wie ein Kampf zwischen kriminellen Platzhirschen aussehen. Dann der Zettel mit der Drohung gegen den Ministerpräsidenten, ein dilettantischer Ablenkungsversuch. Offensichtlich handelte es sich wirklich um die zweite Reihe. Sofort wird Heimerdinger, der aus der Szene längst ausgestiegen war, aktiv und schickt einen Emissär. Den bringt man ebenfalls um und stellt ihn für alle sichtbar aus, damit Heimerdinger weiß, dass es für ihn nichts mehr zu holen gibt, dass seine Zeit vorbei ist. Für den einst selbst ernannten King Stucki eigentlich eine Katastrophe. Dennoch spricht man nun weiter mit ihm, während der Bürgerkrieg im ehemaligen Vegesack-Reich weitergeht.

Das musste einen Grund haben. Den glaubte Palm gefunden zu haben und setzte sich an sein Notebook.

Der Text war nun fertig, der Szenekrieg erklärt. Und, wie so oft bei seinen antizipativen Berichten, mit einer guten Portion Risiko verbunden. Vor morgen früh würde das nicht online gestellt, zur Not müsste er es zurückziehen. Das bedeutete für den Samstag: früh aufstehen und sofort den Frühaufsteher Bolz ans Telefon bekommen. Vermutlich sehr einfach, da jener in dieser Nacht kaum ein Auge zumachen würde. Und morgen würde er Bolz' Vorschlag folgen und Heimerdinger interviewen und anschließend auf den Wasen gehen. Das würde ein vollgepackter Samstag werden. Palm drückte auf »Senden« und ging ins Bett.

38. KAPITEL

Auf ihrem Weg vom Bett zur Toilette war Clara über die leere Weinflasche vom Vorabend gestolpert, die sie mit ihrer Freundin auf dem flauschigen Wohnzimmerteppich neben der angenehm großen Couch ausgetrunken hatte. Passiert war nichts. Auf dem Weg zurück stieß sie nun mit ihrem großen Zeh wegen einer hektischen Bewegung ans Tischbein.

»Aua!«

Der Aufschrei weckte die im Halbschlaf vor sich hindösende Staatsanwältin vollends. Klingler sprang aus dem Bett auf, ging mit schnellen Schritten ins Wohnzimmer und sah die sich vor Schmerzen krümmende Clara nackt auf der Couch kauern. Grund für Claras hektische Bewegung war das flackernde Display des iPhones der Staatsanwältin auf dem Tisch. Das Display leuchtete immer noch. Klingler nahm, ohne sich weiter um Clara zu kümmern, den Apparat geradezu stürmisch in die Hand und meldete sich. Hatte sie etwa Anrufe während der Nacht verpasst? Das schlechte Gewissen meldete sich in ihrem Kopf wie ein Blitzeinschlag.

»Ich gebe zu, Dreiviertel sechs ist keine kommode Zeit an einem Samstagmorgen«, versuchte sich Bolz scheinbar zu entschuldigen.

»Das passt schon. Ich hatte gesagt, Sie können jederzeit …«

»Genau, wollte Vollzug melden«, berichtete Bolz mit

hörbarem Stolz in der Stimme, »wir haben sie beide eingesackt, also verhaftet. Radmann und Hastiger.«

»Aber hallo! Herr Bolz, ich gratuliere. Das sind sensationelle Nachrichten. Wo sind Sie jetzt?«

»Ich bin immer im Präsidium. Wir müssten bald miteinander sprechen, was Ihnen wofür reicht, beziehungsweise was Sie benötigen, damit ich die nicht morgen früh beide schon wieder springen lassen muss.«

»Klar, ich bin gleich bei Ihnen.«

Clara stand inzwischen wieder auf den Beinen und genoss den nachlassenden Schmerz in ihrem rechten großen Zeh und war enttäuscht über den zu erwartenden schnellen Aufbruch ihrer Freundin.

»Schon wieder los? Ich dachte, wir könnten nachher ausgiebig zusammen frühstücken.«

»Wird vielleicht noch«, machte Klingler Hoffnung, »dauert vielleicht eine Stunde oder zwei, bis ich zurück bin. Vorher wären wir eh nicht aufgestanden. Schau mal auf die Uhr«, und wollte Clara zärtlich auf den Mund küssen.

»Ich hab' mir noch nicht mal die Zähne geputzt«, schob Clara sie zurück und musste an den Satz vom »alten Ehepaar« vom Vorabend denken. Als Entschädigung für den verweigerten Kuss knetete sie im Vorbeigehen kräftig, aber gefühlvoll eine Pobacke der Staatsanwältin.

Der frühe Samstagmorgen hatte den unschätzbaren Vorteil, dass die Anfahrt für Klingler ins Polizeipräsidium nicht einmal halb so lange dauerte wie unter der Woche. Im Nu war sie am Pragsattel. Bolz und Gromer waren sichtlich übernächtigt, aufgrund ihrer Fahndungserfolge aber bester Laune.

»Jetzt erzählen Sie mal«, begann die Staatsanwältin nach

launigen »Guten Morgen«-Grüßen und Belobigungen das Gespräch. »Wie haben Sie das hingekriegt?«

»Beginnen wir mal mit dem einfachen Fall: Radmann.«

»Das ist der Chef von der ›Mühle‹, nicht?«

»Ja«, bestätigte Bolz, »das war nicht so schwierig. Dem war nicht bewusst, dass wir ihn suchen. Er fühlte sich aufgrund des Überfalls der Hastiger-Leute auf seine Mühle als Opfer, außerhalb jeden Verdachts stehend. Wir haben ihn mit seiner Mobilfunknummer geortet.«

»Woher hatten Sie die?«

»Die hatte Gromer gestern Nachmittag einer der dort beschäftigten Frauen abgenommen.«

»Das war die, die als Täter gleich die Hastiger-Leute bezichtigte«, flocht Gromer ein.

»Wir konnten ihn also orten«, fuhr Bolz fort.

»Wer hat das zugelassen?«, brachte Klingler sofort die juristischen Formalien ins Spiel.

»Wir kooperieren doch, auf Ihren ausdrücklichen Wunsch, Frau Dr. Klingler, intensiv mit dem Staatsschutz. So wie es aussieht, dürfen die alles und haben das für uns veranlasst.«

»Soso«, wunderte sich die wachsame Staatsanwältin.

»Der Radmann saß mit Freunden in einem dieser Fresstempel in der Freudenstädter Gegend …«

»Fresstempel?«, fragte die Staatsanwältin erstaunt nach.

»Ja, also in einem Gourmet- beziehungsweise Sterne-Restaurant.«

»Und wer hat ihn festgenommen?«

»Die lokale Polizei dort. Die haben wir darum gebeten.«

»Der ließ sich einfach abführen?«

»Dem blieb nichts anders übrig. Die Kollegen dort kennen natürlich den Wirt. Die haben ihm gesagt, dass sie seinen Gast sprechen müssten, und damit es kein Aufheben gäbe, solle er Radmann raus zu seinem Auto schicken, um sich was anzusehen. Da hätte irgendjemand etwas entdeckt. Und als er rauskam, haben die Kollegen ihm gesagt, er sei wegen des Verdachts einer Straftat vorläufig festgenommen, und haben ihn hierher gebracht. Das war gestern Nacht um kurz nach elf, als er hier eintraf. Hat natürlich sofort nach Anwalt und ich weiß nicht was gerufen.«

»Und? Ist der informiert, war der schon hier, kommt der gleich?«

»Jetzt bitte nicht aufregen, Frau Dr. Klingler. Wir haben Radmann gesagt, wir müssten erst mal mit Ihnen sprechen.«

»Warum haben Sie mich nicht gleich angerufen?«

»Vielleicht haben wir das sogar versucht, Gromer?«, blickte er seinen Assistenten an.

»Ja, ich glaub' schon …«

»Auf meinem Apparat habe ich nichts gesehen.«

»Ehrlich gesagt«, setzte Bolz der Schilderung der nächtlichen Ereignisse fort, »letzte Nacht herrschte hier eine solche Hektik und Spannung, das weiß keiner mehr so richtig.«

»Da stehen wir anschließend aber ziemlich bloß da«, regte sich Klingler auf.

»Jetzt lassen Sie mich die Geschichte erst zu Ende erzählen. Natürlich kann der seinen Anwalt anrufen. Wir brauchen insgesamt Zeit. Wegen der paar Stunden wird niemandem der Kopf abgerissen. Wir kommen nachher dazu.«

Die Staatsanwältin ließ sich, davon nicht vollkommen überzeugt, rücklings in ihre Lehne fallen.

»Das war, wie gesagt, der leichtere Fall. Der schwierigere Fall war Hastiger. Der musste annehmen, dass wir hinter ihm her sind. Trotzdem ist er nicht geflüchtet, wie man das vermuten könnte. Wir haben zuerst versucht, ihn im ›Eden‹ zu finden oder dort zu erfahren, wo er sein könnte. Dort war aber niemand bis auf den gestern bereits gesichteten Türsteher. Das ›Eden‹ war zu – und das am Freitagabend.«

»Und der Türsteher stand nicht vor der Tür oder dahinter?«, versuchte Klingler, sich die Situation vorzustellen.

»Genau. Wir erkannten bereits vor der Tür, dass das Haus praktisch leer war, und gingen hinter das Haus auf den Parkplatz. Und siehe da, der Türsteher lädt Pakete in einen Kofferraum. Als er uns sah, wollte er zunächst abhauen, erkannte aber, dass das ohne Chancen war.«

»Und was lud der ein?«

»Sie werden's nicht glauben: Spirituosen. Whisky, Wodka, Champagner stand da zum Abtransport bereit. Das Haus war leer, und die Loyalität der Mitarbeiter hat in solchen Kreisen offensichtlich Grenzen. Der wollte auch mal was abhaben, so einfach ist das«, freute sich Bolz.

»Was dann kam, war noch besser. Er befürchtete, dass wir ihn verhaften wollten, und zwar wegen des Überfalls auf die ›Mühle‹. Er sei bei der ›Mühle‹ nicht dabei gewesen, beteuerte er, ohne dass wir danach gefragt hätten. Wir haben ihn natürlich gleich mitgenommen, das ist die beste Zeugenaussage überhaupt, wenn es bei der Anklage gegen Hastiger ernst wird.«

»Ob das ausreicht?«, blieb Klingler skeptisch. »Richtig in der Hand haben wir damit nichts. Der Hastiger war in Feuerbach sicher nicht selbst dabei.«

»Vermutlich nicht«, konzedierte Bolz. »Wir haben bei

der Befragung des Türstehers – sagen Sie mal, Gromer, wie heißt der eigentlich?«

»Ach, was mit ›vic‹ hinten.«

»Ist jetzt egal. Jedenfalls haben wir erfahren, dass Hastiger alle heimgeschickt hat, weil er ebenso wie vor unserer Fahndung Angst vor seiner eigenen Mischpoke hat, wenn nicht mehr als vor uns. Daher verschanzte er sich, so der Türsteher mit ›vic‹ hinten, vermutlich zu Hause. Er nahm vermutlich an, dass sein ihm nicht mehr gewogenes Personal glaube, dass dort bald die Polizei aufkreuzen würde und man sich von dort besser fernhalte. Und dort haben wir ihn verhaftet.«

»Einfach so?«, setzte Klingler hinterher.

»Fast. Wenn Sie es genau wissen wollen …«

»Ja, das wüsste ich gern genau.«

»Das war schon nach Mitternacht, so gegen eins. Er wohnt in Gablenberg, einfaches, kleines Haus. Das war dunkel. Auf Klingeln hat er nicht reagiert. Auf Anrufen auch nicht. Wir entdeckten einen Treppenabgang, von dem kleinen Garten zum Keller. Primitivste Kellertür mit primitivstem Schloss. Die obere Hälfte der Tür ein Holzkreuz mit Scheiben.«

»Jetzt sagen Sie bitte nicht, dass Sie die Tür aufgebrochen haben!«, mahnte Klingler.

»Sagen wir mal so, plötzlich waren wir drin.« Gromer pflichtete der Schilderung seines Chefs heftig nickend bei, während Klingler ebenso heftig den Kopf schüttelte.

»Jetzt nicht gleich schimpfen! Woher krieg ich denn mitten in der Nacht schnell einen richterlichen Durchsuchungsbeschluss? Bei dem, was wir in den letzten Tagen erlebt haben: Wenn hier nicht Gefahr im Verzug war, wann denn dann?«, rechtfertigte sich Bolz.

»Wo und wie haben Sie ihn in seinem Haus gefunden?«

»Wir gingen leise nach oben, kleine Diele, Tür zum Wohnzimmer offen. Da bin ich rein, habe das Licht angemacht – und da saß er im Sessel. Ich musste kurz meine Dienstwaffe hochnehmen, denn auf einem kleinen Tisch neben seinem Sessel lag eine Pistole und er hatte die Hand dran. Aber er erkannte mich und sagte: ›Ach, Sie sind's‹.«

Die Staatsanwältin schaute Bolz mit einem verwunderten Gesichtsausdruck an.

»Ja, er war fast erleichtert. Er hatte befürchtet, dass seine eigenen Leute hinter ihm her sind. Und bei uns konnte er davon ausgehen, dass wir ihn nicht einfach abknallen.«

»Das vermuten Sie?«

»Wir finden das genauer heraus«, versprach Bolz.

»Tun Sie das – und zwar schnell. Wie begründen wir, dass wir für beide Personen Haftbefehle haben wollen? Was haben wir in der Hand? Bei dem Hastiger ist das angesichts des Überfalls auf die ›Mühle‹ eventuell hinzubekommen. Aber der Radmann? Was werfen wir dem vor und haben wir gegen ihn überhaupt etwas in der Hand? Das wird lustig. Und jetzt lassen Sie die Herren mit ihren Anwälten telefonieren. Sonst wird der Ärger riesengroß! Vernehmen Sie die Burschen sofort, mit oder ohne Anwalt. Da muss einiges zusammengesucht werden. Und diesmal: Sie rufen mich sofort an, sobald es Neues gibt. Und wenn die Anwälte hier rumzicken, erst recht.«

Damit erhob sich die Staatsanwältin, verließ Bolz' Büro und überlegte, bei welchem Bäcker sie auf dem Weg zurück nun die besten Brötchen und Laugenbrezeln für das Frühstück mit Clara besorgen wollte.

39. KAPITEL

Für die umfänglichen Sicherheitsmaßnahmen, die Polizei und sämtliche Behörden für die Jubiläumsveranstaltung auf dem Wasen vorsahen und die heute umgesetzt werden mussten, wurden im Innenministerium weder der Minister noch seine Staatssekretäre, Referats- und Abteilungsleiter gebraucht. Um aber den Ernst der Lage symbolisch zum Ausdruck zu bringen und dies medial zu verwerten, hatte Striebel einen kleinen Kreis seiner Führungsleute am Samstagmorgen um acht Uhr zur Tagesplanung bestellt. Nachdem man ihm die Erfolgsmeldungen der nächtlichen Fahndung mitgeteilt hatte, bat er Angsterer sofort, dazu der ganzen Runde einleitend einen Kurzbericht zu erstatten. Damit verfolgte Striebel keineswegs das Ziel, seinen Abteilungsleiter in ein aus seiner Sicht unverdient helles Licht zu stellen. So stellte er unmittelbar nach dem Bericht über die Ergreifung von Radmann und Hastiger die Frage: »Und was bedeutet dies nun für die Gefährdungslage des MP, also die politisch motivierten Drohungen gegen ihn?«

Angsterer blickte zunächst ratlos drein, wusste sein Dienstherr doch, dass es zwischen dem Stuttgarter Szenekrieg und den Drohungen gegen den MP nach allem, was man an Erkenntnissen hatte, keine Verbindung gab.

»Daran hat sich gar nichts geändert«, antwortete der Abteilungsleiter korrekt.

»Sehen Sie, meine Herren«, nahm Striebel den Ball auf,

»so sehr wir uns über die Erfolge der Kriminalpolizei freuen dürfen, behalten Sie das genau im Auge: Es kann für heute Nachmittag keine, aber auch gar keine Entwarnung geben. Sorgen Sie dafür, dass alle Pläne genauestens eingehalten und alle Maßnahmen sorgfältigst durchgeführt werden. Dafür nehme ich jeden von Ihnen persönlich in die Pflicht. Ich werde ein Gespräch mit dem MP führen, um ihn ins Bild zu setzen. Lassen Sie uns alle an die Arbeit gehen.«

Vor Verlassen des Sitzungsraumes nahm Striebel Billinger zur Seite.

»Sorgen Sie bitte dafür, dass der Pressesprecher die Meldung über unsere Lagebesprechung vor neun Uhr rausschickt. Dann haben wir es spätestens ab zehn Uhr wiederholt in allen Radionachrichten und im Internet.«

Obwohl sich Striebel mit der Fahrt zur Villa Eisenstein Zeit ließ und erst wenige Minuten vor der vereinbarten Zeit aufbrach, war sein Gastgeber kurz nach zehn immer noch nicht eingetroffen. So wartete er zusammen mit Billinger und Angsterer im Blauen Zimmer und nutzte die Zeit für ein Telefonat mit dem Pressesprecher.

»Nein, Lauterer«, war er für die beiden anderen im Raum deutlich vernehmbar, »ich kann heute Vormittag unmöglich einem englischen Sender ein Fernsehinterview geben. Und auf Englisch! Der MP macht das auch nicht.«

»Der hat schon abgesagt«, erwiderte Lauterer, »deshalb kommen wir zu Ihnen.«

»Ich als Ersatzmann, wenn's eng wird«, machte Striebel den Eindruck, als fühle er sich medial unter Wert gehandelt, »das würde so manchem gut passen. Aber dafür stehe ich schon gar nicht zur Verfügung.« Und beendete das Gespräch.

»Wo bleibt der denn bloß?«, zelebrierte der Innenminister seine Ungeduld.

In diesem Moment wurde es vor der Tür geschäftiger, und Billinger öffnete die Tür zum Gang. Da stand Knarzmann direkt vor der Tür und trug für den Anlass des Tages einen oberländischen Trachtenjanker. Nach den wechselseitigen Begrüßungsritualen konnte Striebel seine latente Missbilligung über die Unpünktlichkeit seines Chefs nicht verkneifen.

»Was hat euch so lange aufgehalten?«

»Der Polizeichef von unserem Dorf. Gerade als wir abfahren wollten, kam er vorbei, um Isolde und mir in allen Details zu zeigen, was wo und wie in unserem Garten eingeschlagen hatte. Sollte eigentlich gestern Abend passieren. Da kamen wir aber erst an, als alles längst dunkel war. Deshalb heute Morgen.«

»Sind die Spuren deutlich zu erkennen?«

»Wenn man's nicht weiß, sieht man gar nichts. Ein wenig Ruß auf der Erde. Das waren ein oder zwei Kanonenschläge, wie man sie zu Sylvester krachen lässt. Also früher, heute gibt es nur noch Raketen und mehrfarbigen Feuerzauber. Ich hab den Eindruck, da brennt an jedem Samstag auf den Zuschauertribünen in den Fußballstadien mehr.«

»Beunruhigt scheinst du wegen heute Nachmittag gar nicht zu sein.«

»Beunruhigt? Du hast mir wiederholt versichert, dass du die Drohung für Fake hältst.«

»Siegfried«, mahnte der Innenminister, »niemand weiß wirklich was. Jeder hat seine Spekulationen im Kopf. Daher der ganze Aufwand.«

»Übrigens hat sich auf der Fahrt hierher der Justizminister bei mir gemeldet. Bei ihm hat der Generalbundesanwalt angerufen, um zu sagen, dass er sich am Montag bei uns über den Fall ein genaueres Bild machen möchte.«

»Ja da schau her. Warum sagt mir das nicht der Justizminister persönlich, und zwar schon heute Morgen?«

»Dazu, mein lieber Roland, musst du ihn selber fragen. Aber bei aller Parteiraison: Immerhin bin ich der MP und somit sein Chef.«

Striebel setzte diesen Punkt im Geist auf seine Prioritätenliste.

»Zumindest geht der Herr Generalbundesanwalt davon aus, dass das alles bis Montag Zeit hat, heute also gar nichts passieren wird«, vermutete Striebel.

»Das weiß ich nicht. Ich denke, er weiß, dass es im Moment keinem von uns möglich ist, lang mit ihm zu reden. Vielleicht will er herausfinden, warum man ihn nicht längst eingebunden hat. Er verteilt sozusagen Gelbe Karten.«

»Oder gleich Rote?«

»Nein, die Roten Karten müsste ich verteilen«, erinnerte der MP süffisant an seine landesherrlichen Kompetenzen als Kabinettschef, und setzte gleich nach: »Was für Nachrichten habt ihr denn von der Ökologisch Nationalen Front?«, und machte mit Spott im Tonfall klar, dass er eine solche Gruppe nach wie vor für nicht existent hielt.

»Gar keine. An dem Status, den Dr. Angsterer gestern vorgetragen hat, hat sich nichts geändert.«

»Das ganze Aufheben also wegen einer nicht identifizierbaren Drohung?«

»Was sollen wir denn …«

»Ganz ruhig bleiben«, mahnte Knarzmann, »das ist keinerlei Kritik. Ich darf aber sagen, dass mir das alles gegen den Strich geht.«

»Wie uns allen.«

»Jetzt stellen wir uns einmal vor, heute Nachmittag passiert gar nichts. Was ist ab morgen? Bin ich weiterhin gefährdet?«

»Ich weiß, was du meinst. Natürlich müssen wir weiter wachsam sein, bis wir entweder hinter diesem Namen etwas finden oder überzeugt sind, dass nichts dahinter steckt.«

»Und das kann dauern?« Knarzmann blickte fragend auf Angsterer.

»Das geht sicher nicht über Nacht«, bestätigte der Abteilungsleiter.

»Wir haben alles durchgesprochen. Auf eines, Siegfried, möchte ich nochmals hinweisen: Dein Wagen hält direkt vor dem Zelteingang. Geh, wenn du ausgestiegen bist, sofort ins Zelt rein. Egal, wer draußen wartet, nach dir ruft und so weiter. Bitte steig aus und geh ins Zelt. Ich glaube, dann ist das größte Risiko schon vorbei.«

»Aussteigen und ins Zelt – ihr habt mich schon ganz ordentlich abgerichtet«, fasste der MP seine Eigenwahrnehmung mit unverhohlener Frustration zusammen.

40. KAPITEL

Palm war, was er ganz selten war – ungehalten. Seit Stunden verweigerte Bolz die Annahme seiner Anrufe. Dabei war er um sieben Uhr aufgestanden, was bei ihm für einen Samstag eine frühe Zeit war. Und jetzt das, keine Antwort. Sah so Zusammenarbeit aus? Nie hatte er seine Abmachungen mit Bolz verletzt, nie in den kritischen Fällen zu früh etwas geschrieben und wurde dafür privilegiert mit Informationen versorgt. Und jetzt, wo es darauf ankam, ließ der ihn zappeln. Natürlich konnte Bolz nicht ahnen, wie er ihm für die wirkliche Aufklärung helfen wollte. Wahrscheinlich würde Bolz versuchen, ihm es auszureden oder ihn sonst wie daran zu hindern. Aber man musste es versuchen. Ohne Information an Bolz seinen Plan auszuführen – das wäre ein Himmelfahrtskommando. Aber Bolz mussten ähnliche Gedanken umtreiben wie ihn. Warum sonst kamen zur Unterstützung der lokalen Polizei heute Nachmittag mehrere Hundertschaften aus Bayern dazu? Ganz bestimmt nicht nur, um die Ökologisch Nationale Front in Schach zu halten! Von der wusste nach wie vor keiner, ob es sie tatsächlich gab. Also erneut die Taste gedrückt.

»Palm, ich grüße Sie. Jetzt gar nicht erst losschimpfen, warum ich Ihre Anrufe …«

»Ich kann's mir denken. Hab alles schon im Radio gehört. Sie haben letzte Nacht zugeschlagen.«

»Und das nicht schlecht«, geriet der Hauptkommissar beinahe in einen Ton der Selbstgefälligkeit.

»Aber damit ist keine Gefahr gebannt, wenn ich die Heerscharen der Polizisten sehe, die heute das Stadtbild und vor allem den Wasen in einem ganz neuen Licht erscheinen lassen.«

»Wohl wahr«, gewann Bolz' Stimme unversehens an Nüchternheit. »Die Hundertschaften werden zum Schutz des MP aufgeboten. Aber Sie haben recht, da turnen ein paar Leute rum, die glauben, ohne die zwei – also Radmann und Hastiger – hätten sie es sogar leichter als vorher.«

»Hören Sie, Bolz, hier treffen unsere Gedanken – wie heißt das? – kongenial zusammen.«

»Ja, wenn Sie meinen …«

»Das meine ich. Haben Sie an den Heimerdinger gedacht?«

»Ja klar.«

»Ich habe da eine Theorie. Von Hastigers Leuten, sagten Sie, hat einer den Heimerdinger besucht. Das hat natürlich seinen Grund. Ich sage Ihnen, seit dem Überfall auf die ›Mühle‹ ist mir klar, wer hier die Strippen zieht.«

»Sie meinen, Heimerdinger?«

»Das meine ich. Ich werde ihn fragen. Sie haben gestern Abend ein Interview mit ihm angeregt. Das führe ich heute.«

»Und wie tun Sie das?«

»Ich fahr zu ihm hin, klingle und sage, dass ich ihn sprechen möchte.«

»JJ, bei allem Respekt vor Ihrem Mut – lassen Sie das bleiben! Wir können jetzt noch nicht zu dem Heimerdinger gehen. Dafür fehlen uns wesentliche Erkenntnisse. Und Ärger mit der Frau Staatsanwältin habe ich schon jetzt genügend. Das braucht Zeit. Die Aussagen der beiden von gestern Nacht geben dafür gar nichts her«, versuchte Bolz, den Journalisten vor einer seines Erachtens fatalen Dummheit zu bewahren.

»Ihre beiden Fänge von gestern Nacht helfen dafür nicht weiter. Das glaube jedenfalls ich.«

»Ich verstehe schon«, versuchte Bolz, einen Konsens mit ihm herzustellen, »da hat sich unterhalb von Hastiger und Radmann etwas verselbstständigt.«

»Nennen wir es so. Aber ›verselbstständigt‹ ist zu vage. Heimerdinger hat die auf eine Idee gebracht und glaubt, sie in Zukunft beherrschen zu können.«

»Warum soll er das können?«

»Ganz einfach, weil die doof sind. Schauen Sie sich die alte Hierarchie an: Vegesack, darunter Radmann und Hastiger – und darunter? Diese kleinen Lichter können das, was sie in Zukunft betreiben wollen, gar nicht organisieren. Dafür ist der alte Fuchs Heimerdinger gut. Der lässt sie im Gegenzug großzügiger partizipieren, als sie von ihren alten Chefs je bekommen hätten. Und er wird dafür als Kopf akzeptiert.«

»So kann es sein, stimmt aber nicht ganz«, unterbrach Bolz. »Was sicher stimmt: Heimerdinger hat keine eigenen Truppen mehr. Auf die Art spannt er andere für sich ein. Jedoch sind sich die Leute unter Radmann und Hastiger keineswegs einig. Die Ermordung von Grätinger im Krankenhaus sagt mir ganz klar, dass sich das Hastiger-Lager die Pfründe von Radmann aneignen möchte. Die arbeiten nicht zusammen, die bekämpfen sich.«

»Dann haben wir dieselbe Sicht der Lage, Bolz. Das ist großartig.«

»Das mag sein, aber lassen Sie diesen Plan mit Heimerdinger fallen. Sie bringen sich in Lebensgefahr!«

»Das glaube ich nicht. Der Heimerdinger selbst tut keinem was. Der lässt nur tun. Und heute hat er dafür niemanden. Die sind bei der Auseinandersetzung auf sich fixiert. Die wissen, dass ihre Chefs eingebuchtet sind, und glauben, das ganze Polizeiaufgebot sei für Knarzmann unterwegs. Da passiert heute was.«

»Passen Sie auf, dass Ihnen nichts passiert. Sie sagten gerade, diese kleinen Lichter seien doof. Vielleicht sogar so doof, dass sie nicht erkennen, dass sie einen Kopf brauchen, der für sie organisiert. Vielleicht wird Heimerdinger ihr letztes Opfer?«, gab der Hauptkommissar zu bedenken.

»Immerhin haben wir damit die Alternativen vor Augen. Lassen Sie mich das versuchen.«

»Lassen wir mal Vernunft walten«, rief Bolz ins Telefon, »welche dieser Alternativen hilft Ihr Heimerdinger-Besuch aufzuklären? Wo ist der Wert?«

»Wenn ich das Interview unmittelbar vor seiner Verhaftung führe, könnte das interessante Aspekte hervorbringen.«

»Wir sprechen von verschiedenen Dingen, Palm. Ich spreche von kriminalistischer Aufklärung, Sie schwelgen in Sensationsjournalismus. Also ich bitte Sie!«

»Während ich mit Heimerdinger spreche, kann er nicht gleichzeitig die Leute draußen dirigieren. Die werden Fehler machen, und dadurch haben Sie leichteres Spiel.«

»Hören Sie, Palm, mich ruft hier die Pflicht. Machen Sie um Himmels willen keinen Unsinn!«, ermahnte Bolz seinen selbst ernannten Ermittlungshelfer ein letztes Mal.

Seit ihm der Gedanke, sich selbst in das Auge des Hurrikans zu begeben, gekommen war, konnte sich Palm ihm nicht mehr entziehen. Die Macht seines Mediums öffnete Türen, so war es schon immer. Und genauso wie bei Linda wähnte sich der ehemalige Aussteiger Heimerdinger sicher, solange er nicht ins Licht der Öffentlichkeit gerückt würde. Dann wäre es zu spät. Alle ärgerten ihn zwar, ließen ihn aber notgedrungen weitermachen, weil ihre Fakten nicht ausreichten: früher die Polizei, heute die Steuer. Würde er in den Medien präsent, müssten sie sich ernsthaft mit ihm beschäftigen. Die stünden unter Zugzwang und Erfolgsdruck.

Palm nahm die Warnung von Bolz durchaus ernst: Ob er sich damit selbst in Gefahr brächte? Eher nicht, denn Heimerdinger selbst war alleine ein zahnloser Tiger. Und die mit den Zähnen wären heute alle woanders beschäftigt. Inge davon zu erzählen? Nie und nimmer! Dass Bolz Bescheid wusste, war eigentlich schon zu viel.

Palm schaute auf die Uhr: gleich halb elf. Immerhin noch gut zwei Stunden, bis der MP zum Wasen losfahren würde. Ob sich die Szenekrieger an das offizielle Timing halten würden oder ihre Entscheidungsschlacht der letzten Tage schon vorher fortführen würden? Eher nicht, sie rechneten sicher mit der Ablenkung der Polizei durch das Tohuwabohu auf dem Wasen. Sicher war aber gar nichts. Da meldete sich sein Höllen-Wanderkamerad aus dem Rathaus.

»Hallo, Egon«, beantwortete Palm Herrleins Anruf, »du überraschst mich. Ich dachte, du seist heute Minute für Minute durchgetaktet.«

»Das bin ich mehr oder weniger. Die letzten Entwicklungen rücken jetzt die Lokalgrößen mit ins Visier.«

»Wie darf ich das verstehen?«, fragte Palm nach Aufklärung.

»Du schweigst bekanntlich wie ein Grab und sagst es niemandem: Diese rechtsradikalen Öko-Kasper haben jetzt auch an den OB einen Liebesbrief geschickt.«

»Ach, wollen sie den auf dem Wasen gleich mit wegblasen?«

»Langsam, langsam, keine Morddrohung. Aber er werde sich bald wundern, hieß es, er sei ebenso wie Knarzmann kein Kämpfer mehr für eine bessere Welt, sondern eine Marionette der etablierten Politkultur. Er mache alles mit und missbrauche sein politisches Mandat. Keine konkrete Drohung. Aber der OB ist nicht amused, das kann ich dir sagen.«

»Ändert das heute Mittag irgendetwas?«

»Nicht wesentlich, aber der Staatsschutz scheint das sehr ernst zu nehmen. Ursprünglich sollten Knarzmann und der OB gemeinsam auf dem Wasen vorfahren und ins Zelt gehen. Jetzt kommen sie dort getrennt an. Alles exklusiv für dich, weil wir hier gemeinsam durch die Hölle gehen.«

»Und ich dachte, wir wären längst im Purgatorio angekommen«, seufzte Palm.

»Kommt erst heute Mittag. Danach sind wir alle geläutert.«

»Im besten Falle«, setzte Palm hinzu, »oder können Tote geläutert werden?«

»Im Fegefeuer werden ausschließlich Tote, also von hier Abberufene geläutert. Bei uns Besuchern spielt das keine Rolle, denn wir müssen weiter. Werden allerdings bald getrennt. In den Himmel darf ich als Ungläubiger nicht mit.«

»Du bist ungläubig?«

»Nicht getauft. Steuertechnisch heißt das konfessionslos. Dich führt Beatrice weiter. Wie heißt die eigentlich bei dir, also im richtigen Leben? Hast du so eine?«

»Du meinst im Kopf? Dante hatte sie nur im Kopf, nie in der Wirklichkeit. Lass mich mal nachdenken.«

»Sehen wir uns nach dem großen Fegefeuer auf dem Wasen?«

»Ich glaube schon«, antwortete Palm hoffnungsvoll, war sich aber keineswegs sicher.

41. KAPITEL

Palm hatte das Gespräch mit Heimerdinger sorgfältig geplant. Am Anfang stand die Schwierigkeit, hineingelassen zu werden. Den ernsten Teil des Gesprächs wollte er mit der Frage beginnen, warum Heimerdinger heute nicht auf dem Wasen sei. Von dort aus würde sich das andere erschließen. Nun war er nervös und musste mit den Unbillen des Stuttgarter Samstagsverkehrs zurechtkommen. Immerhin hatte der Ansturm auf das Jubiläumsfest auf dem Wasen noch nicht eingesetzt. Dennoch befand er sich seit der Ausfahrt aus dem Kappelbergtunnel im Stop-and-go-Modus, sodass er beschloss, einen ordentlichen Umweg zu fahren. Zunächst schlug er die eigentlich falsche Richtung nach Untertürkheim ein, gelangte bei Obertürkheim Richtung Hedelfingen über den Neckar, um an Lederberg und Heumaden vorbei über Sillenbuch zum Fernsehturm zu gelangen. Von dort war es ein kurzer Weg bis zur Weinsteige, um von ihr auf den Haigst einzubiegen. Heimerdingers Haus lag weiter hinten, an einen regulären Parkplatz war nicht zu denken. Alle möglichen Parkplätze an der Straße hatten die Anwohner mit den Autos zugestellt, die in ihren Garagen keinen Platz fanden. So stellte Palm sein Auto einfach vor der Garage ab, die er dem Heimerdingerschen Haus zuordnete. Die Ausmaße von Haus und Grundstück waren für diese Gegend durchschnittlich, nicht herrschaftlich, Stil und Pflegezustand hervorragend. An der Klingel des Tores stand ganz einfach »Heimerdinger«, einem der beiden Torportale war eine Kamera aufgesetzt wie an fast jedem Haus und Anwesen in der Straße. Wenige Sekunden, nachdem Palm die Klingel betätigt hatte, ertönte mit tiefer Stimme ein »Ja, bitte?«

»Mein Name ist Johann Jakob Palm. Ich komme vom ›Tagblatt‹ und würde mich gerne mit Ihnen unterhalten.«

»Vom ›Tagblatt‹, mit mir unterhalten? Es muss sich um einen Irrtum handeln. Sie wollen sicher zu jemand anderem.«

»Sie sind doch Herr Heimerdinger?«

»Ja, der bin ich.«

»Das ist kein Irrtum. Mit Ihnen möchte ich sprechen. Es geht um den Wasen und was sich sonst so in Stuttgart tut.«

»Was soll dieser Überfall? Dafür habe ich keine Zeit.«

»Ich möchte etwas über die Vorfälle der letzten Tage in Stuttgart schreiben«, begann Palm die an Nötigung grenzende Tour, die er auch bei Linda angewandt hatte, »und wenn Sie nicht mit mir sprechen, muss ich halt das schreiben, was ich weiß – und was ich vermute. Wahrscheinlich ist es besser, Sie sagen dazu selbst was.«»Über mich etwas schreiben? Wie kommen Sie denn darauf?«

»Kann ich kurz reinkommen und Ihnen das erklären?«

Palm hörte das Summen des Toröffners, musste das Tor aber nicht berühren, da es von selbst aufging. Von lauter Adrenalin energiegeladen, überwand er schnell die Treppen hoch bis zum Haus, dessen Tür sich von selbst öffnete. Palm fand sich in einer kleinen kahlen Diele wieder, deren Boden und Wände mit weißem Marmor ausgelegt waren. Wahrscheinlich waren diese Flächen einfach zu kostbar, um daran Bilder oder Grafiken aufzuhängen, was den Blick auf das edle Material stören könnte. Eine Wendeltreppe führte zu einer Galerie hinauf, auf der Heimerdinger stand und herunterblickte.

»Kommen Sie hier hoch. Ich steig die Treppen nur runter, wenn ich unbedingt muss. Hab immer viel mit mir rumzutragen«, und klopfte auf seinen runden Bauch. Palm stieg nach oben und stand in Heimerdingers ganz in Weiß gehaltenem Wohnzimmer mit einem herrlichen wandgroßen Panoramafenster. Halb, wenn nicht ganz Stuttgart sah er aus ungewohnter Perspektive vor sich.

»So stell ich mir ›Schöner Wohnen‹ vor«, vergab Palm ein Kompliment für Heimerdingers alltägliche Aussicht. Ebenfalls durch das Fenster über die Stadt blickend, stand wenige Meter neben Palm ein untersetzter, nicht besonders groß gewachsener Mann mit stark gelichtetem Haupthaar, rundem Gesicht und einer Physiognomie, die an keinem Stammtisch älterer Landwirte aus der Reihe gefallen wäre. Als er das gesamte Ambiente mit einem Blick durch den großzügig geschnittenen Raum in Augenschein nahm, fiel Palm ein in die Wand integriertes iPad auf, das moderne verkabelte Hausinstallationen auszeichnete. Mit einer sogenannten Home-App ließen sich über einen Server im Haus sämtliche technischen Funktionen steuern, Fenster und Türen öffnen und schließen, Temperaturregulierung bis zur Musikberieselung. Der sonst so traditionelle Habitus von Heimerdinger wurde hier überraschend durchbrochen.

»Setzen Sie sich«, wies der Hausherr Palm eine Ecke eines von zwei weißen Ledersofas zu und setzte sich selbst auf das zweite Sofa gegenüber. Die Sitzmöbel standen in einem rechten Winkel zum Panoramafenster, sodass beide die Möglichkeit hatten, die Aussicht auf das im topografischen Kessel liegende Stuttgart zu genießen.

»Eine herrliche Aussicht«, lobte Palm das Anwesen, »und zur Wielandshöhe ein kurzer Fußweg.«

»Ab und zu bin ich gerne dort, erstklassige Küche. Aber zurück geht es ordentlich bergauf und ich bin nicht mehr der Jüngste.«

Palm wusste, dass Heimerdinger die 70 vor ein paar Jahren überschritten und gelegentlich gesundheitliche Probleme hatte, sagte aber: »Dabei ist jetzt die richtige Zeit, die Früchte seiner Arbeit zu genießen.«

Den Hintersinn dieser Äußerung verstand Heimerdinger sehr wohl und brachte ihn dazu klarzumachen, dass der spaßige Teil der Begegnung für ihn zu Ende war. In einem Tonfall, der unmissverständlich ausdrückte, dass sich Palm nun auf die Mission seines Besuchs konzentrieren sollte, kam Heimerdinger zur Sache.

»Sie wollten mich sprechen. Worum geht's?«

»Vor wenigen Tagen hatte ich kurz mit Frau Gratian einen Termin …«

»Hoho, mit Frau Gratian, sagen Sie bloß …«

»Ja, mit Frau Gratian, und habe sie nach den Verhältnissen von vor langer Zeit gefragt.«

»Sagen Sie, bevor Sie jetzt auch mich nach den alten Zeiten fragen«, fuhr der ehemalige King Stucki dazwischen, »können wir das Ganze nicht abkürzen?«, und stellte seine Frage ein zweites Mal. »Worum geht's?«, um nach einer kleinen Pause hinzuzufügen: »Vielleicht sollte ich Ihnen etwas anbieten? Dann spricht sich's leichter.«

»Wasser wäre wunderbar.«

Heimerdinger erhob sich, was ihn offensichtlich anstrengte.

»Heute am Samstag ist niemand hier. Da muss ich mir mein Zeugs selbst zusammenholen«, und ging zu der in den großen Raum integrierten Küchenfläche, um eine Flasche Mineralwasser und zwei Gläser an den Tisch zwischen den Sofas zurückzubringen. Die Pause nutzte Palm, um nachzudenken, ob er bei Linda oder seinem Reportagevorhaben beginnen sollte.

Heimerdinger goss das Wasser in die Gläser und setzte sich wieder auf sein Sofa. Mit einem auffordernden Blick gab er Palm das Zeichen, dass er nun beginnen solle.

»Ich bin dabei, eine umfassende Hintergrundreportage über die Vorgänge dieser Woche für das ›Tagblatt‹ zu schreiben.«

»Vorgänge dieser Woche – das habe ich als Zeitungsleser und Stuttgarter Bürger mitbekommen. Aber sagen Sie mir genauer, was Sie recherchieren.«

»Ja natürlich. Die verschiedenen Tötungsdelikte haben einen Hintergrund, der sich selbst dann nicht sofort erschließt, wenn man die Täter gefunden haben wird.«

»Sie meinen, zwischen den einzelnen Taten gibt es Zusammenhänge«, gab Heimerdinger sein Verständnis wieder.

»Genau das meine ich, und die will ich herausfinden.«

»Und wie kommen Sie auf die Idee, dass ich Ihnen dabei weiterhelfen könnte?«

»Lassen Sie uns kein anstrengendes Versteckspiel beginnen. Mir ist bekannt, dass Sie vor langer Zeit mit dem ersten Mordopfer, Johannes Vegesack, zu tun hatten, und das zweite Opfer, Rüdy, ein langjähriger Mitarbeiter von Ihnen war.«

»In der Tat, ich wüsste gerne, wer ihn umgebracht hat. Ich bin sehr mitgenommen von seinem Tod«, warf Heimerdinger in traurigem Ton ein.

»Soviel ich weiß, geht die Polizei davon aus, dass Sie recht genau wissen, in welchem Umfeld die Täter zu suchen sind. Genauer: Man geht davon aus, dass Sie Ihren Mitarbeiter dorthin geschickt haben, wo er ermordet wurde, dass er in Ihrem Auftrag unterwegs war.«

»Ach, das glaubt die Polizei. Woher wollen Sie wissen, was die Polizei glaubt? Ich kann Ihnen versichern, bei mir hat niemand von der Polizei nachgefragt.«

»Vielleicht tun die das noch. Außerdem habe ich mitbekommen, dass Frau Gratian, ich erwähnte sie vorher schon, Sie gestern besucht hat.«

»Und?«

»Das hat sie schon lange nicht mehr gemacht. Das hatte einen bestimmten Grund.«

»Den nennen Sie mir sicher gleich«, gab sich Heimerdinger erwartungsvoll.

»Sie hat Sie gefragt, ob sie und ihre Tochter, also auch Ihre Tochter, durch die Auseinandersetzungen in der kriminellen Szene gefährdet seien.«

»Ich weiß nicht, woher Sie das alles wissen wollen oder besser, warum Sie sich das zusammenfantasieren. Aber wenn Sie ohnehin schon alles wissen, was soll ich Ihnen sagen? Wenn ich das jetzt weiß, können wir das Gespräch beenden.«

»Nicht ganz. Ich wollte Ihnen einen Vorschlag machen. Sie stoppen diese wahnsinnige Mord- und Totschlagsserie und blasen die für heute geplanten Aktionen ab.«

Heimerdinger begab sich aus seiner in der Sofa-Ecke lümmelnden Position in ein aufrechtes Sitzen und schaute nicht mehr mit dem bislang aufgesetzten Pokerface auf Palm, sondern machte plötzlich einen sehr ernsten, geradezu drohenden Gesichtsausdruck.

»Die für heute geplanten Aktionen? Wovon reden Sie jetzt?«

»Herr Heimerdinger. Die ehemalige Mannschaft von Hastiger – er sitzt inzwischen übrigens in Untersuchungshaft – wird heute versuchen, ihr blutiges Geschäft zu Ende zu bringen. Das wissen Sie nicht nur, sondern haben das von hier aus in Szene gesetzt. Das ist Ihr Werk«, versuchte Palm so eindringlich wie möglich zu sprechen. »Sie können das ganze Elend beenden, wenn Sie einen Anruf tätigen und den Leuten sagen, dass sie das bleiben lassen sollen.«

»Anrufen und abblasen? Ich telefoniere wenig …«

»Das weiß ich, dabei werden Sie gar nicht abgehört«, gab Palm frech Polizeigeheimnisse preis, »Sie arbeiten lieber mit persönlichen Boten, richtig old-school. Kann aber gefährlich sein, wie man an dem Schweizer gesehen hat.« Allerdings entdeckte Palm auf einem kleinen Beistelltisch neben Heimerdingers Sofaplatz ein Gerät mit den Konturen eines Mobilfunkgeräts.

»Na, da liegt aber ein entsprechendes Gerät«, sprach Palm es an.

»Quatsch, das ist eine Fernbedienung«, stellte der Hausherr klar und wies auf das Display in der Wand.

Die umfassenden Kenntnisse, die Palm offenbarte, brachten Heimerdinger langsam, aber sicher zu der Auffassung, dass er den Besucher ernst nehmen musste.

»Mit einem Stopp der Aktion könnten Sie wichtige Punkte für den Prozess sammeln.«

»Prozess? Ich glaube, Sie spinnen komplett. Prozess weshalb? Ich habe niemanden umgebracht, ich schieße nicht um mich, ich bedrohe niemanden, nicht einmal Sie, obwohl Sie mir solche Ungeheuerlichkeiten an den Kopf werfen«, rief Heimerdinger.

»Gut, beenden wir unser Gespräch. Ich werde allerdings die Polizei informieren, dass Sie nicht bereit sind, das mutmaßliche Blutbad von heute Nachmittag abzusagen, und dass die sich selbst darum kümmern sollen.«

Jetzt wurde es Heimerdinger zu bunt.

»Soso, Sie kommen hier ungerufen her, erzählen Märchen, sind unverschämt – und jetzt drohen Sie mir mit der Polizei. Was glauben Sie eigentlich, wer Sie sind, Sie Wichtigtuer.«

»Ich bin in der Hoffnung hierhergekommen, Sie zur Vernunft bringen zu können.«

»Ein arrogantes Arschloch und ein Hochstapler sind Sie«, entfuhr es Heimerdinger.

»Denken Sie bitte mal an Linda und Ihre Tochter. Wenn das schief geht, was Sie da vorhaben – glauben Sie, die kommen davon?«

»Was soll denen passieren? Die sind nicht in Stuttgart. Geld habe ich Ihnen so viel gegeben, dass Sie lange wegbleiben können.«

»Und das hat einen Grund, davon spreche ich die ganze Zeit«, versuchte Palm, Heimerdinger zur Besinnung zu bringen.

»Ihre Ratschläge können Sie sich sparen. Mir passiert hier in Stuttgart nichts, das ist sicher. Und wenn sonst jemandem was passiert – dafür kann ich nichts.«

»Ach, da sind Sie sich sehr sicher, wie mir scheint. Hat Ihnen Linda für das viele Geld eine Gegenleistung geben müssen? Vielleicht Ihre vielen Telefonnummern? Haben Sie die schon alle auf Ihren Server geladen? Das Erpressungskonzept von dem Vegesack war gar nicht so doof, oder?«

»Oh Sie kleines Licht, Sie kleiner Pisser, Sie. Vielleicht ist Ihre Telefonnummer dabei? Wollen wir wetten?«

»Bei mir ist mit Erpressung nicht viel zu holen.«

»Das wird wohl wahr sein«, dröhnte Heimerdinger arrogant heraus, um sich über Palms, aus seiner Sicht, bescheidene materielle Verhältnisse lustig zu machen.

Heimerdinger wurde indessen immer klarer, dass die von Palm genannten Fakten als auch die spekulativ geäußerten Sachverhalte die Aufdeckung seines Wiedereinstiegsversuchs in die Stuttgarter Halbweltszene möglich bis sehr wahrscheinlich erscheinen ließ. Gerade in dieser Stunde, in der die Aktion zu Ende gebracht werden sollte, konnte er diesen Störenfried gar nicht brauchen. Und danach? Das würde sich weisen. Aber wie konnte er jetzt Zeit gewinnen, sich den Schreiberling samt dessen ganzer Penetranz vom Leibe halten? Außerdem wartete er auf Nachrichten und musste eventuell Anweisungen ausgeben. Heimerdinger nahm seine Fernbedienung in die Hand.

»Wenn Sie wollen, Herr …«, den Namen seines Besuchers hatte Heimerdinger nicht richtig wahrgenommen.

»… Palm, Johann Jakob Palm«, stellte sich Palm erneut vor.

»Ja, Herr Palm, lassen Sie uns mal in meinem Server nachsehen, ob Frau Gratian Sie dort gespeichert oder gleich wieder gelöscht hat?«

Palm witterte Dubioses, konnte sich dem Vorschlag seines Gastgebers aber schlecht entziehen, vor allem nicht ausrechnen, welche List dahinter stecken könnte.

»Dazu müssen wir kurz dort reingehen«, deutete Heimerdinger auf eine der Türen eines Ganges, der von dem großen Wohnraum wegführte.

Palm stand von seinem Sofaplatz auf und folgte Heimerdinger. Vor der besagten Tür, einer Schiebetür, angekommen, öffnete sie Heimerdinger mit seiner Fernbedienung und bot Palm den Vortritt an. Palm machte einen Schritt hinein, stoppte sofort, erhielt aber von hinten einen kräftigen Stoß ins Kreuz, sodass er ruckartig nach vorne stolperte und sich am Wannenrand dieses Badezimmers festhalten musste, um nicht mit dem Kopf dagegen zu stoßen. Die Tür hinter ihm fiel zu, Heimerdinger war draußen geblieben, die Tür verschlossen.

42. KAPITEL

Die Abfahrt von der Villa Eisenstein zog sich hin. Statt der eigentlichen Dienstlimousine hatte das Innenministerium einen schweren gepanzerten Daimler angefordert. Außerdem wurde vor und hinter dem MP-Wagen jeweils ein ziviles Polizeiauto positioniert, eines davon mit einem auf dem Dach montierten Blaulicht. Immerhin musste man nicht auf den OB warten, da der nach der jüngsten Zusendung separat zum Wasen gefahren wurde. Knarzmann ließ alles klaglos, aber mit übellauniger Miene über sich ergehen. Schiller dagegen gab sich betont freundlich und versuchte, den MP aufzuheitern.

»Wenn jetzt einer, wie bei Ihrem Haus, einen Kanonenschlag ans Auto wirft, strecken wir ihm einfach die Zunge raus.«

Aus Knarzmanns hochgezogenen Augenbrauen schloss er allerdings, dass der MP für diese Art von Sparwitzen momentan nicht zu haben war. Endlich war man ins Auto eingestiegen, und der Fahrer des vorderen Polizei-Autos instruierte den Chauffeur des MP-Wagens mit Details der Fahrweise in dieser Kolonnenformation. In höherem Tempo, als von Knarzmann erwartet, fuhr der Pulk über die Gänsheide- zur Planckstraße, den Berg hinunter Richtung Wagenburg- und Talstraße. Dieser Streckenabschnitt wurde zügig zurückgelegt, unten vor dem Gaskessel an der Gaisburger Brücke stockte es kurz. Hinter der Brücke, einige Hundert Meter vor der Schleyerhalle und vor der

Einbiegung in die Mercedesstraße, kam die Regierungskolonne zum Stehen. Als diese Unterbrechung länger als eine Minute anhielt, griff der Sicherheitsmann auf dem Beifahrersitz zu seinem Telefon, um sich von einem Kollegen draußen die Lage erklären zu lassen. Schweigend nahm er Erklärungen entgegen und drehte sich zur Rückbank um.

»Wir können das von hier aus nur unzureichend erkennen. Vor uns gibt es einen Rückstau einer Traktorenkolonne. Das ist eine unangemeldete Demo von Ökobauern.«

Zum ersten Mal in seinem politischen Leben jagte die Silbe »Öko« dem MP einen kalten Schauer über den Rücken.

»Gegen oder für was demonstrieren die hier?«, fragte er sachlich.

»Ich frag' nach«, griff der Sicherheitsmann wieder zum Telefon, steckte es aber postwendend ein.

»Da gab es vor einigen Wochen etwas«, konnte Schiller berichten. »Wenn ich es richtig mitgekriegt habe, wenden die sich dagegen, dass man die Agrarindustrie das Landwirtschaftliche Hauptfest dominieren lasse.«

Der MP presste die Lippen zusammen.

»Wenn wir den Wagen vor uns die Sirene heulen lassen, müssen die sofort eine Gasse bilden«, schlug der Sicherheitsmann vor.

»Bloß nicht!«, unterband der MP diese Aktion energisch, »dann bricht hier die Panik aus. Was sollen die Leute denn glauben, was passiert ist? Aber können Sie mal fragen, ob der OB schon am Zelt ist?«

Der Sicherheitsmann griff in die Tasche und konnte kurz später melden, dass der OB schon da sei und vor dem Zelt im Auto warte.

»Der soll reingehen«, sagte Knarzmann spontan, »das sieht doch dämlich aus. Sitzt in seiner Karre, bis ich da bin. Der soll schon mal reingehen.«

»Es war in der letzten Planung anders vorgesehen, Herr Knarzmann. Sie wollten zusammen reingehen.«

»Weil wir ursprünglich zusammen herfahren wollten.« Der MP blickte zu dem Sicherheitsmann.

»Bitte geben Sie durch, dass der OB reingehen soll.«

»Vermutlich will er das nicht. Die wichtigsten Leute kommen immer zuletzt«, fiel Schiller dazu ein.

»Dann soll er erst recht sofort reingehen«, brummte Knarzmann und grinste dabei in sich hinein.

Nach weiteren fünf Minuten war Besserung in Sicht. Die Polizei konnte die demonstrierenden Öko-Bauern davon überzeugen, eine Gasse für die kleine Wagenkolonne des MP zu bilden. Nacheinander fuhren die Traktoren an den linken Straßenrand.

»Warum fahren die vor uns nicht los?«, fragte Knarzmann.

»Wir fahren erst los, wenn die Gasse bis zur Mercedesstraße frei ist. Sonst müssen wir im Schritttempo an den Traktoren vorbei. Das wäre viel zu gefährlich«, klärte der Sicherheitsmann auf. Die anschließende beschleunigte Fahrt der drei Autos vorbei an den Traktoren würde, so fürchtete der MP, ihm dort keine Sympathien eintragen. Auf der Mercedesstraße wurde es für sein Empfinden noch schlimmer. Dort fuhren die Wagen im forcierten Tempo durch eine Gasse aus Polizisten und Wasenbesuchern. Der MP empfand dieses Durchrasen als verschärfte Rücksichtslosigkeit und ärgerte sich darüber sehr.

Der OB war inzwischen tatsächlich vorab ins Zelt gegangen und saß, was Knarzmann nicht ahnen konnte, vollkommen verärgert auf seinem Platz auf dem Podium. Seine Verärgerung hatte einen guten Grund: Niemand kündigte sein Eintreffen durchs Mikrofon an, niemand winkte oder spendete Beifall. So schritt der OB wie jeder beliebige Wasenbesucher durchs Zelt und kam dort mehr oder weniger unbemerkt an.

Als Knarzmanns Fahrzeug zum Halten kam und ein wartender Polizist seine Tür aufriss, wies der Sicherheitsmann auf das Prozedere hin: »Bitte sofort ins Zelt gehen!« Schon wieder sträubten sich Knarzmann die Nackenhaare. Daher blieb er nach dem Aussteigen demonstrativ und trotzig stehen und winkte der Menge vor dem Zelt zu, die dies mit eifrigem Beifall quittierte.

Der OB vernahm im Zelt sitzend den vor dem Eingang aufflammenden Beifall und spürte, wie sein Blutdruck anschwoll. So klang es also, wenn die wirklich Wichtigen ankamen. Es sollte aber noch schlimmer kommen. Der Zeltmanager war ans Mikrofon getreten: »Meine sehr verehrten Damen und Herren, liebe Volksfestfreunde, zur zentralen Jubiläumsfeier des 200. Cannstatter Wasens kommt nun der Ministerpräsident des Landes Baden-Württemberg in unser Zelt. Wir begrüßen unseren Ehrengast Siegfried Knarzmann!«

Beifall, ja Jubel erfüllte das Zelt, die Kapelle intonierte die ersten Takte von »Preisend mit viel schönen Reden«, und viele Besucher begannen spontan mitzusingen. Dies verlor sich allerdings, da die Kapelle nicht über die ersten Takte hinaus spielte. Genug indes, um dem OB das starke Gefühl zu vermitteln, dass er hier fehl am Platze sei und dringend aus dem Zelt stürmen sollte. Dafür war es aber zu spät. Nachdem der MP sich zum Publikum gedreht und freundlich gewunken hatte, erklomm er die Stufen zum Podium. Der OB stand auf, begrüßte ihn mit bemüht freundlichem Gesicht und machte dabei ganz mechanisch, geradezu unwillentlich eine Verbeugung, die man, was der Unterschied der Körpergröße optisch noch unterstützte, als devoten Diener vor dem Landesoberhaupt interpretieren durfte.

Immerhin: Als Gastgeber des Events durfte der OB als Erster ans Rednerpult treten, um zu begrüßen und ein paar Worte zum Engagement der Stadt für die Erhaltung und Weiterentwicklung des Volksfestes zu sagen. Dabei hatte er die protokollarischen Regeln für die Begrüßung der Ehrengäste einzuhalten: zuerst den Ministerpräsidenten, dann dessen Vorgänger im Amt, dann einen anwesenden Minister des Bundeskabinetts, dann die anwesenden Landräte der Stuttgart umgebenden Landkreise, die Bundes- und Landtagsabgeordneten, den einen oder anderen Oberbürgermeisterkollegen aus den Nachbarstädten, und dann – was ihm vollkommen gegen den Strich ging – den jüngsten Sohn des Herzogs von Württemberg, angesprochen von ihm als »Seine Königliche Hoheit, Herzog Michael«. Es gab keine Königlichen Hoheiten mehr in Deutschland, und dies ziemlich genau seit 100 Jahren – und dann das! Dem OB lähmte dies beinahe die Zunge, aber irgendwie brachte er es heraus. Zu seiner Überraschung erhielt gerade der Spross des Hauses Württemberg überdurchschnittlich anhaltenden Beifall. Die Empfindungen der Bürger und seine eigenen gingen an diesem Punkt deutlich auseinander.

Schließlich, nach einer kurzen Ansprache, die er ohne große Variation der Intonation fast herunterleierte, stand die Überleitung zur Festrede des Ministerpräsidenten. Der OB ging zurück zu seinem Platz und registrierte überrascht freundlichen Beifall des Publikums.

Knarzmann stand auf, schritt in würdigem Tempo zum Mikrofon und blickte in alle Richtungen des Zeltraums vor ihm. Was er in den letzten Jahren hinreichend Gelegenheit hatte zu lernen, führte er nun formvollendet vor: Er begann nicht zu sprechen, Knarzmann hob an. Bei einem durchs Mikrofon hörbaren Einatmen reckte er seine hochgewachsene Figur noch aufrechter, als sie ohnehin war, verzögerte den Beginn, schob den Kopf ein wenig nach vorne.

»Liebe Mitbürgerinnen und Mitbürger, meine sehr verehrten Damen und Herren, verehrte Gäste, liebe Landsleute«, setzte der MP jede Sequenz separat, als handle es sich um unterschiedliche Gruppen von Besuchern, dabei sprach er die Anwesenden einfach in vier Variationen an. Die letzte Sequenz der »Landsleute« vernahmen die Zuhörer mit Verwunderung, aber Verständnis, war der MP in den letzten Jahren Tag für Tag ein kleines Quäntchen volkstümlicher geworden.

Knarzmann machte nach dieser ausgedehnten Grußformel eine kleine Pause und fuhr mit Emphase fort: »Jeder Wasentag ist ein Feiertag, seit 200 Jahren, aber heute, das verspreche ich Ihnen, feiern wir ganz besonders!« Nach diesem ersten Satz ertönte draußen ein gewaltiger Knall.

43. KAPITEL

Im Polizeipräsidium wunderte man sich, auch die Staatsanwältin rätselte. Statt seinen Mitarbeitern nach dem großen Fang und der durchgearbeiteten Nacht zum Samstag endlich in die Wochenenderholung zu schicken, hatte er allen Samstagsdienst verordnet. Damit nicht genug hatte er die Staatsanwältin nach ihrer Erreichbarkeit gefragt.

»Können wir jetzt nicht Entwarnung geben? Die Verdächtigen sind hinter Schloss und Riegel,« musste sich der Hauptkommissar von Frau Dr. Klingler fragen lassen.

»Aber für wie lange? Die Anwälte pochen auf die Vorführung vor dem Haftrichter. Nach dem Stand der Erkenntnisse können wir das höchstens bis Montagmorgen rausziehen.«

»Und schon das schafft Ärger«, bestätigte Klingler, »ich dachte daher, Sie versuchen jetzt, das Puzzle für die richtigen Argumente zusammenzufügen. Können Ihnen Ihre Leute dabei überhaupt helfen?«

»Ja natürlich«, behauptete Bolz, »ich rechne außerdem damit, dass wir eventuell für einen Einsatz bereit stehen müssen.«

»Ich dachte, wir haben die Köpfe oder Anführer, und damit würde die Auseinandersetzung zumindest fürs Erste ruhen.«

»Das glaube ich nicht. Hier ist eine Rebellion in Gang, und die Lager werden sich weiter bekämpfen, wahrscheinlich sogar heute auf dem Wasen.«

»Sie verzeihen mir, wenn ich ganz und gar hoffe, dass Sie sich irren. Das wäre im Zusammenhang mit den Befürchtungen, was den MP betrifft, eine Katastrophe.«

»Die wollen wir verhindern«, gab sich Bolz ehrgeizig.

»Viel Glück und Erfolg.«

Bolz versprach sich von den Vernehmungen von Radmann und Hastiger nicht viel. Nichts würden sie sagen, höchstens ihre Ahnungslosigkeit und Unschuld beteuern. Da die vorliegenden Belastungen der beiden ganz unterschiedlich aussahen, setzte Bolz auf Radmann. Der konnte momentan noch Hoffnung haben und nachvollziehbar Vorwürfe gegen die andere Partei erheben.

»Wer könnte denn hinter dem Anschlag auf Ihre ›Mühle‹ gestern stecken, Herr Radmann? Helfen Sie uns doch ein wenig. Wäre das nicht in Ihrem Interesse?«

Radmann zuckte mit den Schultern.

»Ihr Personal sprach von Leuten, die mit Herrn Hastiger zu tun haben. Sie kennen Herrn Hastiger, den Chef vom ›Eden‹ in Cannstatt?«

»Kann sein. Sind uns vermutlich mal irgendwo über den Weg gelaufen.«

»Ganz bestimmt, und zwar zusammen mit Herrn Vegesack, den wir am Dienstag auf dem Wasen gefunden haben. Oder sind auch Sie und Herr Vegesack sich nur mal so über den Weg gelaufen?«

Radmann zuckte erneut mit den Schultern.

»Seit der Herr Vegesack tot ist, konnten Sie sich mit Herrn Hastiger nicht einigen, wem was zusteht. Oder sind Sie mit ihm klargekommen?«

»Ich weiß nicht, was Sie meinen.«

»Er hat Ihnen nicht mal die ›Mühle‹ gegönnt, wie es aussieht. Waren Sie sich über den Rest einig?«

Radmann schaute gelangweilt an die Decke.

»Bei den Automatenhöllen waren Sie wohl im Vorteil. Bleibt das so? Jetzt, wo der Grätinger nicht mehr da ist.«

»Automatenhöllen, pf …«, war Radmanns Kommentar.

Obwohl sich Bolz nicht vollkommen sicher war, inwieweit der Wasen mit im Spiel war, hielt er es für einen Versuch wert.

»Und die lieben Schausteller, jetzt mitten in der Wasenzeit. Wer will dort zugreifen? Herr Radmann, ich kann Ihnen, wie Sie wissen, nichts versprechen, aber Kooperation würde Ihren Fall vor Gericht ganz bestimmt in ein günstigeres Licht rücken.«

Radmann gab sich weiter schweigsam. Bolz fragte nicht weiter, sondern blickte seinen vorläufig Festgenommenen an, vielleicht eine oder zwei Minuten, dennoch eine gefühlte Ewigkeit.

»Ich warte.«

»Schalten Sie das Band ab«, schlug Radmann vor.

»Was Sie mir sagen, ist geradeso gut wie aufs Band gesprochen. Normalerweise glaubt man mir vor Gericht«, wies Bolz auf die in diesem Fall wenig entscheidende Bedeutung des Aufzeichnungsgeräts hin.

»Trotzdem«, beharrte Radmann und konstatierte mit extra lauter Stimme, jedes Wort einzeln betonend, »ich weiß gar nichts.« Darauf schaltete Bolz das Gerät ab.

»Dann haben wir das fürs Protokoll. Sie wissen gar nichts. Und weiter?«

»Ich weiß weiter nichts …«

»Jetzt enttäuschen Sie mich sehr«, begann Bolz aufzustehen und seine wenigen Utensilien auf dem Tisch in die Hand zu nehmen.

»Aber«, fuhr Radmann fort, »ich könnte mir etwas vorstellen, also spekulieren oder fantasieren.«

Bolz setzte sich wieder und schwieg.

»Reine Fantasie: So, wie Sie den Hastiger beschreiben, war ihm das ›Eden‹ vielleicht nicht genug. Vielleicht wollte er sich meinen Club unter den Nagel reißen. Hat mich aber nie gefragt, ob ich verkaufen möchte.«

»Sie kannten sich ja kaum«, warf Bolz ein.

»Ich kann mir aber was vorstellen: Er ist selbst gierig und hat vielleicht gierige Mitarbeiter. Das ›Eden‹ ist kein so seriöser Betrieb, vermute ich, da stellen die sich mehr vor. Die wollen vielleicht expandieren, beispielsweise auf den Wasen.«

»Ach, schau her. Das hat der Hastiger vor?«

»Das weiß ich nicht, könnte ich mir aber denken. Vielleicht wollen dies seine Leute und er nicht, oder er auch. Was weiß ich? Spekulationen.«

»Hat auf dem Wasen überhaupt einer die Hand drauf und kassiert dort ab?«

»Woher soll ich das wissen? Aber vielleicht will es der Hastiger soweit bringen?«

»Er käme entweder einem Konkurrenzbetrieb in die Quere oder müsste die Leute dort erst mal überzeugen, wenn man das so nennen kann.«

Radmann sagte nichts mehr, sondern nickte heftig.

»Jetzt wäre es besser gewesen, wir hätten das Ding angelassen«, deutete Bolz auf das Aufnahmegerät, »aber ich hab' ein ganz gutes Gedächtnis«, und verließ den Verhörraum.

Gromer und ein Polizist in Uniform hatten das Gespräch draußen mitgehört. Bolz ging auf sie zu und nickte vor sich hin. »Also doch der Wasen.«

»Glauben Sie wirklich, dass die heute unterwegs sind?«, hinterfragte Gromer erneut die ihm bekannten Theorien seines Chefs, die er selbst mit initiiert hatte.

»Ich kann mir das zumindest vorstellen. Es geht nicht nur um die Revierverhältnisse. Es geht hier um Machtdemonstration. Das haben die kleinen Lichter, die jetzt unterwegs sind, von ihren Chefs gelernt. Zeigen, wer das Sagen hat. Nicht diskret, sondern für alle anderen ein Zeichen setzen. Unter Umständen arbeiten die auf eigene Rechnung, ohne dass bei diesem Akt der Radmann oder der Hastiger im Spiel ist. Das wissen wir jetzt nicht. Aber irgendetwas ist im Gange.«

»Wir haben vier Leute auf dem Wasen«, zählte Gromer die Truppen der Kriminalpolizei auf, »an vier Punkten: zwei im Bereich der Schausteller, die zwei anderen bei den vom Hofbräuzelt weiter entfernten kleineren Zelten.«

»Wissen das die anderen, unsere Freunde vom Staatsschutz und der Einsatzleiter, der die ganze Polizistenarmee befehligt?«

»Eigentlich schon«, war sich Gromer sicher, »außerdem haben unsere Leute alle einen Knopf im Ohr und ein Mikro für die Verbindung zur Einsatzleitung.«

»Also alles ganz unauffällig, was unsere Männer betrifft«, war Bolz sarkastisch.

»Männer? Es ist eine Frau dabei, Frau Fender.«

»Ich habe absolut nichts gegen Frauen im Polizeidienst, auch nicht in unserem Beritt. Ob das heute aber der richtige Zuschnitt ist?«, artikulierte Bolz seine Skepsis und zugleich die Erwartung, dass es ernster werden könnte.

»Übrigens, während Sie im Verhörraum waren, hat Ihr iPhone dort auf dem Tisch bestimmt dreimal gepiepst.«

Bolz nahm das Gerät in die Hand.

»Dreimal gepiepst, Palm, was will der?«

Bolz las die Nachrichten und war entsetzt.

»*Bin bei Heimerdinger, habe mit ihm gesprochen. Er hat mich in einem Badezimmer eingesperrt. Kann nicht raus, auch nicht telefonieren, das könnte er hören und versuchen, mir das Telefon abzunehmen. Ich höre, dass Heimerdinger telefoniert. Kann nichts verstehen, klingt sehr hektisch. Bin überzeugt, dass heute Nachmittag auf dem Wasen was läuft.*«

»Der ist total verrückt. Jetzt haben wir noch eine Baustelle.«

»Wer ist verrückt?«, fragte Gromer.

»Na der Palm. Besucht Heimerdinger und wird von dem ins Bad eingesperrt.«

»Dann ist er in Lebensgefahr!«, fuhr Gromer zusammen. »Wir müssen ihn dort rausholen.«

Bolz schaute stier an die Wand und kommentierte Gromers Aussage vollkommen cool.

»Nicht unbedingt sofort. Heimerdinger wird ihm vorläufig nichts tun. Er braucht ihn vielleicht später. Außerdem: Wenn wir uns jetzt damit beschäftigen, können wir im Zweifel nicht auf dem Wasen helfen.«

Bolz beantwortete Palms Nachricht mit einer SMS zurück: »*Bleiben Sie so ruhig wie möglich. Kümmere mich um Sie, aber nicht sofort.*«

Gromer hatte inzwischen einen klingelnden Telefonapparat abgenommen.

»Herr Bolz, der Einsatzleiter für Sie.«

Bolz meldete sich formal genau mit »Hauptkommissar Bolz, ich höre.« Während des kurzen Zuhörens drehte sich Bolz mit ernstem Gesicht zu Gromer, was nichts Gutes bedeutete. »Wir fahren los«, und Gromer wusste sofort, wohin die Fahrt gehen würde.

Erst im Auto fragte Gromer, was der Einsatzleiter gesagt habe.

»Auf dem Wasen fiel ein Schuss. Nicht in der Nähe vom großen Zelt, wo Knarzmann gerade spricht, sondern im Schaustellerbereich. Genaues weiß keiner.«

»Wie?«, wunderte sich Gromer, »Schuss und Knarzmann spricht? Es war vorgesehen, dass bei einem Zwischenfall der MP und weitere Promis sofort weggebracht würden.«

»Versteh ich nicht, aber vielleicht ist das soweit, bis wir dort sind. Der Einsatzleiter will sich sowieso gleich noch mal melden. Ich ruf jetzt nicht an, der ist unter Druck.«

»Wo stellen wir das Auto ab?«

»Wir fahren soweit wie möglich Richtung Mercedesstraße vor«, beschied Bolz.

»Wenn da nicht eine Massenpanik herrscht und alle Leute über die Straße davon laufen.«

»Bis jetzt nicht. Er sagte, einige seien irritiert, schauten um sich und fragten. Viele haben es gar nicht mitgekriegt oder als Schuss wahrgenommen.«

»Und im Promizelt?«

»Sagte ich gerade, dazu weiß ich noch nichts.«

Zu Gromers Überraschung war die Gaisburger Brücke vollkommen frei, und nach drei Stationen, an denen Gromer und Bolz ihre Dienstausweise vorzeigen mussten, konnten Sie die Straße fast bis zur Höhe des Riesenrads vorfahren. Sofort beorderte Bolz per Telefon einen seiner Mitarbeiter zum Haltepunkt.

»Habt ihr eine Idee, woher genau der Schuss kam?«

»Von wegen genau. Bei der Geräuschkulisse hier fast nicht möglich. Viele haben gar nichts mitgekriegt. Manche Leute fragen, was das für ein Knall war.«

»Und?«

»War in jedem Fall ein Schuss, also soviel kann ich unterscheiden«, war sich der Kripo-Beamte sicher. »Ich vermute, es kam von dort, hinter dem Riesenrad.«

»Und nachgesehen?«

»Nicht alles. Da stehen Buden und Wagen von den Schaustellern. Wir können nicht alles absuchen. Einsatzleitung hat gesagt, wir sollten so unauffällig wie möglich bleiben.«

»Und der MP im großen Zelt?«

»Läuft alles weiter, als ob nichts passiert wäre. Ist auch das Beste. Schauen Sie sich die Massen von Leuten an.«

Bolz hatte verstanden. »Bleiben Sie in der Nähe«, wies er ihn an. »Halt, wo ist die Einsatzleitung?«

»Auf der anderen Seite vom Hofbräuzelt, in einem schwarzen Daimler-Kastenwagen.«

Bolz beschloss, nicht selbst zur Einsatzleitung zu gehen, sondern es per Telefon zu versuchen.

»Wir müssen eine ganze Reihe Objekte durchsuchen. Dafür brauche ich einige der Polizisten, das können wir nicht alleine machen. Ein Dutzend würde ausreichen, um Wege abzudecken oder abzusperren oder bei Festnahmen zu helfen.«

»Solange der MP auf dem Gelände ist, kann ich niemanden von seinem Einsatzort abziehen«, wehrte der Einsatzleiter ab.

»Sie haben hier ein paar Hundert Leute. Da werden Sie wenigstens zehn oder zwölf zu unserer Unterstützung abstellen können«, appellierte Bolz.

»Nein, das kann ich nicht.«

Mit einem ordentlichen Zorn steckte Bolz sein iPhone in die Hosentasche, stieg aus dem Wagen aus – und hörte einen Knall.

44. KAPITEL

Jetzt kam Bewegung ins Zelt. Der MP hatte seine Ansprache längst beendet, ausgiebig applaudieren lassen und nach freundlichem Winken in die Menge, ähnlich den Ritualen auf einem Parteitag, sich in aller Ruhe zurück auf seinen Platz begeben, um die Gratulation des Oberbürgermeisters zu seiner gelungenen Rede entgegenzunehmen. Nachdem er sich gesetzt hatte, spielte die Kapelle dieses Mal nicht nur ein paar Takte, sondern das gesamte Lied »Preisend mit viel schönen Reden« und viele Besucher, die das Lied ganz oder teilweise auswendig konnten, sangen mit, ebenso der MP und der OB auf ihren Podiumsplätzen. Das Grußwort des Herzogssohnes fesselte nur phasenweise die Aufmerksamkeit des Publikums, sodass der OB die Gelegenheit für günstig hielt, Knarzmann über die laufenden Ereignisse zu informieren.

»Wir müssen jetzt gleich aus dem Zelt. Du hättest bei dem Knall eigentlich sofort abbrechen müssen. Das war so abgesprochen. Es hat inzwischen einen zweiten Knall gegeben. Wir müssen raus.«

»Einen zweiten? Den ersten habe ich gehört. Das klang aber weit weg. Ich hielt es für besser, weiter zu sprechen. Was hätte ich denn sagen sollen, warum ich abbreche?«

»Spielt alles keine Rolle. Wir hätten sofort wegmüssen. Wie soll denn die Polizei ihre Arbeit machen?«, mahnte der OB. »Wir stehen jetzt auf und gehen raus.«

Mit deutlicher Mimik, dass er dies gar nicht richtig fände, ließ sich der MP dazu überreden, das Zelt zu verlassen. Man stand auf, ging die Stufen des Podiums hinab, und der OB wandte sich zügig zum Ausgang, während der MP mehrere Male stehen blieb, um huldvoll dem ihm applaudierenden Publikum zuzuwinken. Draußen angekommen wurde er von seinen Sicherheitsleuten geradezu auf die Rückbank des Daimler-Panzers geworfen, sodass der Schwung seinen Kopf mit dem des bereits dort sitzenden Oberbürgermeisters zusammenstoßen ließ. Die beiden starrten sich ratlos an, der OB hielt sich den Kopf an der betroffenen Stelle, in der Erwartung, dass sich alsbald eine Beule ausstülpen würde.

»Am gefährlichsten scheint es hier im Auto zu sein«, bemerkte der MP lakonisch. Um sich blickend, suchte er nach Schiller, der im Auto dahinter saß. Der MP nahm sein Telefon und wählte ihn an. »Wir müssen noch Isolde mitnehmen.«

»Die ist bereits mit einem anderen Wagen zurück in die Villa unterwegs«, wusste Schiller

»Gut, bringt mich zur Villa beziehungsweise zu meinem Wagen. Der steht dort. Wir fahren jetzt für den Rest des Wochenendes heim.«

»Heim? Dann müssen wir ein zweites Sicherheitsauto anfordern.«

»Wofür denn das?«

»Haben Sie den Böllerwurf in Ihren Garten schon vergessen?«

»Himmel, wie lang soll das gehen? Die nächsten drei Jahre?«

»Außerdem«, murmelte Schiller, »haben wir morgen

Nachmittag mit dem Präsidenten, also eher Landeshauptmann, der spanischen Provinz Estremadura einen Termin. Der ist unter anderem für Aufforstung zuständig. Der Olli wird dem erst im Schönbuch alte Eichen, Buchen und Mammutbäume zeigen. Anschließend sollten Sie mit ihm hier auf dem Wasen ein Anstoß-Bild mit einer Maß in der Hand machen.«

»Mit dem soll anstoßen, wer will. Das kann der Loogt machen. Oder besser der Striebel, der stößt immer gern an. Oder gleich der Olli, wenn der eh mit ihm unterwegs ist.« Damit war das Gespräch beendet, und der MP wandte sich gönnerhaft zu seinem Nebensitzer auf der Rückbank: »Du kannst das natürlich auch machen.« Der OB kniff die Lippen zusammen und winkte ab.

»Weißt du, was das mit dem Knall auf sich hatte?«

»Das war ein Schuss. Nach dem Urheber dafür sucht man noch, soviel ich weiß.«

»Aber das war von weit weg«, wiederholte der MP seine Wahrnehmung.

»Nein, nein«, korrigierte der gut gebriefte OB, »das kam von der Seite mit dem Riesenrad, meint die Kripo. Die suchen dort.«

»Das müsst ihr dem Schiller, dem Loogt und dem Lauter gleich sagen«, drängte der MP, »und deinem Pressefritzen …«

»… dem Herrlein«, ergänzte der OB.

»… ja dem auch, dass das mit mir gar nichts zu tun hatte, bevor jemand von den Presseleuten auf dumme Gedanken kommt.«

»Das wissen wir gar nicht«, war sich der OB nicht so sicher. »Außerdem: Wenn wir das gleich so sagen, bringen wir sie auf dumme Gedanken.«

»Also warten, bis einer fragt?«

»Lange warten brauchen wir da nicht«, war sich der OB sicher.

Herrlein war auf dem Volksfest zurückgeblieben. Nach der Eröffnung vor einer guten Woche und der heutigen Begleitung Knarzmanns durch den OB hatte die Stadt keine offizielle Veranstaltung in dieser Wasensaison mehr. Den ersten Knall hatte Herrlein deutlich gehört, bei dem zweiten war er sich nicht sicher. Wie würden die Medien dies berichten? Herrlein versuchte, Palm zu erreichen, der Anruf wurde abgewiesen. Kurz später erhielt Herrlein eine SMS: *»Telefonieren nicht möglich, nur SMS oder WhatsApp. Bin bei Heimerdinger eingesperrt. Polizei weiß Bescheid.«*

Der Stadtsprecher war wie vor den Kopf gestoßen. Bei Heimerdinger eingesperrt? Kidnapping, Geiselnahme – ganz so konkret hatten er und Palm sich das Fegefeuer nicht vorgestellt. Herrlein zwang sich, den spielerischen Höllentrip mit Palm aus seinem Kopf zu verdrängen. Dafür wurde es nun zu ernst.

45. KAPITEL

Bolz hatte sich vorgenommen, bei weiterer Sturköpfigkeit der Einsatzleitung den schwarzen Kastenwagen persönlich zu stürmen. Jetzt erst mal der Versuch im Guten.

»Der MP ist weg. Dann nehme ich an, dass Sie mir nun beliebig viele Kräfte zur Unterstützung zuteilen können«, forderte Bolz Hilfe für seine Suche an.

»Wie stellen Sie sich das vor? Wir haben vereinbart, dass die Sonderschichten, die die Kollegen fahren, zum Schutz des MP-Auftritts sein müssen. Die können jetzt eigentlich nach Hause«, beschied man Bolz durchs Telefon.

»Ich komm' jetzt rüber zu Ihnen. So eine Gleichgültigkeit und Ignoranz habe ich noch nie erlebt. Wollen Sie warten, bis hier eine richtige Schießerei im Gang ist und Panik ausbricht? Dafür mache ich Sie ganz persönlich verantwortlich. Das werde ich jedem sagen, der mich danach fragt oder nicht fragt.«

»Wenn Sie gerade so gut drauf sind, Kollege Bolz, sagen Sie es gleich dem Herrn Innenminister persönlich. Der steht direkt vor unserer Einsatzzentrale.«

»Dann geben Sie ihn mir, den Knallkopf!«, schrie Bolz ins Telefon, wobei er sich am meisten über die Anrede als »Kollege« durch den Einsatzleiter aufregte.

»Angsterer«, hörte Bolz am anderen Ende der Funkwelle jemanden sagen.

»Seit wann sind Sie Innenminister? Hat man Sie gleich

befördert, weil der MP den Wasen überlebt hat?«, war Bolz vollkommen ungehalten.

»Worum geht es denn?«

»Ich benötige ein oder besser zwei Dutzend Mann von den Hundertschaften, die jetzt nichts mehr zu tun haben. Meine Leute und ich spielen hier doch nicht ›Räuber und Gendarm‹. Wir sind hinter einer Mörderbande her. Und der Einsatzleiter gibt jetzt allen Feierabend. Das kann nicht wahr sein!«, war Bolz weiterhin im Schrei-Modus.

»Natürlich nicht. Ich werde dafür sorgen, dass sich – Sie sagten zwei Dutzend – also zwei Dutzend Mann hier sammeln. Die können Sie über die Einsatzleitung anfordern«, war Angsterer kooperationsbereit.

»Sagen Sie dem Einsatzleiter, dass ich für Diskussionen keine Zeit habe. Ich rufe an, dann wird gehandelt! Sechs Mann schicken Sie mir bitte sofort zum Riesenrad rüber. Vielen Dank.«

Gromer und die weiteren vier Kollegen waren längst dabei, alle Buden, Autos und Wohnwagen hinter dem Riesenrad zu inspizieren. Als Bolz sah, wie viele Wasenbesucher das Gelände verließen, meldete er sich sofort bei der Einsatzleitung.

»Sie müssten jetzt noch 18 Mann für mich bereitstehen haben.«

»Korrekt.«

»Die sollen sich sinnvoll in Gruppen aufteilen und alle Autos, die aus der Mercedesstraße, also auch aus den Parkplatzanlagen rausfahren, kontrollieren. Bei Autos mit einzelnen Männern, sagen wir mal unter 40 Jahren, Personalien aufnehmen. Bei Verdacht, Fahrer und Autos auf Schusswaffen durchsuchen.«

»Wissen Sie, was Sie da anrichten?«, flehte der Einsatzleiter.

»Ja.«

»Okay, Kollege Bolz, das geht auf Ihre Kappe.«

Bolz funkte Gromer an.

»Der zweite Knall, Sie haben das bestimmt gehört, war irgendwie gedämmt. Ich wette, der kam von einem dieser Wohnwägen dahinten. Wahrscheinlich hat keiner von uns eine Weste an, so ein Mist. Beten Sie bitte alle und dann los!«

In Bolz' Hinterkopf brannte bei allem, was er tat, ständig der Gedanke an Palm. Wie konnte er ihm helfen, und wie konnte er den Umstand, dass Heimerdinger ihn einsperrte, für die Aufdeckung der Zusammenhänge nutzen? Und in welcher Gefahr befand sich Palm? In Lebensgefahr? Palm schrieb eine SMS. *»Alles okay? Hier hat es zweimal geknallt. Was macht H.?«* Antwort kam prompt: *»Hektisches Telefonieren, ein Besucher, also fremde Stimme. Krieg sonst nix mit.«*

Gromer meldete sich: »Kommen Sie mal bitte hier runter, Chef. Vom Riesenrad aus direkt Richtung Reitgelände. Da liegt einer unter einem Wohnwagen.«

»Tot oder lebendig?«

»Tot, für den brauchen wir keinen Rettungswagen.«

Bolz betrachtete den Toten.

»Wie es aussieht, hat der nur einen Schuss abbekommen. Es gab aber zwei.«

»Dazwischen lag rund eine halbe Stunde«, gab Gromer zu bedenken, »und neben dem Toten lag diese Waffe. Eine Walter P88.«

»Kaliber neun Millimeter Parabellum«, zeigte Bolz Fachwissen. »Könnte sein, dass der Tote geschossen hat und später selbst getroffen wurde.«

Gromer und die zwei neben ihm stehenden Polizisten nickten.

»Identität?«

»Keine Ahnung.«

»Der den zweiten Schuss abgegeben hat, wird kaum hier zwischen den Wohnwägen sein. Und zu Fuß ist der nicht hergekommen.«

Bolz wies die Polizisten an, auf ihre Kollegen und die Spurensicherung zu warten, und ging mit Gromer zurück aufs Wasengelände.

»Wo sind unsere Leute?«, wollte Bolz wissen.

»Wie von Ihnen angewiesen, jeweils einer bei den Straßenkontrollpunkten an der Mercedesstraße und der Brücke.

»Dann fahren wir jetzt los, Gromer.«

»Wohin?«

»Wohin wohl? Zu Heimerdinger.«

Nach Information der Einsatzleitung und der weiterhin auf dem Wasen verbleibenden Kollegen setzten sich Bolz und Gromer ins Auto und passierten einen der Kontrollpunkte. Bolz lobte die Disziplin und Geduld der Volksfestbesucher, ab und zu hörte man die Hupe eines ungeduldigen Autofahrers.

»Und das, obwohl die Leute überhaupt nicht wissen, warum wir das machen …«

Damit hörte Bolz abrupt auf zu sprechen. An dem Kontrollpunkt auf der Nebenspur rund 50 Meter vor seinem Auto ließ sich ein Wagen nicht kontrollieren, sondern gab mächtig Gas und fuhr mit quietschenden Reifen davon.

Gromer fuhr weiter und fragte an dem Haltepunkt die Beamten: »Was war los?«

»Zwei Männer drin. Aber weit kommen die nicht. Da vorne auf der anderen Seite der Brücke staut sich alles«, sagte der Polizist.

»Von wegen«, sagte Bolz, »die drücken sich irgendwie durch, sicher runter auf die Bundesstraße. Die kriegen wir nicht.«

Ein Kollege aus Bolz' Team, der in der Nähe des Kontrollpunkts gestanden hatte, eilte dazu: »Ich hab' die Nummer.«

Bolz ließ die Nummer an die Zentrale in der Stadt übermitteln.

»Haben wir überhaupt Einsatzfahrzeuge in der Stadt oder sind die alle hier draußen in Cannstatt?«

Ein paar hatte es noch. Bolz gab Anweisung, den Wagen zu suchen, aber nicht zu stoppen.

»Auf keinen Fall Zugriff! Wir müssen herausfinden, wohin die wollen.«

»Und wohin wollen wir?«, war Gromer unsicher.

»Zu Heimerdinger.«

Bolz sandte eine SMS an Palm: »*Lage?*«

Palm antwortete prompt. »*Sitze auf dem Klo. H. wollte rein, vermutlich wg. Handy. Geht so aber nicht.*«

Bolz schickte zurück: »*Sind auf dem Weg.*« Bolz las Gromer Palms Nachricht vor.

»Das ist ein ganz intelligentes System, Chef, heißt ›Smart Home‹, oder ›Home App‹. Sie können alles zentral steuern und so weiter. Wenn einer auf der Toilette sitzt, lässt sich die Tür nicht mit der Steuerung von außen öffnen, vermute ich. So eine Art eingebauter Persönlichkeitsschutz.«

»Donnerwetter,« staunte Bolz, »Sie meinen, das System denkt mit?«

»Nein, der Programmierer denkt mit.«

Gromer ließ das aufgesetzte Blaulicht leuchten, ohne die Sirene heulen zu lassen. Die reichte aus, damit die Autofahrer zur Seite fuhren oder eine Gasse bildeten, und das Kripoduo so über Tal- und Gablenberger Hauptstraße schnell Richtung Degerloch vorankam. Ein Einsatzwagen meldete sich: »Wir haben den schwarzen Dreier-BMW, fährt die Hohenheimer Straße hoch, Richtung Degerloch.«

»Danke, halten Sie weiter Abstand, aber nicht aus den Augen verlieren. Heute dürft Ihr bei Rot über die Ampel«, verkündete Gromer die verkehrstechnische Narrenfreiheit.

»Ich weiß, wohin die fahren«, behauptete Bolz, »wo wir auch hinfahren, zu Heimerdinger.«

»Dann steht es um Ihren Freund Palm aber schlecht«, warnte Gromer.

»Kritisch, kritisch«, bestätigte Bolz. »Eigentlich müssen wir warten, bis Heimerdinger die beiden ins Haus gelassen hat. Und müssen in der Sekunde hinterher.«

»Wie machen wir das?«

»Wir müssten zuerst dort sein. Schaffen wir das? Gromer, jetzt zeigen Sie mal, was für eine wüste Sau Sie auf der Straße sein können!«

Gromer schaltete die Sirene zu, bog mit quietschenden Reifen über die S-Bahn-Gleise auf die vierspurige Straße Richtung Fernsehturm ein und trat das Gaspedal durch. Ab dem Fernsehturm ging es langsamer voran, die Straße wurde einspurig und eng, sodass Bolz bei den Kollegen im Einsatzwagen nachfragte: »Wo sind die jetzt?«

»Einbiegung Neue Weinsteige.«

»Wir sind schneller. Gromer, in Degerloch nicht bis zur

Kreuzung vor, fahren Sie rechts die kleine Stichstraße zur Weinsteige runter. Gas geben!«

Nach dem Einbiegen in die Stichstraße schaltete Bolz die Sirene aus.

»Nehmen Sie das Blaulicht runter«, wies er Gromer an, der sich angesichts des Tempos kaum traute, die linke Hand vom Steuer zu nehmen und aus dem Fenster zum Dach zu strecken. Die Fahnder bogen auf den Haigst ein.

»Schneller, weiter nach hinten!«

»Und jetzt«, fragte Gromer, der nach weiteren 100 Metern mit hörbarem Ausatmen den Fuß vom Gaspedal nahm.

»Hier parken. Dort drüben links ist das Haus vom Heimerdinger. Wir lassen die vorbeifahren, ins Haus gehen. Der Einsatzwagen muss jetzt schleunigst hinterher. Sobald die drin sind, sollen die die Sirene heulen lassen. Wir gehen zur Tür. Notfalls ein Warnschuss in die Luft. Dann öffnen die.«

»Wir haben keine Westen an«, stellte Gromer besorgt fest.

»In der Situation schießt keiner auf uns. Der Heimerdinger hat noch Hoffnung und weiß, wenn hier geschossen würde, hätte er gar keine Chance mehr.«

»Da sind sie schon«, flüsterte Gromer, als ob man ihn im vorbeifahrenden Auto hören könnte.

Der flüchtige Wagen hielt direkt vor Heimerdingers Tor. Der Fahrer der zwei Wasenflüchtlinge stieg als Erster aus, half seinem Beifahrer beim Aussteigen und stützte ihn beim Gang über die Stufen zur Haustür.

»Der erste Schuss«, kombinierte Gromer.

Die Tür ging auf, und die beiden verschwanden im Haus. Inzwischen war der Einsatzwagen angekommen.

»Horn voll aufdrehen«, sagte Bolz, eilte mit Gromer zu Heimerdingers Tor und klingelte. Um den Zutrittswunsch zu verdeutlichen, hielt er seine Dienstwaffe in die Überwachungskamera. Das Kripoteam ging zur Tür, und Bolz winkte die Beamten aus dem Einsatzwagen her. Heimerdinger stand in der Tür. Bolz stieß ihn nach hinten und stand in dem kreisrunden Eingangsbereich des Hauses.

»Wo ist Palm?«

Heimerdinger zuckte mit den Achseln. Bolz schrie laut »Palm, wo sind Sie?«, durchs Haus. Aus einem Raum im Obergeschoss pochte es von innen an die Tür.

»Öffnen Sie sofort die Tür!«, herrschte Bolz den Hausherrn an und wirkte besonders respekt-, ja furchteinflößend, da er, genauso wie Gromer, immer noch seine Dienstwaffe in der Hand hielt. Heimerdinger schritt mühsam die Treppe hoch und suchte die Fernbedienung seiner Home-App. Auf einen Knopfdruck hin öffnete sich die Badezimmertür. Palm kam mit schreckensbleichem Gesicht heraus.

Bolz grinste ihn an: »So, ist die Sitzung beendet?«

46. KAPITEL

Die Penthouseterrasse der Staatsanwältin erlaubte eine umfassende Aussicht auf das Neckartal und sogar einen Blick darüber hinweg bis in das sich anschließende Remstal, und damit einen Überblick über das Wasengelände und die Mercedes-Arena. Bei Konzerten im Stadion konnte man hier mithören, nur der Torjubel bei den Spielen des VfB Stuttgart drang nicht immer bis hierher. Letzteres traf auch nicht das wesentliche Interesse von Klingler.

Nach einem ausgiebigen Frühstück mit ihrer Freundin in geradezu Flitterwochenlaune, zu der auf der besonnten Terrasse eine halbe Flasche Champagner beitrug, stand die Staatsanwältin dennoch schwer unter Spannung. Clara bemerkte die Unruhe ihrer Freundin.

»Lass dich nicht ganz und gar von deinem Job einnehmen. Erst sagst du ganz cool ›lieber ein gutes Glas Champagner als eine Flasche Sekt‹, und jetzt bist du mit deinem Kopf irgendwo, aber nicht hier und bei mir.« Clara ergriff Klinglers Hand und küsste sie. »Setz' dich wenigstens hin. Du läufst rum wie ein Tiger im Käfig.«

»Versteh' doch, auf dem Wasen oder in der Stadt passiert jetzt, während wir hier sprechen, irgendetwas. Ich weiß nur nicht, was. Ich muss die Einsatzleitung anrufen.« Clara ließ Klinglers Hand fallen, als ob sie sie wegwerfen wollte.

»Wie bitte?« war Klingler vor den Kopf gestoßen. »Was heißt alles vorbei? … Und warum erfahre ich davon nichts? … Wie, so viel los … Bolz weg, aha, … okay, verstehe.«

»So, bist du jetzt im Bild?«, fragte Clara in beleidigtem Ton.

»Halbwegs. Erklärt mir erst langatmig, dass der Ministerpräsident ohne Probleme und Schaden gesprochen hat, weg ist vom Wasen, bla, bla, bla, alles toll geklappt habe … tja, bis auf zwei Schüsse und einen Toten, aber der Ministerpräsident sei nie gefährdet gewesen, bla, bla, bla. Ich glaub', ich spinne. Einer tot, Fahndung nach dem Schützen läuft, aber alles super, keine Panik auf dem Wasen. Ja toll! Wir sitzen hier und schauen runter auf den Wasen, trinken Schampus – und dort ist die Hölle los. Ich muss den Kommissar anrufen.«

Clara hatte sich inzwischen auf eine Liege gelegt und wandte sich demonstrativ ab.

»Hier Klingler. Was ist geschehen … Nein, Sie brauchen jetzt nicht alles zu erzählen. Ich habe gerade mit der Einsatzleitung gesprochen. Was machen Sie jetzt?«

»Sagen wir mal, reiche Ernte heute Nachmittag. Und ich brauche Sie jetzt dringend. Wir haben nach Radmann und Hastiger, für die wir Haftbefehle benötigen, drei weitere Kandidaten, die ich mitgenommen habe. Eventuell, von den Befragungen abhängig, kommen welche hinzu.«

»Wenn Sie so weitermachen, werden wir in Stammheim bald anbauen müssen. Ich bin gleich bei Ihnen.«

»Was haben wir denn jetzt beieinander?«, fragte die Staatsanwältin eher rhetorisch als mit der Bitte um Aufklärung, und begann selbst zusammenzuzählen.

»Erst einen Toten auf dem Wasen, einen zweiten in Cannstatt, einen weiteren im Krankenhaus, und schließlich wieder einen auf dem Wasen, macht insgesamt vier.

Zwei vorläufig Festgenommene in der Nacht auf Samstag, drei vorläufig Festgenommene heute Nachmittag, macht zusammen fünf. Und jetzt wollen Sie für alle fünf einen Haftbefehl, richtig?«

»Richtig«, bestätigte Bolz.

»Vorwerfen tun Sie denen was alles?«

»Fangen wir mit Hastiger und Radmann an: gemeinschaftlicher Mord an Vegesack, unter Umständen unter Beteiligung weiterer Personen. Die zwei Hastiger-Handlanger: Mord an dem Schweizer, Überfall auf die ›Mühle‹ in Feuerbach, Mord an Grätinger. Weiter Mord an dem Mann aus Radmanns Lager – wie heißt er – Banzer auf dem Wasen heute Nachmittag.«

»Wie weisen wir die Verwicklung der Bordellchefs an den Aktionen in Feuerbach und auf dem Wasen nach?«, insistierte die Staatsanwältin.

»Vielleicht ist es so, vielleicht sieht es anders aus. Die Verhöre müssen wir erst führen. Auswertungen von Kommunikation und Bewegungsprofilen ebenso. Aber der Mord an Vegesack reicht für einen Haftbefehl und für eine Verurteilung.«

»Den Rest brauchen wir aber für anderes.«

Das war auch Bolz klar.

»Den Heimerdinger«, griff die Staatsanwältin der weiteren Ausführung Bolz' vor, »wie kriegen wir für den einen Haftbefehl?«

»Freiheitsberaubung von Herrn Palm.«

»Dieser unvorsichtige Journalist hat drei bis vier Stunden in einem noblen Badezimmer verbracht. Bringt das viel? Außerdem wird Heimerdinger behaupten, dass der mal pinkeln musste und die Tür wegen technischer Probleme nicht aufging.«

»Ganz so einfach ist das nicht. Warum sind die Mörder vom Wasen zu ihm gefahren? Warum hat er die reingelassen? Woher kannte er sie?«

»Ja, aus all dem kann man jede Menge Schlüsse ziehen. Alles Indizien, sogar ganz ordentliche. Sie gehen davon aus, dass er die Leute von Hastiger und Radmann erst auf die Idee gebracht hat, den Revierkampf auf eigene Faust fortzusetzen. Das reicht eventuell für eine Entlastung der beiden Bordellchefs, ob das aber für die Belastung von Heimerdinger reicht? Vielleicht für einen Haftbefehl. Bei Heimerdinger besteht aber kaum Fluchtgefahr. Das wird schwierig. Außerdem sieht er nicht so besonders gesund aus. Wahrscheinlich kommen seine Anwälte, der hat sicher mehr als einen, bald mit dem ärztlichen Befund, er sei nicht haftfähig.« Die Staatsanwältin zeigte nicht viel Optimismus.

»Die zwei Flüchtigen vom Wasen hören außerdem voll und ganz auf ihn. Wir waren kaum eine Minute nach denen im Haus. Er hatte beide in einen Raum am Eingangsbereich geschickt. Die Tür dorthin öffnete er und sagte: ›Die nehmen euch jetzt mit.‹ Kein Widerstand, nichts. Außerdem plant er mit der Datei von Frau Gratian Erpressungen, und zwar von prominenten Menschen in Stuttgart. Jedenfalls besteht die Gefahr.«

»Plant? Tja, er selbst wird das sicher nicht so sagen. Damit ist das eine Unterstellung, die kein Mensch beweisen kann. Auch Frau Gratian wird uns dabei nicht helfen, fürchte ich.«

»Geben Sie mir bis Montagabend Zeit. Ich bin überzeugt, dass die Zweit- und Drittchargierten gegen ihre Chefs aussagen werden. Genauso werden die zwei Chefs gegen Heimerdinger aussagen.«

»Wie wertet das ein Richter? Wenn die niederen Chargen Heimerdinger belasten, verfolgen die ihre eigenen nachvollziehbaren Interessen. Außerdem: die Telefonnummern von Frau Gratian – niemand weiß bisher, wer dahinter entdeckt werden könnte. Es gibt keinerlei Handhabe, diese Daten auszuwerten, um einer eventuellen Erpressung zuvorzukommen. Es geschähe genau das, was man eigentlich verhindern will – die Kunden öffentlich machen.«

»Öffentlich? Die Polizei wüsste es.«

»Hören Sie mir auf! Morgen stünde es in irgendeiner Zeitung oder gleich im Internet. Die Telefonnummern ansehen und zuordnen, das darf gar keiner. Vergessen Sie es. Richtig diskret bleiben diese Nummern nur auf Gratians iPhone und Heimerdingers Festplatte. Aber jetzt befragen Sie erst mal, ermitteln Sie alles, was man ermitteln kann. Vielleicht finden Sie was. Wir kriegen für alle einen Haftbefehl, nur bei Heimerdinger bin ich mir nicht sicher. Haben Sie schon eine Idee, warum die heute auf dem Wasen aufeinander losgegangen sind?«

»Seit dem Überfall auf die ›Mühle‹ ist klar, dass der eine Zweig der Vegesack-Erben, also Hastiger, alles einsacken möchte, und die andere Seite wehrt sich. Jede Partei ging davon aus, dass die Schausteller auf dem Wasen von jeweils der anderen Seite abkassiert würden. Die ganz klassische Schutzgelderpressung. Ob das überhaupt stimmt, weiß im Moment niemand. Und jeder wollte das zu seinen Gunsten ändern. Daher der Showdown auf dem Wasen.«

»Aber warum heute?« Der Staatsanwältin fehlte die Logik dieser Aktion.

»Das war meines Erachtens Heimerdingers Idee. Er hat denen erzählt, dass die gesamte Polizei auf den Schutz des

MP ausgerichtet sei. War ja fast so. Und im Windschatten davon könnten Sie tun und lassen, was sie wollten. Miteinander, gegeneinander oder mit den Schaustellern. Davon bin ich überzeugt.«

»Das mit den Schaustellern ist richtig doof. Als ob die hier ihre Maschinen selbst betrieben und ansprechbar wären. Um die zu treffen, muss man vermutlich woanders Termine machen.«

»Das wissen wir. Heimerdinger hat sich hier die dritte Reihe gedungen. Das wird ihm aber auch zum Verhängnis werden. Die werden alles ausplaudern, und wir werden die Fakten finden.«

»Dann mal los«, feuerte die Staatsanwältin Bolz an. »Nur kann ich Ihnen unter diesen Aussichten leider keinen erholsamen Sonntag wünschen«, und verließ Bolz' Büro.

47. KAPITEL

»Was haben Sie sich nur dabei gedacht? Das hätte schiefgehen können?«, hielt Bolz mit Palm Manöverkritik.

»Sind Sie mir denn nicht ein wenig dankbar? Sonst wären Sie nicht zu Heimerdinger gefahren und hätten die Schergen und ihn verhaften können«, wandte Palm ein, um sein Verhalten zu rechtfertigen.

»Hm«, war Bolz nicht ganz überzeugt. »Ob es dieses persönlichen Opfers bedurft hat? Sie haben Frau und Kinder. Der Einsatzwagen hatte die Burschen gesichtet. Wir wären also eh hinterher. Irgendwo haben Sie mich aber, wenn ich ehrlich bin, schon Richtung Heimerdinger denken lassen, aber das war schon vor zwei Tagen. Das diskutieren wir heute nicht aus. Wir brauchen ein Protokoll, danach können Sie heim. Danken Sie dem Herrn und feiern, dass Sie das unbeschadet überstanden haben.«

Das Protokoll zog sich hin. Palms Auto stand immer noch vor Heimerdingers Garage, in die Stadt war er mit Bolz und Gromer gekommen. Bolz hatte zudem verfügt, dass Palm nicht selbst Auto fahren dürfe, sodass er mit einem Polizei-Auto nach Hause gebracht wurde.

Der Aufenthalt in Heimerdingers Bad hatte gut drei Stunden gedauert und körperlicher Schaden war ihm dabei keiner zugefügt worden. Die nervliche Anspannung indessen brach sich erst jetzt Bahn, Stunden nach Stürmung des Hauses durch Bolz und Protokollierung des Vorgangs. Die Information über die Vorgänge auf dem Wasen am Nachmittag taten ein Übriges. Zu Hause war niemand, als er ankam, was Palm sehr erleichterte. Inge jetzt zu erklären, was sich abgespielt hatte – dazu wäre er nicht in der Lage gewesen. Auf den Fersen war ihm indes sein Ressortleiter. Schlehe meldete sich auf dem iPhone.

»Sagen Sie, JJ, wo waren Sie eigentlich? Ich war immerhin zwei Stunden lang auf dem Wasen heute Nachmittag, habe von Ihnen nichts gesehen oder gehört. War ein ordentlicher Almauftrieb. So viel Polizei habe ich in meinem Leben nicht auf einem Haufen in Stuttgart gesehen. Und die beiden Knaller, haben Sie die gehört?«

Palm ließ Schlehe ohne Reaktion auf sich einreden, starrte ins Leere.

»Sind Sie noch da, JJ? Sie sagen gar nichts.«

»Erzählen Sie ruhig weiter.«

»Was heißt erzählen, Sie haben das ja mitgekriegt. Dazu brauchen wir natürlich was. Das haben viele Leute gehört, diese Knaller, und sich alles Mögliche gefragt. Also ich saß im Zelt, der MP hatte gerade angefangen – und dann der Knall. Alle sind total erstarrt. Der MP hat einfach weitergeredet, als hätte einer mit dem Finger geschnippt oder genießt. Dadurch kam niemand auf die Idee, dass das ein Schuss hätte sein können.«

»Wissen Sie, was das war?«

»Ein lauter Knall.«

»Das sagte ich ja. Und was war's?«

»Hören Sie, Schlehe«, sprach Palm den Ressortleiter mit seiner betriebsinternen Abkürzung an, die nie jemand für die direkte Anrede gebrauchte, weshalb sich der Angesprochene nun deutlich hörbar räusperte. »Ich weiß, was es war, und nehmen Sie das jetzt bitte sehr ernst. Ich kann Ihnen das in dieser Minute nicht erklären. Ich tue das morgen, wenn ich Sie am Sonntag anrufen darf.«

»Natürlich, JJ, ist klar. Wir sind immer im Dienst. Geht es Ihnen nicht gut? Sie hören sich recht schwach an.«

»Richtig. Mir geht es schlecht, ich kann jetzt nicht sprechen.«

Darüber war Schlehe äußerst verwundert, so kannte er seinen JJ nicht.

»Wissen Sie was, JJ, wir telefonieren morgen. Wir könnten uns auf dem Wasen treffen. Sie müssen anschließend schreiben, ich weiß. Aber es gibt dort inzwischen astreines alkoholfreies Bier. Trinken wir eine Maß und daten uns up, okay? Ich muss Ihnen über meine Gespräche mit den ganzen VIPs berichten, so am Rande. Das gibt eine herrliche Glosse. Was ich da alles von SKH, Sie verstehen, dem Herzog, erfahren habe und dem Vorgänger vom MP. Also zum Schießen! Ich saß praktisch mittendrin, mittendrin!«

»War sicher toll«, brachte Palm seinen Chef zum Schweigen, »ich muss mich jetzt hinlegen.«

»Tun Sie das, JJ, gute Nacht.«

Ruhe hatte Palm damit aber keine. Sein Höllen-Wanderkamerad Herrlein meldete sich mit einer SMS: »*Immer noch eingesperrt? Was ist los?*« Immerhin sorgte sich der Gute um ihn. Dafür sollte er ihm wenigstens Bescheid geben und rief ihn an.

»Du kannst wieder sprechen, Gott sei Dank. Was war los?«

»Zu viel, um es jetzt zu erzählen, ich bin daheim, gerettet, morgen dazu mehr.«

»Ich höre deine Erschöpfung, JJ. Aber Fegefeuer sind erschöpfend, nach allem, was davon berichtet wird. Hauptsache, wir sind davongekommen.«

Obwohl Palm in diesem Moment nicht in der Lage war, mit Herrlein den Dialog mit Referenz zum Inferno und zur Göttlichen Komödie weiterzuspinnen, tat es ihm gut, dass der Stadtsprecher ihn auf diese Meta-Ebene seines Bewusstseins lupfen konnte.

»Leider trennen sich unsere Wege jetzt. Nach dem Fegefeuer kommt der Himmel. Ich muss draußen bleiben, dich wird Beatrice führen.«

»Im Himmel, da bin ich Gott sei Dank noch nicht. Und sollte das hier der Himmel sein, führt mich Inge. Das passt zwar nicht zu Dantes Plot, dort übernimmt später eine andere.«

»Bei Dante, lieber JJ, übernimmt eine andere. Dir wünsche ich, dass alles so bleibt, wie es ist, oder?«

»Da hast du recht. Sei mir nicht böse, Egon, aber ich bin jetzt in einer ganz anderen Sphäre, Mediziner nennen das einen posttraumatischen Schock. Ich muss jetzt schlafen, sofern ich kann. Bis demnächst.«

Herrlein hatte Verständnis und wünschte gute Erholung.

48. KAPITEL

»Darf ich dich wecken, jetzt, wo das Sonntagsfrühstück auf dem Tisch steht?«

Inge dachte, dass neun Uhr an diesem Sonntag nicht zu früh sei, da Palm am Vorabend, als sie mit Falk vom Tennisturnier gegen zehn zurückkehrte, bereits im Bett war und schlief.

Palm fand sich nach einer kurzen Katzenwäsche unten im Wohnzimmer ein.

»Guten Morgen, mein Lieber«, küsste ihn Inge auf die Wange. »Was hat dich gestern so früh ins Bett fallen lassen? Als wir so um zehn reinkamen, hast du schon geschlafen wie ein Stein. War echt überrascht.«

»Überrascht?«

»Dein Auto war nicht da. Ich dachte, das Haus sei leer.«

»Und wie habt ihr trotzdem gleich unten gemerkt, dass ich oben schlafe wie ein Stein?«

»Na entschuldige mal, das hat man schon vor der Tür gehört. Du hast geschnarcht wie eine ganze Kompanie Stallknechte.«

»Echt, ich war sehr erschöpft. Aber wie war denn das Turnier? Wie lief's für Falk?«

»Was glaubst du, warum wir schon gestern Abend zurückkamen?«

»Ah, ich ahne es.«

»Genau, frühes Aus«, berichtete Inge enttäuscht. »Er

ist etwas geknickt. Hab ihn nicht geweckt. Besser für ihn, wenn er richtig ausschläft.«

»Und Björn? Kommt der zum Frühstück?«

»Björn frühstückt woanders.«

»So? Darf der bei dem Mädel übernachten? Was sagen die Eltern?«

»*Darf* der? Wo lebst du, wer fragt danach heute? Man macht es einfach.«

»Du hast Brötchen geholt. Alle Achtung!«

»Ja. Und jetzt erzähl mal: Was hat der große Investigator gestern alles herausgefunden auf dem Wasen? Lebt denn unser Ministerpräsident noch?«

»Ehrlich gesagt, ich war gar nicht auf dem Wasen.«

»Wie bitte? Ich dachte, das sei der ganze Zweck dieses Wochenendes für dich.«

»Eigentlich schon«, wusste Palm nicht recht, wo er mit der Schilderung der laufenden Ereignisse beginnen sollte. »Ich hab' da wohl eine Dummheit gemacht.«

»Dummheit?« Inge legte ihr Brötchen aus der Hand auf den Teller und lehnte sich mit prüfendem Blick auf Palm zurück.

»Nein, nicht was du denkst«, gab Palm Entwarnung.

»Du machst also noch andere Dummheiten. Ich bin gespannt.«

Palm wurde klar, dass er es nicht schaffen würde, die Begebenheiten des Vortages so zu berichten, dass Inge die Angelegenheit aus seiner Sicht nachvollziehen und verstehen könnte. Daher entschied er sich für eine Schilderung vom Ergebnis her.

»Für die Polizei war das ein Erfolg, zumindest was die Festnahmen der Täter angeht. Also die von den Morden der letzten Woche. Gestern kam einer hinzu. Auf dem

Wasen wurde in der Auseinandersetzung dieser Banden noch einer umgebracht.«

»Wie, ein Mord bei laufendem Volksfest?«, wunderte sich Inge.

»Das hat keiner richtig mitgekriegt. Man hörte irgendwann einen lauten Knall und später einen zweiten. Das waren Schüsse. Das haben aber nur wenige realisiert.«

»Und die Veranstaltung mit dem Knarzmann?«

»Wurde einfach durchgezogen, als sei nichts passiert. Das war auch das Beste. So entstand keine Panik.«

»Und woher weißt du das alles, wo du gar nicht dort warst?«

»Von der Polizei, von Bolz.«

»Ihr habt euch nachher getroffen? Hatte der dafür Zeit?«

»Wir sind im Rahmen seiner Fahndung zusammengetroffen.«

»So? Und wo warst du den ganzen Nachmittag.«

»Ich saß auf dem Klo.«

»Jetzt verarsch mich nicht. Was soll das? Hattest du was Falsches gegessen? Also hier bestimmt nicht.«

»Nein, nein. Meinem Magen geht's gut. Das war anders. Jetzt lass uns bitte erst frühstücken. Danach bin ich sicher in der Lage, dir alles zu erzählen. Im Moment herrscht in meinem Kopf ein großes Durcheinander.«

Inge wunderte sich, war aber gewohnt, sich über ihren Mann immer wieder wundern zu müssen. Manchmal geriet das Wundern zu einem Bewundern, musste sie sich eingestehen. So verlief das weitere Frühstück in einem Austausch von Selbstverständlichkeiten und Belanglosigkeiten, über die Aktivitäten der kommenden Woche und manches, was eh schon beide wussten.

Danach half Palm beim Abräumen des Tisches und unternahm einen Rundgang durch den kleinen Garten. Schließlich nahm er sich noch eine Tasse Kaffee und setzte sich mit Inge auf die große Wohnzimmercouch. »Also, es war so«, begann er und bat seine Frau, nicht so viel dazwischen zu fragen, sondern sich erst alles anzuhören. Dies versprach Inge, konnte an manchen Stellen des Berichts ihres Ehemannes nicht anders, als »das ist ja die Höhe« oder »bist du denn wahnsinnig?« auszurufen. Und alsbald war Palm mit der Schilderung des Samstags zu Ende.

»Ich bin vollkommen schockiert«, brachte Inge mühsam heraus. »Hast du mal daran gedacht, dass hier drei Menschen leben, denen du etwas bedeutest und denen du eventuell fehlen könntest? Wie kannst du so ein Risiko eingehen? Ich bin fassungslos.«

Palm sagte gar nichts.

»Stell dir mal vor, du hättest dich woanders hingesetzt und der hätte die Tür einfach öffnen können. Was dann? Vielleicht hätte er dich erschossen.«

»Nein, bestimmt nicht«, war sich Palm sicher. »Das ist ein alter Fuchs. Der hofft, dass er so davonkommt, weil es mit den Beweisen gegen ihn nicht einfach wird. Der würde in seinem Haus nie jemanden erschießen. Außerdem täte er das nie selbst. Das lässt er höchstens machen, aber nicht bei sich zu Hause.«

»Soll das heißen, es ist gar nicht sicher, dass der hinter Schloss und Riegel kommt?«

»Man weiß es noch nicht. Das ist kompliziert, man muss alles Mögliche erst einmal beweisen können.«

»Das ist eine Katastrophe«, regte sich Inge auf, »ich dachte, das sei ein klarer Fall!«

»Du kennst dich mit diesen juristischen Dingen einigermaßen aus. Das ist nicht so einfach, nach dem Motto, man weiß doch, dass …«

»Und dass er dich eingesperrt hat? Freiheitsberaubung? Und warum sind diese Killer zu ihm gefahren? Bestimmt nicht, damit er sie bei der Polizei abliefert.«

»Das wird sich bald zeigen. Ich vertraue auf den Bolz. Der wird das Nötige zusammentragen. Ich muss jetzt übrigens mit dem Schlehe telefonieren. Der hat sich gestern gemeldet und will natürlich was ganz Exklusives fürs Blatt morgen. Von meiner Geschichte bei dem Heimerdinger weiß er noch gar nichts.«

»Das kannst du nicht schreiben. Das glaubt eh keiner.«

»Schlimmer«, fiel Palm ein, »die, die das glauben, halten mich dann für komplett unzurechnungsfähig.«

»Diese Suppe«, baute sich Inge demonstrativ vor ihm auf, »hat sich der Herr Palm selbst eingebrockt. Und ich wäre froh, wenn er sich jetzt mal für 'ne ganze Weile keine mehr einbrocken würde.«

»Versprochen!«, sagte Palm mit fester Stimme. Wusste aber nicht, ob das nicht schon im Moment gelogen war.

49. KAPITEL

Striebel war es wichtig, den MP mit deutlichem Vorlauf vor der Sitzung des Ministerrats zu sprechen. Jede Ministerin und jeder Minister hatte einen eigenen Pressesprecher, der immer bemüht war, für die Medien etwas Aktuelles bereitzuhalten. Daher wollte Striebel vor der Sitzung mit dem MP klarmachen, was man nach dem kritischen Wasen-Wochenende zur Lage sagen wolle. Der Innenminister wartete seit halb neun in der Villa Eisenstein. Die Ankunft Knarzmanns verzögerte sich. Normalerweise fuhr er im Oberland so früh ab, dass er spätestens um acht an seinem Dienstsitz war. Dies gab Striebel Gelegenheit, auf seinem Smartphone die Internetmeldungen über die Vorfälle am Samstag nachzulesen. Nach vielem bereits Bekanntem, das er quer las, blieb er an einer Meldung hängen und zwar weit länger als die drei Minuten Lesezeit, die für den Text angegeben wurden. Die Online-Ausgabe einer österreichischen Tageszeitung verbreitete eine Analyse zum anhaltenden Aufschwung der Rechten und Rechtsradikalen in ganz Europa, Überschrift: »*Neu im Spektrum der Rechtsausleger – die Ökologisch Nationale Front in Deutschland*«.

Das konnte nicht wahr sein! Was keinem Bundes- oder Landesverfassungsschutz in den letzten Tagen gelungen war, wollte nun ein österreichisches Blatt geschafft haben: die Existenz einer Ökologisch Nationalen Front in Deutschland zu verifizieren. Beim Lesen des Artikels wurde klar, dass die Österreicher auch nicht mehr erzählen konnten als das, was in Deutschland bereits publik war. Und das war wenig. Striebel war indes augenblicklich klar, dass danach niemand fragen würde. Wenn dieses Thema jetzt über die nationalen Grenzen schwappte, musste man sich hier im Ländle dafür interessieren. Und zwar als Erstes vonseiten des Landesverfassungs- und des Staatsschutzes. Mit dem für den MP und die Landesregierung glimpflich abgelaufenen Samstag auf dem Wasen war also nichts aus der Welt. Striebel überlegte, wie man damit umgehen könne, ohne eine neue Woche von Hektik, aussagelosen Statements und Ratlosigkeit zu durchleben.

Jetzt kamen mehrere Personen die Treppe hoch, Knarzmann kam herein.

»Grüß dich, Roland, tut mir leid wegen der Verspätung, aber irgendwo ist immer ein Stau, und das sogar für den Ministerpräsidenten. Dafür weiß ich jetzt schon alles. Schiller und Lauter haben mir die Geschichte bis ins Detail erzählt. Was sagt der Dienstherr der Sicherheitsbehörden dazu?«

»Wenn du schon alles weißt, nicht viel. Kriminalpolizei und Staatsanwaltschaft sind bei der Arbeit und tragen die Fakten zusammen, damit wir die ganze Baggage so lang wie möglich hinter Schloss und Riegel bekommen.«

»Ja, Staatsanwaltschaft. Der Justizminister hat neulich erwähnt, dass er eine junge Aufstrebende, Fähige berufen habe. Wenn die gut ist, wird's werden. Und für die Quote ist das wichtig.«

»Der Justizminister«, seufzte Striebel, sprach aber nicht weiter, um nichts Falsches zu sagen. Ganz konnte er es aber nicht lassen und fügte hinzu: »Hat er dir's in Reimform vorgetragen?«

»Jetzt beherrsch' dich mal, Roland. Das sind eure internen Sticheleien. Die finden hier keinen Abnehmer. Du wolltest mir vor der Sitzung was sagen.«

»Genau. Wir müssen auf zwei Fragen Antworten haben. Und zwar von allen Kabinettsmitgliedern dieselben Antworten.«

»Zuerst die Fragen«, legte der MP Wert auf die Reihenfolge.

»Die erste Frage heißt: Sind mit den Festnahmen der letzten Woche sämtliche Köpfe der Stuttgarter Prostitutions- und Glücksspielszene aus dem Verkehr gezogen?«

»Und die Antwort?«

»Die uns bekannten sind aus dem Verkehr gezogen. Das heißt nicht, dass es in diesem Bereich keine Kriminalität mehr gäbe. So naiv sind wir nicht. Mit den Fahndungserfolgen der letzten Woche hat die Szene aber einen empfindlichen Schlag erhalten.«

»Zum Teil natürlich«, ergänzte der MP, »weil die sich gegenseitig erledigt haben.«

»Mord ist Mord, auch wenn es einen Halunken trifft.«

»Klar, weiß ich. Und die zweite Frage?«, trieb der MP das Gespräch voran.

»Die ist schwieriger zu beantworten. Die heißt: Gehen wir davon aus, dass es eine Ökologisch Nationale Front nicht gibt. Wenn ja, woher kamen die Drohungen?«

»Antwort?«, wollte der MP wissen.

»Vor einer Viertelstunde hätte ich gesagt: Die gibt es nicht. Die Drohungen kamen von Trittbrettfahrern.«

»Und was hat sich in der letzten Viertelstunde geändert?«

»Ich habe im Internet einen Artikel einer österreichischen Tageszeitung gelesen. Die nehmen die Ökologisch

Nationale Front als ein Beispiel für die weitere Expansion der rechtsradikalen Szene in Europa. Fakten dazu: praktisch keine. Dies in der internationalen Presse heißt: Wir können das Thema nicht einfach für erledigt erklären.«

»Warum? Wir können uns einen anderen Kenntnisstand erlauben, also zutrauen, als es eine österreichische Redaktion haben kann.«

»Alles richtig. Man wird uns aber danach fragen, und wir müssen uns damit beschäftigen. Was du vielleicht nicht weißt: Der OB hat am Samstag Post von diesem Absender erhalten. Keine konkrete Drohung. Immerhin wurde er angesprochen und findet das gar nicht lustig. Ist das alles Nachahmertum oder Fake?«

»Also ich«, stellte Knarzmann für sich fest, »mache dieses Hochsicherheitstheater der letzten Tage keine weitere Woche mehr mit. Da wird man zum Verfolgungswahn erzogen. Als nicht mit mir!«

»Das will ich so wenig wie du«, beteuerte Striebel.

»Übrigens findet heute der Termin zwischen dem Justizminister und dem Generalbundesanwalt statt. Vielleicht hat der eine Meinung dazu.«

»Nicht die Bohne kümmert mich der Generalbundesanwalt. Wir machen das einfach. Wir lassen dieses ganze Getue ab sofort bleiben, es wird alles gehandhabt wie vorher. Daran kann jeder erkennen, dass wir keine solchen Spinner für existent halten. Und basta!«

»Und das aus deinem Mund!«

»Das hast du nicht gehört«, verfügte der MP.

50. KAPITEL

Mit dem Text für die Montagsausgabe hatte Palm mit der turbulenten Woche eigentlich abgeschlossen. Was folgen würde, wären zusätzliche Ermittlungsergebnisse, Prozessvorbereitung später und zur rechten Zeit das Ganoven-Feature über den einstigen »King Stucki«, jetzt Rentner in Stammheimer Untersuchungshaft. Und irgendwann schließlich die Räuberpistole des Palmschen Besuchs am Wasensamstag. Alles aber später. Jetzt gab es nur die laufenden Polizei-Erkenntnisse.

Beschwerden hatte es auch schon gegeben, von jeweils unerwarteter Seite, und das gleich zweimal. Zuerst hatte sich Herrlein gemeldet und prompt darüber beschwert, dass Palm die Post von der Ökologisch Nationalen Front an den OB erwähnt hatte. Hatte das sein müssen? Natürlich hatte das sein müssen, wie hätte Palm die Geschichte unvollständig lassen und etwas verschweigen können, was unter den schreibenden Kollegen wirklich nur er wusste?

»Jetzt sind wir den ganzen Weg zusammen durch die Hölle gegangen, anschließend jeder durch sein Fegefeuer, du bist jetzt sogar im Himmel angelangt – und dann trifft mich so eine Qual.«

»Qualen«, antwortete Palm, »gibt es eben auch hienieden außerhalb der Hölle. Wahrscheinlich gehört sie mehr zum Leben, als wir denken.«

»Gelegentlich aber auch der Himmel, alles nebeneinander. Du bist jetzt dort, JJ – oder schon wieder abgestürzt in den Alltag?«

»Eher Alltag – und meine Beatrice führt mich – also durch den Alltag, nicht im Himmel.«

»Lass dich führen, JJ, das rate ich Dir. Wird dir guttun.«

Damit verabschiedeten sich die Höllenfreunde bis zum nächsten Kreis des kommunalen und lokalen Infernos ihrer Landeshauptstadt.

Die zweite Beschwerde kam von Bolz.

»Bei allem, was Recht ist, Palm, wir müssen mit Ihnen noch mal ein Protokoll aufnehmen. So geht das nicht.«

»Hab' ich was vergessen?«

»Sagen wir mal so, Sie haben nicht alles hinreichend zum Ausdruck gebracht.«

»Ich versteh' nichts«, beteuerte Palm.

»Worum geht es? Der Richter hat tatsächlich einen Haftbefehl für Heimerdinger erlassen. Jetzt turnen seine Anwälte herum und stellen Anträge, und ich weiß nicht was. Sie können uns helfen, indem Sie die Umstände Ihrer Freiheitsberaubung klarer schildern. Die Todesangst kommt in dem Protokoll nicht richtig zum Ausdruck. Die hatten Sie doch?«

»Äh, sicher.«

»Das muss rein und auch woher die rührte, Verhalten Heimerdingers und so weiter, verstehen Sie?«

»Das Protokoll ist fertig und unterzeichnet.«

»Ja und? Wir ermitteln halt weiter. Da kann es durchaus eine zweite Befragung geben, wenn nicht alles schlüssig ist. Das gibt es immer, ist ganz normal. Das machen wir heute Nachmittag und befragen Sie als Zeugen gezielt dazu. Die richtigen Antworten fallen Ihnen sicher ein.«

»Vielleicht kann die Staatsanwältin schon mal einen Textvorschlag machen?«

»Die Frau Doktor ist sehr hilfreich, stimmt. Das ginge allerdings zu weit. Dabei war sie erst mehr als stinkig. Die Anwälte von dem Hastiger und dem Radmann haben ein jenseitiges Affentheater vollführt, weil wir die beiden Halunken erst gestern bei ihnen anrufen ließen.«

»Und was macht die Gute?«

»Hat ihnen gesagt, dass das für die Polizei am Samstag überlastungsbedingt nicht möglich war. Außerdem sagte sie, die Festgenommenen hätten die Namen der Anwälte nicht genannt.«

»Wie bitte?«

»Na ja, die sagten immer, sie wollten ihren Anwalt benachrichtigen. Sagten aber keinen Namen, haben sich aufgeführt. Wir haben erst gestern Abend nach den Namen gefragt. Also, das hat sie echt gut gemacht. Irgendeine offizielle Beschwerde werden die trotzdem einreichen. Das verkraften wir. Sie ist jetzt sehr kooperativ. Daher das zusätzliche Protokoll – so schnell wie möglich. Und, wenn ich das nicht zum Ausdruck gebracht habe, mit dem Heimerdinger, vor allem der Idee, die Gratian dorthin zu schicken, haben Sie uns echt geholfen. Super Einsatz!«

»Dazu fällt mir etwas ein, Bolz. Vielleicht können Sie helfen. Der Server, also die Festplatte von dem Heimerdinger, wird sicher beschlagnahmt und inspiziert. Wie kommt meine Telefonnummer dort runter?«

»Diese Nummern untersucht bei uns keiner. Wir machen nicht die Arbeit von dem Heimerdinger oder dem seligen Vegesack und suchen nach Erpressungskandidaten unter den Stuttgarter VIPs. Dazu gehören Sie eh nicht.«

»Sie sehen der Telefonnummer nicht an, ob sich dahinter ein Promi verbirgt. Also könnte einer meine anschauen und zuordnen.«

»Das macht bei uns niemand, wie gesagt.«

»Gehören zu ›uns‹ auch Ihre Kollegen vom Staatsschutz? Sie sagten mir, dass die beispielsweise über die Staatsanwältin genau Bescheid wüssten.«

»Das stimmt, ist eigentlich unerhört. Das passiert in Ihrem Fall aber nicht, sonst machen wir dem Angsterer die Hölle heiß.«

»Bloß das nicht, Bolz. Da bin ich gerade durch.«

ENDE

MICHAEL KRUG
Henkerspiel

978-3-8392-1528-9 (Paperback)
978-3-8392-4351-0 (pdf)
978-3-8392-4350-3 (epub)

BEKENNTNIS Rätselhafte Morde an drei Geistlichen halten den Stuttgarter Hauptkommissar Bolz und seinen Ermittlungspartner Palm auf Trab. Da meldet sich ein anonymer Bekenner. Trotz Zweifeln an dieser Selbstbezichtigung heftet sich das Duo an seine Fersen. Für die Ermittler beginnt ein zermürbender Gewissenskonflikt: Wollen sie den Fall noch lösen?

GMEINER SPANNUNG

WWW.GMEINER-VERLAG.DE
Wir machen's spannend

MICHAEL KRUG
Bahnhofsmission

978-3-8392-1091-8 (Paperback)
978-3-8392-3545-4 (pdf)
978-3-8392-3544-7 (epub)

GROSSER BAHNHOF In Stuttgart erregt das Bahnhofsprojekt Stuttgart 21 die Gemüter. Als der Vorstandsvorsitzende der größten Bank des Landes in einem Kellerraum des Stuttgarter Hauptbahnhofs erschlagen aufgefunden wird, gerät der Bahn-Manager Norbert Hagemann unter dringenden Mordverdacht. Der karrierebesessene Finanzjongleur war nicht nur zur Tatzeit am Tatort. Bald wird auch bekannt, dass er ein Verhältnis mit der Frau des toten Bankers hat. Doch diese Lösung scheint dem erfahrenen Kriminalbeamten Herbert Bolz viel zu einfach …

MANFRED BOMM
Nebelbrücke

978-3-8392-2239-3 (Paperback)
978-3-8392-5659-6 (pdf)
978-3-8392-5658-9 (epub)

POSTMORTEM Botschaft aus dem Jenseits? Ein Unternehmer aus Ulm erhält dubiose E-Mails, deren Absender behauptet, vor 49 Jahren ermordet worden zu sein. Die Details, die er dazu offenbart, scheint außer den Betroffenen niemand zu kennen. Als sich zudem immer mehr Merkwürdiges und Mysteriöses ereignet, geht der Unternehmer auf den Vorschlag des anonymen E-Mail-Schreibers ein. Ein gefährliches Vorhaben, das ihn bis nach Tirol führt.

Das Neueste aus der Gmeiner-Bibliothek

Unser Lesermagazin

Bestellen Sie das kostenlose Krimi-Journal in Ihrer Buchhandlung oder unter www.gmeiner-verlag.de

Informieren Sie sich ...

www ... auf unserer Homepage:
www.gmeiner-verlag.de

@ ... über unseren Newsletter:
Melden Sie sich für unseren Newsletter an unter www.gmeiner-verlag.de/newsletter

f ... werden Sie Fan auf Facebook:
www.facebook.com/gmeiner.verlag

Mitmachen und gewinnen!

Schicken Sie uns Ihre Meinung zu unseren Büchern per Mail an gewinnspiel@gmeiner-verlag.de und nehmen Sie automatisch an unserem Jahresgewinnspiel mit »mörderisch guten« Preisen teil!